Karin Wurzacher

ZEITWANDERER

ARMELLAS GEHEIMNIS

Roman

AF140894

Die Deutsche Nationalbibliothek verzeichnet diese Publikation
in der Deutschen Nationalbibliografie; detaillierte bibliografi-
sche Daten sind im Internet über http://dnb.dnb.de abrufbar.

TWENTY-SIX – Der Self-Publishing Verlag
Eine Kooperation zwischen der Verlagsgruppe Random House
und
BoD – Books on Demand

© Karin Wurzacher

Herstellung und Verlag:
BoD – Books on Demand, Norderstedt
ISBN: 9783740734015

MIX
Papier aus verantwortungsvollen Quellen
Paper from responsible sources
FSC® C105338

KAPITEL I
WIE ALLES BEGANN...

Vor 18 Jahren zog ich aus einer deutschen Großstadt in ein kleines österreichisches Bergdorf. Ohne Vorwarnung tappte ich in eine Liebesfalle und eh ich es mir versah, wurde mir von dem einheimischen Tischlermeister mein Herz geklaut. Für ein Leben an seiner Seite brach ich die heimatlichen Brücken ab und heiratete den frechen "Dieb" kurz darauf mit dickem Babybauch, da ich mit unserem inzwischen 17-jährigen Sohn schwanger war. Das Leben in den Bergen ist so ganz anders, als ich es 34 Jahre lang gewohnt war. Manchmal kann ich selbst kaum glauben, dass ich es bereits so viele Jahre in diesem vermeintlich idyllischen Nest aushalte und an meinem beschaulichen Dasein größtenteils auch noch Gefallen finde.

Immerhin hat sich unser Schöpfer bei dem wunderschönen Fleckchen Erde augenscheinlich besonders viel Mühe gegeben. Allein für diese atemberaubende Landschaft lohnte sich die Umsiedlung. Wer würde nicht gerne stinkenden Industriesmog gegen frische Bergluft eintauschen? Die Liebe tat ihr übriges. Damit meine ich natürlich nicht nur die Liebe zur Natur...

Mit einer Arbeitsstelle sah es hierzulande allerdings ziemlich schlecht aus. Zwar hatte ich als gelernte Rechtsanwaltsgehilfin eine Anstellung gefunden, diese jedoch nach ein paar Jahren aufgrund der Tatsache, dass Recht und Gerechtigkeit meist zwei Paar Stiefel sind, wieder verloren. Jene Kanzlei befand sich in einer Kleinstadt, die ca. 15 km von meinem Wohnort entfernt liegt. Bereits am ersten Arbeitstag erblickte ich auf dem Weg ins Büro ein altes Schloss, das majestätisch auf einem Felsen thront. Auch wenn die Fassade dieser antiken Immobilie bereits bröckelte, gewann sie meine Aufmerksamkeit. Obwohl das Anwesen im Vergleich zu einem Prunkbau wie beispielsweise Neuschwanstein eher unscheinbar wirkt, zog es mich von der ersten Sekunde an in seinen Bann. Das war vor genau 15 Jahren. Seit diesem Zeitpunkt überfielen mich jedes Mal die sonderbarsten Gefühle, sobald ich das Schloss erblickte. Da ich von je her ein Faible für Schlösser und Burgen habe, machte ich mir über meine Schwärmerei zunächst keine Gedanken. Allerdings wollten diese eigenartigen Regungen, die das Schloss in mir hervorrief, sobald es in meinen Fokus trat, einfach nicht verschwinden.

Vielmehr stieg mein Interesse stetig weiter an. Nachdem zu befürchten stand, dass dieses Anwesen mir früher oder später auch noch schlaflose Nächte bescheren könnte, wollte ich mehr darüber erfahren. Ich erkundigte mich bei Einheimischen, die mir erzählten, dass der Schlossherr aus Deutschland stamme und viele Jahrzehnte in seinem Chateau gewohnt habe. Aufgrund seines fortgeschrittenen Alters sei er allerdings vom Schloss ins Dorf gezogen und seitdem stehe das antike Gebäude leer.

So beschloss ich spontan, einen Spaziergang dorthin zu machen. Wieso kam mir dieser Einfall eigentlich nicht schon viel früher?

Je weiter ich mich dem Haupthaus näherte, desto stärker klopfte mein Herz. Eine unerklärliche Unruhe übermannte mich, die mir bis dahin fremd war. Bei jedem Schritt wuchs das Verlangen, ins Innere des Schlosses zu gelangen. Als ich vor dem Hoftor stand, drückte ich erwartungsvoll die Klinke herunter. Zu meiner Enttäuschung war die Pforte verschlossen, aber einen Versuch war es wert. Was dachte ich mir denn? Dass der Eigentümer für jeden dahergelaufenen Touristen Tür und Tor offenstehen ließe? Wohl kaum! Aufmunternd sagte ich zu mir selbst: "Wenigstens bin ich schon mal bis zu den Außenmauern vorgedrungen und mit meinem ersten Annäherungsversuch ganz zufrieden."

Auf den Besitzer selbst wurde ich wenig später bei meinem Hausarzt aufmerksam, als er vor mir ins Behandlungszimmer gerufen wurde. Seitdem sah ich den alten Mann hin und wieder durchs Dorf laufen. Doch jedes Mal, wenn ich kurz davor war, ihn zu fragen, ob er mir Zutritt zu seinem Schloss gewähren würde, nahm mir seine unnahbare Aura sofort wieder jeglichen mühsam aufgebauten Mut. "Wo liegt das Problem?" hörte ich mich selbst fragen. Feigheit zählt eigentlich nicht zu meinen Schwächen. Allerdings wollte ich mir die Chance auf eine Schlossbesichtigung durch unüberlegte, impulsive Überrumpelungsaktionen nicht selbst zerstören. Somit wartete ich auf eine passende Gelegenheit, um dem geheimnisvoll wirkenden Mann gegenüber zu treten und ihm die für mich so bedeutende Frage zu stellen. Das heißt, die Frage selbst war mir nicht so wichtig als vielmehr eine positive Antwort darauf. Einstweilen suchte ich nach einer plausiblen Erklärung für meine Faszination gegenüber dem Schloss.

Im Geheimen ahnte ich, dass es eine Verbindung zwischen dem Anwesen und mir geben musste. Allerdings hatte ich nicht die geringste Vorstellung davon, wie diese aussehen sollte. Woher denn auch? Womöglich bildete ich mir das Ganze nur ein. Vielleicht spielte ich mittlerweile zu viele Computerspiele, sodass ich die Realität nicht mehr von der Phantasiewelt unterscheiden konnte. Um mit meiner Spinnerei für das alte Gemäuer ein für alle Mal aufzuräumen, suchte ich einen jungen Mann mit hellsichtigen Fähigkeiten auf. Wenn einer wusste, warum ich mich zu dem Schloss hingezogen fühlte, dann ja wohl er. Um nicht gleich mit der Tür ins Haus zu fallen, unterhielt ich mich mit dem Hellseher erst einmal über berufliche Aussichten und die Beziehung zu meinen Eltern. Im Laufe der Sitzung wagte ich es dann, ihm die Frage zu stellen, die so sehr in mir brannte: "Können Sie mir sagen, weshalb mir das Schloss in der Nähe meines Wohnortes seit Jahren keine Ruhe lässt und warum es mich derart magisch anzieht?" Seine Antwort darauf folgte wie aus der Pistole geschossen: "Ihr Interesse an dem Anwesen wundert mich überhaupt nicht. Sie haben in einem früheren Leben anno 1742 dort gelebt." Diese Äußerung warf mich bildlich gesprochen aus den Schuhen. Darauf war ich nun wirklich nicht gefasst. Mit meiner Konsultation des Sehers fand meine Euphorie für die antike Immobilie demnach nicht – wie erhofft – ihr Ende, sondern fing damit erst richtig an.

Mit dem Wissen im Seelengepäck, vor Jahrhunderten in dem Anwesen gelebt zu haben, fuhr ich ziemlich aufgewühlt nach Hause. Obwohl es gar nicht in meiner Absicht lag, zu dem alten Gemäuer zu fahren, wurde ich wie ferngesteuert dort hingelenkt. Auch wenn es mir verwehrt blieb, das Gebäude selbst zu betreten, war es mir doch ein unbedingtes Bedürfnis, zumindest die Außenwände zu berühren. Kaum befand ich mich in der Nähe des geheimnisumwitterten Bauwerks, ereilte mich wie auf Knopfdruck erneut dieses merkwürdige Gefühl und mein Herz schlug bis zum Hals. Zögerlich berührte ich die alten Steine mit den Fingerspitzen. Im selben Augenblick durchfuhr es mich urplötzlich wie ein Stromschlag vom Scheitel bis zur Fußsohle. Reflexartig zog ich die Hand vom Mauerwerk zurück, als ob ich auf eine heiße Herdplatte gegriffen hätte und schaute mich erschrocken um. Zum Glück war weit und breit niemand zu sehen, der diese sonderbare Begebenheit beobachtet haben könnte. Irritiert von der merkwürdigen Szenerie, lief ich schnell zum Auto und fuhr in mein kleines Bergdorf.

Das eigenartige Geschehen ließ mir keine Ruhe. Spätestens nach diesem außergewöhnlichen Ereignis war für mich sonnenklar: "Ich muss so bald als möglich ins Innere des Schlosses." Dass ich niemandem von meinen Erlebnissen und Gefühlen erzählen konnte, empfand ich als ziemliche Belastung. Wie gerne hätte ich mich jemandem anvertraut. Auf Anhieb fiel mir aber leider keine Person ein, die ich hätte ins Vertrauen ziehen können, ohne Gefahr zu laufen, als verrückt abgestempelt zu werden. Die Menschen neigen nun mal dazu, nur Dinge zu akzeptieren, die sich mit logischem Verstand erklären lassen. Dazu gehörte mein Erlebnis an der Schlossmauer definitiv nicht.

Mein Bauchgefühl sagte mir, dass hinter der maroden Festung jemand auf mich und meine Hilfe wartete. Nachdem das Schloss seit längerem unbewohnt war, handelt es sich bei dem "jemand" kaum um eine lebende Person, sondern wohl eher um den Geist einer solchen. Mangels Gespenstererfahrung sah ich einer eventuellen Gegenüberstellung entsprechend angstfrei entgegen. Noch fühlte ich mich stark und mutig. Doch wagte ich zu bezweifeln, dass meine Haltung auch dann noch so unbeeindruckt bleiben würde, stände ich tatsächlich eines Tages oder gar nachts einem Wesen aus einer anderen Dimension gegenüber.

Bevor ich weiter darüber nachdachte, stellte ich mir die primäre Frage: "Wie komme ich ins Schloss?" Es wäre wohl mehr als dreist und unklug, den unnahbar wirkenden alten Herrn mit den Worten zu überfallen: "Guter Mann, wenn Sie gerade nichts besseres vorhaben, dann zeigen Sie mir doch bitte Ihr Anwesen. Sie müssen wissen, dass ich dort bereits vor knapp 300 Jahren in einem meiner früheren Leben zuhause war und noch etwas Dringendes zu erledigen habe."

Die Vorstellung, der Schlossbesitzer würde mir daraufhin einen Aufenthalt in jener Anstalt nahelegen, in der Jacken vorzugsweise auf dem Rücken geschnürt werden, brachte mich unweigerlich zum Schmunzeln. Dass die Diagnose höchstwahrscheinlich Schizophrenie lauten würde, beendete meine Grinserei abrupt. Selbst wenn er mich nur erbost über meine Unverfrorenheit der Türe verweisen würde, käme ich dem Geheimnis, das sich im Schlossinneren verbirgt, dadurch keinen Millimeter näher. Ganz im Gegenteil!

Mir stand nur ein einziger Versuch zur Verfügung, den alten Herrn zu überreden, das Tor zu seinem Anwesen für mich zu öffnen. Scheitert dieser, dann war es das! Meine Gedanken vermischten sich mit aufsteigender Nervosität und ich wollte nicht noch weitere kostbare Zeit verlieren. Sollte der in die Jahre gekommene Besitzer nämlich seine Augen erst mal für immer schließen, könnte ich meine Hoffnung auf eine alsbaldige Schlossbesichtigung gleich mit begraben.

KAPITEL II
ARMELLAS GEIST

Meine Neugierde sowie mein Helfersyndrom, das anscheinend selbst vor Geistern nicht Halt macht, überstiegen mein Unbehagen, seitens des mürrischen Schlossherrn abgewiesen zu werden. Also nahm ich all meinen Mut zusammen, um den betagten Mann endlich persönlich aufzusuchen und ihn darum zu bitten, sein Anwesen betreten zu dürfen.

Als ich vor seiner Wohnungstüre stand und die Klingel betätigte, zitterte meine Hand vor Aufregung wie Espenlaub. Ob ich ihn wohl nicht geweckt hatte? Schließlich war es noch ziemlich früh am Morgen. Die Uhrzeit meines Handys zeigte 8.15 Uhr. Ach was, ich sollte mich nicht immer so verrückt machen! Ältere Menschen zählen meines Wissens zu den Frühaufstehern. Herannahende Schritte rissen mich aus meinen Gedanken. Langsam öffnete sich die Tür. Zum Vorschein kam der finster dreinblickende Schlossherr, der mit unfreundlicher Stimme fragte: "Ja? Was wollen Sie?" Für einen kurzen Moment war ich drauf und dran, auf dem Absatz kehrt zu machen und die Flucht zu ergreifen. Doch meine innere Gewissheit, dass ein wie auch immer geartetes Wesen auf meine Hilfe wartete, ließ mich wie einen zementierten Betonklotz verharren. Ich begann auf den

Mann einzureden und erklärte ihm meine besondere Vorliebe für sein Schloss. Je länger ich quasselte, desto mehr erhellte sich seine Miene und er hörte mir immer belustigter zu. Womöglich sah er in mir eine etwas verrückte, aber willkommene Abwechslung seines eintönigen Alltags. Nachdem mein Redeschwall versiegte, war sein düsterer Blick verschwunden. Stattdessen stand er mit breitem Grinsen und leuchtenden Augen vor mir. Der gute Mann willigte zu meiner Überraschung sofort ein, mir das Schloss zu zeigen. Während ich mein Glück noch gar nicht fassen konnte, nahm er seinen Lodenmantel vom Garderobenhaken, setzte einen Hut auf, griff nach dem Gehstock und verließ in meiner Begleitung die Wohnung. Völlig baff und irritiert registrierte ich, dass er mir sein Anwesen auf der Stelle zeigen wollte. Ich liebe Männer mit schnellen Entschlüssen, auch wenn sie nicht mehr taufrisch waren. Wobei der alte Herr mit Lausbuben-Mine wesentlich jünger wirkte, als mit griesgrämigem Antlitz.

Er nahm auf der Beifahrerseite meines Autos Platz und ich startete den Motor, bevor er es sich wieder anders überlegen konnte. Während der Fahrt wies mich der Schlossbesitzer in freundlichem, aber bestimmendem Ton an: "Stellen Sie Ihr Fahrzeug bitte an der Zufahrt des Grundstückes ab". Da ich darauf etwas verwundert reagierte und murmelnd erwiderte:

"Okay, wird gemacht!" fügte er an: "Der unbefestigte Weg zum Chateau ist ziemlich holprig und ich möchte mir außerdem ein wenig die Beine vertreten." Nachdem ich mein Auto geparkt hatte, schlenderten wir schweigend über die lange unwegsame Auffahrt. Dann endlich hatten wir das Hoftor erreicht. Mein Puls beschleunigte rasant, als der betagte Herr den Schlüssel drehte und die Pforte öffnete. Ich konnte es kaum erwarten, das Atrium zu betreten und wäre vor lauter Aufregung am liebsten über den alten Mann hinweggesprungen. Glücklicherweise konnte ich mich gerade noch beherrschen und wartete geduldig, bis er den Innenhof erreicht hatte. Damit meine Begeisterung nicht mit mir durchging, folgte ich ihm in vermeintlich gelangweilter Haltung. Innerlich jedoch zerriss es mich beinahe vor Spannung. Zu sehen gab es außer einer maroden Fassade erst mal nichts Nennenswertes, zu spüren hingegen eine ganze Menge.

Die Anzeichen von Zerfall machen, zumindest für mich, das Flair eines solch antiken Gebäudes überhaupt erst aus. Zudem stieg mir ein leicht modriger Geruch in die Nase und ich fühlte mich wie ein Statist beim Dreh eines Vampirfilms. Dieses Schloss überdauerte unterschiedlichste Epochen und zeigte sich mir in seinem vom Alter gezeichneten ursprünglichen Zustand. Als ob er meine Gedanken erraten hätte, erklärte mir der Besitzer:

"Ich musste eine Menge Geld investieren, um wenigstens das Notwendigste instandsetzen zu lassen." Ich nickte verständnisvoll, wenngleich mir Reparaturarbeiten auf den ersten Blick nicht unbedingt ins Auge stachen. Das Schloss bewahrt seine Geschichte mit jedem einzelnen Stein, was mich zutiefst beeindruckte.

Voll unbändiger Neugier fieberte ich dem Augenblick entgegen, endlich die Schwelle des Haupthauses übertreten zu dürfen. Während der Eigentümer nach dem passenden Schlüssel suchte, ließ er mich mit leiser Stimme wissen: "Gespenstische Wesen lauern hinter diesen Mauern. Seien Sie also gewarnt!" Von seinen geisterhaften Andeutungen zeigte ich mich – zumindest nach außen hin – ziemlich unbeeindruckt und erwiderte: "Das macht die Besichtigung ja gerade so spannend." Er verzog sein Gesicht zu einem Lächeln und schloss mit spitzbübischem Blick die Tür auf.

Innerlich rief ich zu mir selbst: "Abenteuer, ich komme!"

Der Schlossherr setzte sich sogleich erschöpft auf eine Kiste, die einsam und verlassen direkt neben dem Entrée der riesigen Eingangshalle stand und nur auf ihn zu warten schien. Dann wandte er sich an mich: "Gehen Sie nur Kindchen. Schauen Sie sich in Ruhe alles an. Ich werde hier auf Sie warten." Ich nickte ihm freudestrahlend zu und eilte davon. Er rief mir noch nach:

"Erwarten Sie nicht zu viel von kahlen Steinmauern und leeren Räumen". Ich hatte mich schon zu weit von ihm entfernt, um darauf zu antworten. Während ich durch das Gebäude stolzierte, konnte ich mein Glück noch immer kaum fassen. Vielleicht kam mir darin ja sogar irgendetwas bekannt vor, nachdem ich vor ca. 300 Jahren hier gelebt habe. Langsam und bedächtig schritt ich wie eine Königin durch die imposanten Räumlichkeiten. Der alte Mann hatte nicht übertrieben. Das Schloss war tatsächlich wie leergefegt und es gab kein einziges Möbelstück darin zu entdecken. Dennoch war das Schloss von einer außergewöhnlichen Atmosphäre ausgefüllt, die mich erschaudern ließ. Obwohl mich das inzwischen vertraute wie eigenartige Gefühl stärker als je zuvor überkam, fühlte ich mich in diesen Mauern geborgen. Am liebsten wäre ich für immer dortgeblieben, so sehr war ich von dem Zauber gefesselt. "Genug der Schwärmerei!" rief ich mich selbst zur Raison. Die Konzentration richtete sich wieder auf das Wesentliche und so führte mich meine Intuition kurzerhand zum rechten Turm des Schlosses. Es gab noch einen zweiten auf der linken Gebäudeseite, der mich allerdings weitaus weniger interessierte. Als ich direkt vor der Tür stand, machte sich eine undefinierbare Unruhe in mir breit und meine zitternden Finger berührten die Klinke.

Doch beim Herunterdrücken passierte nichts. Auch nach einem zweiten, kraftvolleren Versuch ließ sich die Pforte nicht öffnen. Mit ziemlicher Enttäuschung musste ich einsehen, dass sie abgeschlossen war.

Schnellen Fußes lief ich zurück in die Eingangshalle, um den Schlossherrn nach dem Turmschlüssel zu fragen. Er saß zwar noch immer auf der schäbigen Kiste, jedoch inzwischen laut schnarchend. Sein Anblick rührte mich, doch sehr viel hatte mein Aufenthalt hier noch nicht mit Abenteuer zu tun. Nun gut, ich sollte mich in Geduld üben und Ruhe bewahren. Nachdem das Spukwesen – ich bin mir ziemlich sicher, dass es eines gibt – bereits so viele Jahrhunderte ruhelos durch das Gemäuer geisterte, würde es in den nächsten Tagen wohl auch noch hier sein.

Während ich mir den schlafenden Herrn genauer betrachtete, musste ich unweigerlich grinsen. Irgendwie hatte er im Schlaf so gar nichts Furchterregendes an sich. Im Gegenteil, sein vom Leben gezeichnetes Gesicht gab im entspannten Modus sogar gutmütige Züge frei. Was er wohl im Lauf der Jahrzehnte, die er in den alten Steinmauern verbrachte, so alles erlebt hatte? Seinen Erzählungen, die sicherlich spannender als ein Tatort-Krimi wären, würde ich liebend gerne lauschen. Vielleicht ergab sich irgendwann die Gelegenheit dazu.

Da ich den betagten Herrn noch nicht wecken wollte, trottete ich auf den Balkon und schaute verträumt ins Tal. Endlich hatte sich mein lang ersehnter Wunsch erfüllt. Während ich darüber nachdachte, dass mich weder im Gebäude selbst noch auf dem Schlossgelände irgend etwas an mein früheres Leben erinnerte, streifte ein plötzlicher Windhauch meinen Arm. Aufgeschreckt fuhr ich herum, konnte aber niemanden sehen. Stattdessen blieb mein Blick einmal mehr an dem Turm hängen, der mir den Zutritt verwehrte. Da ich ein Mensch aus Fleisch und Blut bin, bringen mich leider nur geöffnete Türen ans Ziel. Für das Geisterwesen hingegen dürfte festes Mauerwerk kein Hindernis darstellen. Warum tauchte es dann nicht auf? Vielleicht ist an dem Mythos was dran, dass Geister erst um Mitternacht oder zumindest während der Dunkelheit in Aktion treten. War dies tatsächlich der Grund, dass ich die geisterhafte Gestalt am helllichten Tag nicht zu Gesicht bekam?

Zwangsläufig beschloss ich, meine Verabredung mit dem Abenteuer zu vertagen und den alten Mann zu wecken, damit ich ihn zu seiner Wohnung zurückfahren konnte.

Also ging ich zurück in die Eingangshalle und flüsterte ihm zu: "Hallo mein Herr, wachen Sie auf! Es ist an der Zeit, nach Hause zu gehen." Etwas benommen erhob er sich von der Kiste und meinte: "Nun bin ich doch tatsächlich eingenickt.

Entschuldigten Sie bitte meine Schläfrigkeit." Fröhlich entgegnete ich ihm: "Das macht gar nichts. Was der Körper verlangt, soll man ihm geben". Und um mein Verständnis zu unterstreichen, schenkte ich dem Schlossherrn mein schönstes Lächeln. Wir liefen schweigend zu meinem Auto, stiegen in den Wagen und als ich den alten Mann vor seinem Haus absetzen wollte, sagte er zu meiner Überraschung: "Ich würde mich freuen, wenn Sie auf einen Sprung mit hineinkämen." Dabei strahlten seine Augen freundlich und hellwach. Das kleine Schläfchen während meiner Erkundungstour durch sein Schloss schien ihm sehr gut getan zu haben.

Seine positive Ausstrahlung ging sofort auf mich über und so gab spontan zur Antwort: "Danke, sehr freundlich von Ihnen. Ich nehme ihre Einladung gerne an." Nachdem er die Wohnungstür aufgeschlossen, Mantel, Hut und Stock ordentlich an der Garderobe abgelegt hatte, schlurfte der betagte Herr langsam aber zielsicher zu einem wunderschönen antiken Schrank und nuschelte: "Ich bin gleich wieder bei Ihnen. Haben Sie nur einen kleinen Moment Geduld". Ich blieb bei der Sitzgruppe stehen und staunte über die gigantischen Ausmaße des Möbelstücks. Das Monstrum füllte beinahe das halbe Zimmer aus. In dessen Inneren könnte ich problemlos den gesamten Kleidungsbestand meiner 3-köpfigen Familie unterbringen. Bei dem edlen Kasten handelte es sich vermutlich um eines der letzten Erinnerungsstücke an seine Tage als stattlicher Schlossherr.

Er öffnete bedächtig die schwere Schranktür, um sodann geschäftig in einer Schublade zu kramen. Da er mich sicherlich nicht grundlos gebeten hatte, ihm in seine Behausung zu folgen, würde ich wohl auch erfahren, wonach er suchte. Der Schlossbesitzer schien endlich fündig geworden zu sein, denn er kam mit einer kleinen Schatulle in der Hand auf mich zu und deutete wortlos auf einen Sessel, in dem ich artig Platz nahm. Er selbst setzte sich auf einen Diwan und schaute mich verheißungsvoll an. Was das wohl alles zu bedeuten hatte? Erfreulicherweise ließ er mich nicht lange zappeln, sondern fing direkt an zu erzählen. Gespannt lauschte ich seinen Worten und traute meinen Ohren kaum, was aus seinem Mund zu vernehmen war.

"Sie können sich überhaupt nicht vorstellen, wie überaus glücklich ich bin, diesen Augenblick noch erleben zu dürfen. Bis jetzt habe ich niemandem davon erzählt, da mir die Leute keinen Glauben schenken würden. Sie sind jedoch anders und vor allem ein ganz besonderer Mensch". Seine Worte machten mich verlegen. Er fuhr in seinen Ausführungen fort: "Während meiner Zeit auf dem Schloss war ich nicht alleine dort. Eine

Geisterfrau, die bereits seit mehreren Jahrhunderten dort gefangen ist, zeigte sich mir immer häufiger und erzählte mir ihr Schicksal. Liebend gerne hätte ich sie von ihren Qualen befreit, doch ich konnte ihr leider nicht helfen". Also doch, meine Intuition hatte mich nicht getäuscht. Es gibt einen Geist! Voller Spannung zappelte ich im Sessel herum und wollte wissen: "Wie sieht die Erscheinung denn aus und warum befindet sie sich noch immer im Schloss?" Der alte Mann hob beschwichtigend die Hand und meinte: "Langsam Kindchen, eins nach dem anderen. Nachdem ich für die arme Seele keine Hilfe darstellte, hörte ich ihr stets aufmerksam zu. Das war das mindeste, was ich für sie tun konnte. So vertraute sie mir an, schon bald werde ihre Erlöserin auftauchen. Sie sagte mir auch, ich werde diese Person sofort erkennen, sobald sie vor mir steht. Damals begriff ich ihre Worte nicht. Dafür verstehe ich sie jetzt um so besser." Die Geschichte klang total abgefahren und ehrlich gesagt, konnte ich den Ausführungen des Schlossbesitzers nicht ganz folgen. Mein Verstand begann Purzelbäume zu schlagen, als der alte Herr noch eins draufsetzte und mir ohne Vorwarnung verkündete: "Sie sind die auserwählte Retterin, Kindchen!" Mit großen Augen starrte ich ihn an, als ob er sich gerade in einen Zombie verwandelt hätte. Stotternd kam mir über die Lippen: "Da... da... das kann nicht sein". Der gute Mann musste urplötzlich die Kontrolle über seine geistige Gesundheit verloren haben. Oder hatte er vielleicht vergessen, wichtige Medikamente einzunehmen? Alte Leute schlucken doch immer irgendwelche Pillen. Als ob er Gedanken lesen könnte, tätschelte er beruhigend meine Hand und lächelte dabei so warmherzig, dass sich in mir auf wundersame Weise völlige Ruhe ausbreitete. Mein Vertrauen zu dem Schlossherrn wuchs von einer Sekunde auf die andere ins Unermessliche. Just in dem Moment rutschte mir heraus: "Wissen Sie, was ich glaube? Meine Begeisterung für Ihr Anwesen rührt in erster Linie daher, dass ich selbst vor einigen Jahrhunderten während eines früheren Lebens darin zuhause war." Im nächsten Augenblick hätte ich mir die Zunge abbeißen können für meine Geschwätzigkeit. Schon war die vor kurzem erlangte innere Ruhe wieder futsch. Warum ist es nur so schwer, erst zu denken und dann zu reden? Manchmal habe ich das Gefühl, ich lerne die Einhaltung dieser Reihenfolge nie! Dabei lehrt einen die Erfahrung, dass Ehrlichkeit nicht immer der beste Ratgeber ist. Durch meine Impulsivität hatte ich mir wahrscheinlich gerade selbst wieder alles verdorben. Doch überraschenderweise zeigte sich der Schlossherr über meine unbedachte Äußerung weder irritiert noch erstaunt. Vielmehr nickte er wissend und reichte mir die Schatulle, die er zuvor aus dem alten Holzgiganten geholt hatte. Ich nahm sie entgegen und schaute zögerlich, aber auch neugierig hinein.

Darin lag eine silberne Halskette mit einem verschnörkelten Schlüsselanhänger. Was sollte ich denn damit? Gehörte dies etwa zum Familienschmuck? Wollte er mir das Schmuckstück schenken, da er selbst keine Nachkommen hatte? Tausend Fragezeichen tanzten vor meinem geistigen Auge und dementsprechend begriffsstutzig musste ich ihn wohl angeschaut haben. Er lächelte wieder und bestätigte meine Befürchtung: "Die Schlüsselkette gehört nun Ihnen. Die Geisterfrau hat sie mir zur Verwahrung überlassen. Der Zeitpunkt ist gekommen, sie weiterzugeben. Passen Sie gut darauf auf, denn der Schlüssel stellt einen wichtigen Bestandteil für Ihr Vorhaben dar." Die tausend Fragezeichen vor meinem geistigen Auge verschwanden durch seine Worte nicht etwa, sondern vermehrten sich stattdessen in Sekundenschnelle zu abertausenden davon. Ich stammelte nur: "Welches Vorhaben?" Was wusste der alte Mann, was ich nicht wusste? Okay, er hatte mir zumindest schon mal mehrere Unterredungen mit einem Schlossgeist voraus. Wenn ich es mir recht überlege, war das bereits eine ganze Menge Vorsprung. Ich wandte mich dem Eigentümer des Chateaus zu und flehte: "Bitte mein Herr, klären Sie mich über die Bedeutung der Silberkette auf. Und, was hat das alles mit mir zu tun? Ich verstehe nicht, was Sie von mir wollen." Doch anstatt einer Antwort erhielt ich nur ein geheimnisvolles Lächeln. Der alte Mann gab mir sodann folgenden Rat: "Ich kann Ihnen nur empfehlen, das Schloss so schnell als möglich wieder zu besuchen. Alleine und erst in den Abendstunden, wenn die Nacht anbricht! Bitte überstürzen Sie nichts. Bevor Sie zu einem erneuten Besuch aufbrechen, sollten Sie sich unbedingt damit vertraut machen, die "Auserwählte" zu sein." Aber klar doch! Es war ja auch das Normalste der Welt, im 21. Jahrhundert einem Geist aus der Patsche zu helfen, der seit hunderten von Jahren durch Schlossmauern schwebt. Diese Vorstellung ist doch total irrwitzig. Andererseits spürte ich seit dem eigenartigen Vorfall an der Schlossmauer, dass hinter den dicken alten Steinwänden eine Aufgabe auf mich wartete. In meiner Erregung bombardierte ich den betagten Herrn mit einem Fragenstakkato: "Warum erzählen Sie mir das alles? Wie kommen Sie darauf, dass ich die sogenannte "Auserwählte" bin? Was hab ich mit Ihrem Geist zu schaffen?" Erwartungsvoll schaute ich den alten Mann an, der sich jedoch in Schweigen hüllte. Um aufklärende Antworten zu erhalten, musste ich mich anscheinend tatsächlich an die Geisterfrau selbst wenden.

Irgendwie war das alles zu viel für mich. Mir wurde ganz flau im Magen und ich wollte nur noch nachhause. Als ich Anstalten machte, mich aus dem Sessel zu erheben, drückte mich der betagte Herr jedoch wieder in diesen zurück. Völlig verdattert blieb ich sitzen und fragte mich, ob ich wache oder träume. Diese absurde Szenerie konnte doch nicht ernsthaft der Wirklichkeit entsprechen. Wahrscheinlich befand ich mich in einem realitätsnahen Traum und wachte jeden Moment in meinem Bett auf. Sofern ich mich wider Erwarten doch im Wachzustand befinden sollte, hatte ich allerdings ein Problem.

Der Schlossherr erhob sich schwerfällig von der Couch und schlurfte erneut zu dem Holzriesen auf vier Steinfüßen. Dabei richtete er die Worte an mich: "Warten Sie, Kindchen! Das war noch nicht alles!" "Oh nein, bitte nicht noch eine Überraschung. Mein Bedarf daran ist eigentlich fürs Erste mehr als gedeckt!" lautete meine verzweifelte Reaktion darauf. Den alten Mann schien meine desolate Verfassung nach all den schwer verdaulichen Neuigkeiten wenig bis überhaupt nicht zu interessieren und kruschtelte erneut in einer Lade herum. Dieses Mal dauerte seine Suche um einiges länger. Mir verging hingegen jegliche Lust, auf eine weitere Hiobsbotschaft zu warten, die mein ganzes Leben auf den Kopf stellen würde.

In diesem Moment drehte er sich abrupt um und schaute mir intensiv in die Augen. Von seinem durchdringenden Blick völlig verunsichert, rutschte ich nervös im Sessel herum. Konnte der alte Herr vielleicht doch meine Gedanken lesen? Ich begann mehr und mehr daran zu zweifeln, dass überhaupt noch Blut durch seine Adern floss. Vielleicht war er schon gar nicht mehr von dieser Welt? Vielleicht gehörte er längst zur Kategorie "Untoter" oder "Vampir"? Vielleicht war das ja auch ein und das selbe? Mein Kopf fühlte sich an, als ob ein wild gewordener Schwarm hungriger Bienen auf der Suche nach Honig darin herumschwirrten. Meine Nerven spielten mir einen Streich und die Phantasie ging offenbar völlig mit mir durch. Der in die Jahre gekommene Schlossherr schlurfte unbeirrt auf mich zu, ohne dabei den Blick von mir abzuwenden. In der Hand hielt er eine Schriftrolle und diverse Schlüssel.

Er ließ sich wieder auf dem Diwan nieder und fuchtelte mit dem Schriftstück vor meiner Nase herum. Klar und deutlich vernahm ich seine Worte: "Ich überreiche Ihnen nun dieses Dokument, das Sie zur Eigentümerin des Schlosses macht. So lautet die Prophezeiung!" Er drückte mir zudem den schweren Schlüsselbund in die Hand und meinte: "Die Schlüssel werden Ihnen alle Türen des Anwesens öffnen". Nee, das glaub ich jetzt echt nicht. Der alte Mann vermachte mir tatsächlich seine Immobilie. Das ist doch Wahnsinn! Zuerst schenkt er mir eine harmlos wirkende Silberkette mit Schlüsselanhänger, über deren genaue Bedeutung er sich beharrlich in Schweigen hüllt. Als ob das nicht schon verwirrend genug wäre, folgt auch noch das komplette

Schloss. Ich glaub, ich spinne! In dem Moment hatte ich vermutlich den allerdämlichsten Gesichtsausdruck, den man sich nur vorstellen kann. Wobei ein solcher, nach den sich überstürzenden Ereignissen dieses Tages, die mich quasi wie eine Lawine überrollten, nicht wirklich verwunderlich sein sollte.

Mir fiel in dem Moment nichts Besseres ein, als ihm vorzuschlagen: "Warum suchen Sie sich nicht eine andere "Auserwählte"? Ich will das alles nicht!" "Seiner Bestimmung kann man nicht entkommen, meine Liebe!" kam von seiner Seite die direkte wie klare Antwort.

Das Ganze konnte doch wohl nur ein übler Scherz sein! Ich wartete darauf, dass der Schlossherr im nächsten Moment aufspringen und laut verkünden würde: "Willkommen bei der versteckten Kamera!"

Doch als ich mich wie in Trance erneut aus dem Sessel erhob, sprang er weder auf noch hielt er mich zurück. Stattdessen vernahm ich seine Worte: "Ich wünsche Ihnen viel Glück und eine beträchtliche Portion Kühnheit für die Erfüllung Ihrer bevorstehenden Aufgabe." Also keine versteckte Kamera und da ich nicht aufwachte, war es demnach auch kein Traum, sondern Realität. Mein Gehirn befand sich mittlerweile offenbar im "stand by-Modus", denn ich war unfähig, auch nur einen klaren Gedanken zu fassen. Wie hypnotisiert schlich ich wortlos zur

Tür. Es hatte mir im wahrsten Sinn des Wortes die Sprache verschlagen. Als ich mich nochmals zu ihm umdrehte, war der alte Mann bereits eingeschlafen. Er lächelte im Schlaf und wirkte sehr entspannt. Was man von mir nicht behaupten konnte. Worauf hatte ich mich da nur eingelassen? In dem Moment bereute ich es beinah, das Anwesen überhaupt betreten zu haben. Wie sollte ich meinem Mann bitte erklären, dass ich von jetzt auf nachher zur Schlossherrin aufgestiegen war? Der denkt doch, ich wäre dem Wahnsinn verfallen. Demnach hielt ich es für klüger, ihm meine ungewollte Errungenschaft zu verschweigen. Irgendwann musste ich ja mal anfangen, erst zu denken und dann zu reden. Was sprach also dagegen, mit dieser erlangten Weisheit sofort zu beginnen? Sinnvollerweise sollte ich mich erst mal selbst sammeln, um das aufgewirbelte Chaos in meinem Kopf wieder zu beseitigen. Vor allem aber freute ich mich auf mein Bett, da mich ganz plötzlich eine bleierne Müdigkeit überfiel. Sobald ich am nächsten Morgen erwachte, würde ich hoffentlich feststellen, doch alles nur geträumt zu haben.

KAPITEL III
DIE PROPHEZEIUNG

Als ich meine Augen aufschlug, lachte mir die Sonne bereits ins Gesicht. Voller Energie und guter Laune sprang ich aus dem Bett. Während ich mir Jeans und T-Shirt angelte, kamen die Ereignisse wieder hoch. Ich erinnerte mich sogleich an die abgefahrene Story von dem Schlossherrn und meinem Besuch in dessen Anwesen. In der Überzeugung, diesen Irrsinn geträumt zu haben, schüttelte ich lachend den Kopf. Während mein Blick auf der Suche nach einem abgängigen Socken durchs Schlafzimmer streifte und am Nachttisch hängen blieb, ließ sich ein Aufschrei nicht vermeiden. Darauf lagen nämlich neben der Besitzurkunde des antiken Anwesens auch die Schlüssel sowie die Schmuckschatulle. Eine plötzlich eintretende Schockstarre vereitelte jede weitere Bewegung. Stattdessen wurde mir abwechselnd heiß und kalt, was ich ausnahmsweise nicht den nervigen Hitzewallungen zuschrieb, die mich seit einiger Zeit peinigten. Mein Gehirn versuchte zu begreifen, dass der gestrige Tag sehr wohl in meinem Leben vorkam und die Erlebnisse den Stempel der Realität trugen. Das bedeutete, ich war zu einem Schloss gekommen wie die Jungfrau zum Kind, durfte mich als sogenannte "Auserwählte" fühlen und nannte eine Silberkette mit

Schlüssel mein Eigen, deren wahre Bestimmung ich nicht kannte.

Mein erster freier Gedanke gab mir Erleichterung darüber, dass sich mein Mann auswärts auf Montage befand. Er würde erst in ein paar Tagen wieder heimkehren und bis dahin musste ich mir, verdammt noch mal, im Klaren darüber sein, was ich tun sollte. Da es mir unmöglich schien, ihm meinen neuen Besitz plausibel zu erklären, versteckte ich erst einmal die Urkunde. Die Wahrheit konnte ich ihm keinesfalls auftischen, die glaubte ich ja selbst kaum. Um in der Kürze der Zeit eine halbwegs nachvollziehbare Geschichte zu erfinden, fehlte mir zum einen die Ruhe und zum anderen die nötige Phantasie. Ein geheimes Plätzchen für das Dokument war in dem Fall die schnellere und vor allem bequemere Lösung.

In der Kette hingegen sah ich keine Gefahr, die mich in eventuelle Erklärungsnot bringen könnte, also legte ich sie gleich an. Wahrscheinlich würde meinem Mann ein neues Schmuckstück an meinem Hals gar nicht auffallen. Dem männlichen Homo sapiens fehlt ja bekanntlich meist der Blick fürs Detail. Sollte er wider Erwarten doch auf eine Erklärung pochen, dann hab ich den Anhänger halt in einem Trödelladen erstanden.

Zufrieden brühte ich mir erst mal einen starken Kaffee auf und ließ den vergangenen Tag nochmals Revue passieren.

Das Unangenehmste an der ganzen Misere war noch immer, keiner Menschenseele über meine absurden Erlebnisse berichten zu können. Bei den meisten Dorfbewohnern galt ich ohnehin als durchgeknallter, deutscher Paradiesvogel. Diese Geschichte würde für die einheimische Bevölkerung sozusagen den Gipfel der Skurrilität bedeuten.

Demnach blieb mir keine andere Wahl, als das im Schlossturm auf mich wartende Abenteuer tatsächlich alleine anzugehen.

Bevor ich über meine weitere Vorgehensweise nachdachte, googelte ich nach Informationen über die altertümliche Immobilie. Dabei stieß ich auf interessantes Material, das vor allem den besagten Turm betraf. Der wurde nämlich in längst vergangenen Tagen als Verlies genutzt. Dieses Wissen war schon hilfreich, denn dadurch bekam ich immerhin einen vagen Anhaltspunkt von dem, was mich erwarten würde. Ich vermutete nämlich, dass die Geisterlady vor ziemlich langer Zeit im Kerker ihr Leben fristete oder gar hingerichtet worden war.

Welches Drama sich tatsächlich hinter den alten Mauern abspielte und was eine arbeitslose Rechtsanwaltsgehilfin für die arme Seele tun konnte, würde ich vermutlich nur von ihr selbst in Erfahrung bringen können. Meine Neugier war zwar groß, doch mein Muffensausen noch um einiges größer. Nicht unbedingt vor der geisterhaften Erscheinung selbst, sondern vielmehr vor der Schlossbegehung in der Nacht. Obwohl die Dunkelheit alleine noch keinen Anlass zu furchterregenden Gedanken geben sollte, jagte mir die pure Vorstellung einen Schauer nach dem anderen über den Rücken. Warum wird die Finsternis eigentlich automatisch mit unheimlichen Begegnungen in Verbindung gebracht?

Während ich angewidert meinen inzwischen erkalteten Kaffee schlürfte, dachte ich über mein weiteres Handeln nach.

Vor nächsten Montag war eine Nachtwanderung zum Schloss unmöglich durchführbar. Das Wochenende stand nämlich vor der Tür und mit ihm mein Mann, der von der Montage zurückkam sowie mein Sohn, der freitags aus dem Schulinternat zuhause eintraf. Sobald ich meine "Männer" in die nächste Arbeits- bzw. Schulwoche verabschiedet habe, würde ich erst mal dem Schlossherrn einen weiteren Besuch abzustatten. Je länger ich über die Geschichte nachdachte, desto mulmiger wurde mir zumute. Vielleicht konnte ich ihn dazu überreden, mich bei der Nachtaktion zu begleiten. Im Grunde war die Frau aus dem Jenseits so was wie eine alte Bekannte von ihm. Die bessere wie klügere Idee wäre natürlich, dem alten Mann sein Geschenk-Set zurückzugeben und das Ganze einfach zu vergessen.

Das Wochenende, an dem mein schauspielerisches Talent zum Vorschein kam, um gegenüber meiner Familie

Unbeschwertheit zu heucheln, zog sich wie Kaugummi. Dann endlich stand ich Montag Nachmittag erneut vor der Wohnungstür des alten Mannes und drückte auf den Klingelknopf. Aufgeregt tippelte ich von einem Fuß auf den anderen, denn ich konnte es kaum erwarten, ihm zu sagen, dass ich lieber doch nicht die "Auserwählte" sein möchte. Zu meiner Verwunderung blieb jedoch alles still. Auch auf mein nochmaliges Klingeln rührte sich nichts. Keine sich nähernden Schritte oder sonstige Geräusche. Der gnädige Herr war anscheinend nicht zuhause. Tja, das kann passieren, wenn man seinen Besuch schlauerweise nicht ankündigt. Da es keinen Sinn machte, länger zu warten, kehrte ich der Wohnungstür den Rücken, um das Haus unverrichteter Dinge wieder zu verlassen. Im selben Moment hörte ich eine Frauenstimme aus dem Parterre ins Treppenhaus rufen: "Hallo? Wer ist da? Was wollen Sie denn von dem alten Herrn?" Ich lief die Stufen hinunter und blieb direkt vor der Nase dieser neugierigen Person stehen, zu der diese schrille Stimme gehörte. Durch einen schmalen Spalt ihrer Wohnungstür lugte ein weißhaariges, altes Weib hervor, das mich mit zusammengekniffenen Augen argwöhnisch musterte. Obwohl mir solch wissbegierige Tratschtanten von je her ein Greuel waren, lächelte ich sie dennoch freundlich an. Um ihr Interesse zu befriedigen, antwortete ich: "Guten Tag, gnädige Frau! Der Herr, der über Ihnen wohnt, war vor ein paar Tagen so freundlich, mir sein Schloss zu zeigen. Ich wollte ihm spontan einen Besuch abstatten, um mich nochmals für die Besichtigung zu bedanken. Leider macht er nicht auf und ich nehme an, er befindet sich außer Haus." Offenbar hatten der weißhaarigen Alten meine Worte nicht gefallen, denn sie entfernte sich vom Türspalt ins Innere der Wohnung und ließ mich wortlos stehen. Was sollte das nun wieder? Erneut befand ich mich in einer rätselhaften Situation, die eine Horde Fragezeichen vor meinem geistigen Auge tanzen ließ. Mein Gefühl suggerierte mir allerdings, nicht gleich davonzuspringen, sondern abzuwarten. Wie sich herausstellte, war diese Entscheidung goldrichtig. Die Frau kam tatsächlich wieder zur Tür und reichte mir einen Umschlag mit den Worten: "Es tut mir leid, da kommen Sie zu spät. Der alte Mann ist vor zwei Tagen verstorben". Danach schloss sie die Tür und ich stand mit dem Brief in der Hand da, wie ein begossener Pudel. Na, das lief doch echt spitzenmäßig für mich! Der ehemalige Schlossbesitzer hatte im Gegensatz zu mir scheinbar all seine Aufgaben erfüllt, sodass ihm nichts Besseres einfiel, als sich still und heimlich von dieser Welt zu verabschieden. Wer beantwortete mir nun all meine Fragen, die noch immer wie ein Bienenschwarm auf der Suche nach Honig durch meinen Kopf schwirrten? Ja, ja, ich weiß die Antwort eh selbst!

Enttäuscht darüber, vom einzigen Verbündeten in diesem Wahnsinn im Stich gelassen worden zu sein, ging ich mit gesenktem Kopf zu meinem Wagen und ließ mich frustriert hinter dem Lenkrad nieder. Während ich mit dem Autoschlüssel den Umschlag aufriss, blickte ich mutlos geradeaus direkt auf das Schloss. Mein Schloss! An diese Tatsache werde ich mich – wenn überhaupt – so schnell nicht gewöhnen.

Ich überflog die Zeilen, die der alte Mann scheinbar noch am gleichen Abend unseres ersten und einzigen Treffens niedergeschrieben hatte. Als sehr aufschlussreich konnte man den Inhalt wahrlich nicht bezeichnen. Den einzigen Lichtblick entnahm ich der Äußerung, mich nicht fürchten zu müssen, wenn ich das Anwesen in der Dunkelheit betrete. Die Geisterfrau erwarte mich und er garantiere dafür, dass mir nichts zustoßen würde.

Woher wollte er das denn so genau wissen? Vielleicht tappte ich ja geradewegs in eine Falle. Vielleicht brauchte die Lady aus dem Jenseits gar keine Hilfe von mir, sondern wollte sich vielmehr an mir rächen. Im Gegensatz zu mir weiß sie, was vor etlichen Jahrhunderten vorgefallen war. Immerhin wird sie seitdem jeden Tag in Form ihrer gefangenen Seele daran erinnert.

Meine gesamten Spekulationen machten irgendwie überhaupt keinen Sinn. Die einzig vernünftige oder - besser gesagt - unvernünftige Idee bestand darin, das Treffen mit dem Geist nicht länger aufzuschieben. Da ich im Grunde keine Wahl hatte, wollte ich es so schnell als möglich hinter mich bringen. Nach dem Tod des alten Mannes gab es für mich nun erst recht kein Zurück mehr. Also: Augen zu und durch!

Zu meinem Glück war ich unter der Woche mit Kater Charly allein zu Hause. Schlimmstenfalls war dies eher Pech als Glück. Fakt war, ich hatte nicht die leiseste Ahnung, was genau mich in dem verlassenen Chateau erwartet. Sollte es doch für mich gefährlich werden, was dann? Beistand von außen war nicht zu erwarten, da ja niemand über meinen geplanten Ausflug zum Schloss informiert ist.

Halt, stopp! Ich musste sofort damit aufhören, mir derartige Horrorszenarien auszumalen. Um ein gutes Gefühl für die nächtliche Exkursion zu bekommen, wechselte ich schnellstens auf positive Gedanken um. Ratgeber über das Prinzip der Anziehung hatte ich bereits zur Genüge verschlungen. Darin wird nämlich verdeutlicht, dass man genau das anzieht, was die Gedanken einem vorgeben. Ich werde ja sehen, ob sich die Theorie der Expertenbücher auch als praxistauglich erweisen.

Stolz auf meine gelungene Gedankenumkehr fuhr ich nach Hause, um letzte Vorkehrungen für meine Exkursion zu treffen. Dafür schnappte ich mir nen Wanderrucksack und verstaute darin eine Taschenlampe, den Schlüsselbund fürs Anwesen sowie einen Flachmann, der mit selbst gebranntem Schnaps gefüllt war. Es konnte kein Fehler sein, sich bei Bedarf ein klitzekleines Schlückchen Mut anzutrinken. Schließlich bin ich weder die Jungfrau von Orléans noch eine sonst wie geartete Kampfamazone, die ohne Furcht und Adel bedingungslos in jede Schlacht zieht. Bei meiner Person handelt es sich lediglich um eine erwerbslose Rechtsanwaltsgehilfin im besten Alter, die während ihrer aktiven Berufszeit höchstens gegen Aktenberge gekämpft hatte.

Die Stunde der Wahrheit rückte unausweichlich näher. Als die Dämmerung hereinbrach, stieg ich in mein Auto und fuhr los. Bereits zwanzig Minuten später stand mein Wagen an der Zufahrt, die zum Schloss führt. Das Gebäude selbst befand sich noch ziemlich weit entfernt und war aufgrund der ansteigenden Dunkelheit nur schemenhaft zu erkennen. Bevor ich ausstieg, um die letzten Meter zu Fuß zurückzulegen, genehmigte ich mir einen Schluck Heldenwasser. Der Schnaps wirkte sofort, denn ich wurde erheblich ruhiger.

Die Taschenlampe leuchtete mir den Weg und so kam ich dem geheimnisvollen Schlossgeist, der hinter den Mauern auf mich wartete, Schritt für Schritt näher. Nach all den Ereignissen der letzten Tage, bestand für mich kein Zweifel mehr daran, dass mein nächtlicher Besuch ebenfalls Teil der Prophezeiung sein musste.

Zum zweiten Mal sagte ich mir: "Abenteuer, ich komme!"

Die Dunkelheit brach schnell herein, für meine Begriffe viel zu schnell. Ich hielt die Taschenlampe wie einen Schraubstock fest umklammert und blickte stur auf deren Lichtstrahl. Nach einer gefühlten Ewigkeit stand ich endlich vor dem Schlosstor, das mich noch vom Innenhof sowie dem Haupthaus trennte. Um mich herum ertönten die eigenartigsten Geräusche, die ich versuchte, so gut wie möglich auszublenden. Um diese Verdrängung aufrecht erhalten zu können, kramte ich in meinem Rucksack hektisch nach dem Flachmann und genehmigte mir ein weiteres Schlückchen "Heldenwasser". Auf einem Bein steht es sich bekanntlich schlecht! Die Wirkung ließ auch diesmal nicht auf sich warten und so fühlte ich mich mutig genug, mein Vorhaben durchzuziehen und der Geisterlady gegenüberzutreten. Wieder durchwühlte ich meinen Rucksack, um diesmal den schweren Schlüsselbund herauszufischen. Nach einigen Fehlversuchen passte endlich einer der unzähligen Schlüssel ins Schloss und öffnete das Tor. Vorsichtig betätigte ich die Klinke und die Pforte sprang auf. Kaum war ich in den Innenhof gehuscht, schloss sich das Hoftor wie von Geisterhand selbst. Vor Schreck fiel mir beinah die Leuchte aus der Hand. Trotz des "Heldenwassers" fühlte ich mich nach dieser Gruseleinlage ziemlich erbärmlich. Warum tat ich mir das an? Ich stand ja nicht etwa mitten in der Filmkulisse eines Horrorfilmdrehs und demnach wuselte auch kein Heer aus Filmleuten um mich herum. Diese Szenerie war leider keine Inszenierung, sondern gnadenlose Realität und ich stand ganz alleine in der Finsternis. Mit zitternden Fingern suchte ich nach dem Schlüssel für das Haupthaus und betete, dass meine Taschenlampe nicht den Geist aufgab. Trotz der Anspannung musste ich über mein Wortspiel kichern. Denn "Geist" war ja wohl das passendste Stichwort überhaupt. Nachdem sich der entsprechende Schlüssel im Schloss gedreht und ich die Klinke heruntergedrückt hatte, öffnete sich die Tür mit laut knarrenden Begleitgeräuschen. Kurz darauf befand ich mich - wie bereits einige Tage zuvor gemeinsam mit dem alten Herrn - in der riesigen Eingangshalle. Was würde ich darum geben, wenn er jetzt bei mir wäre, lebend versteht sich. Aber was nicht ist, ist eben nicht. Stattdessen lenkte ich meine Aufmerksamkeit lieber auf die Frage, ob es in dem uralten Gemäuer überhaupt elektrisches Licht geben würde. Bei meinen Internetrecherchen brachte ich in Erfahrung, dass das Schloss Ende des 19. Jahrhunderts als Hotel fungierte. Von daher war es also gar nicht so abwegig. Mit dem Strahl meiner Taschenlampe suchte ich die Wände ab und erblickte tatsächlich einen Kippschalter. Obwohl es logisch erschien, dass der Strom nach dem Auszug des Besitzers abgeschaltet worden war, versuchte ich dennoch mein Glück und legte den Schalter um. Der Raum erhellte sich und von unsagbarer Freude ergriffen, hüpfte ich durch die Halle wie ein übermütiges Kind. An der Decke hing ein gewaltiger Kronleuchter, dessen Lichtschein für so viel Watt eher matt ausfiel. Die Helligkeit reichte jedoch aus, um mich problemlos zu orientieren. Da mir der Weg zum Turm ja bereits geläufig war, stiefelte ich los und stoppte erst wieder vor der alles entscheidenden Tür. Erneut holte ich den schweren Bund aus meinem Rucksack und probierte einen Schlüssel nach dem anderen aus, bis der richtige ins Schloss passte. Bevor ich die Tür öffnete, schielte ich noch einmal kurz auf den Flachmann, untersagte mir dann aber einen weiteren Schluck. Zwar wollte ich mutig, aber nicht betrunken vor die Geisterlady treten. Folglich atmete ich nur einmal tief durch und betrat dann den Turm. Mit dem Schein der Taschenlampe suchte ich auch hier die Wände nach einem Lichtschalter ab, fand ihn und legte ihn um. Die Leuchte, welche daraufhin ins Flackern kam, fiel noch karger aus, als der Kronleuchter in der Eingangshalle. Jedoch spendete selbst diese spärliche Funzel ausreichend Licht, um mich gefahrlos fortzubewegen, ohne an eventuelle Hindernisse zu prallen. Intuitiv steuerte ich die Treppe an und schritt langsam Stufe um Stufe höher. Da es sich um eine Holzstiege handelte, knarrte sie fröhlich bei jeder meiner Bewegungen mit. Spätestens jetzt würde das Geisterwesen bemerken, dass seine "Retterin" im Anmarsch war.

Am Ende des Aufgangs befand sich eine weitere Tür, die zu meiner Erleichterung ausnahmsweise offenstand. Das Licht, welches mir viel zu grell entgegen funkelte, wurde allerdings nicht mittels elektrischem Strom erzeugt, sondern durch eine Unzahl dreiarmiger Lüster, in denen dunkelrote Kerzen brannten. Dadurch wirkte das Zimmer nicht nur taghell, sondern strahlte zudem eine schier unerträgliche Hitze aus. Während ich mich der Hoffnung hingab, mein Körper würde mir wenigstens in den nächsten Minuten aufsteigende Hitzewallungen ersparen, vermied ich zeitgleich darüber nachzudenken, wer oder was für dieses Lichtermeer verantwortlich war. Mein Verstand hätte mir eh keine plausible Erklärung geliefert. Geblendet von der atemberaubenden Atmosphäre, betrat ich voller Erstaunen den Raum. Neben den unzähligen Kerzenleuchtern stand darin ein überdimensional großer Spiegel, der die tanzenden Flammen reflektierte.

Ich war von diesem Anblick derart fasziniert, dass ich die Geisterfrau anfangs gar nicht bemerkte. Erst nachdem mir ein Windhauch um den Hals strich, wendete ich mein Gesicht der

Richtung zu, aus der er gekommen war. Meine Augen weiteten sich schlagartig, als ich die Erscheinung direkt vor mir schweben sah. Ich wollte etwas sagen, um sie zu begrüßen oder so. Doch mein Mund fühlte sich an, als gehöre er nicht mehr zu mir. Meine Lippen signalisierten zwar, dass sie sich bewegten, doch es kam kein einziger Laut heraus. Der Geist lächelte mich gütig an. Währenddessen stand ich nur fassungslos mit weichen Knien wie offenem Mund da und starrte sie an. Wenigstens mein dämlicher Gesichtsausdruck hatte mich nicht im Stich gelassen.

Komischerweise kam mir in dieser abgefahrenen Situation als erstes der Gedanke, ob die Geisterlady das "Heldenwasser" riechen würde, von dem ich mir Mut einflößend kurz vor unserer Begegnung etwas genehmigt hatte. War ich denn von allen guten Geistern verlassen? Wieder musste ich für eine Sekunde über meine Wortspielerei innerlich kichern. Da stand ich einem beinah unsichtbaren, schwebendem Wesen aus dem Jenseits gegenüber und mir fiel nichts Besseres ein, als mich zu fragen, ob ich eine Alkoholfahne hatte? Entweder schien ich dem Wahnsinn nahe oder einen zu großen Schluck aus dem Flachmann erwischt zu haben. Zudem gaben plötzlich meine weichen Knie gänzlich nach und da kein Stuhl vorhanden war, sackte ich wie selbstverständlich auf den Boden des Raumes nieder. Meinen Beutel hielt ich fest umklammert als wäre es ein Schutzschild. Dabei erweckte die arme Seele so gar nicht den Eindruck, mir schaden zu wollen. Vielmehr schien sie wohl tatsächlich meine Hilfe zu benötigen.

Plötzlich begann sie mit zarter, beinah singender Stimme, zu sprechen: "Fürchte dich bitte nicht. Ich bin Prinzessin Armella und meine Seele findet dank meines grausamen Bruders seit beinahe 300 Jahren keinen Frieden. Laut der Prophezeiung bist du jedoch die "Auserwählte" für meine Erlösung. Nur du bist in der Lage, mich aus der Verdammnis zu befreien, weiterhin im Schloss gefangen zu sein."

Die bleiche Lady fuhr ohne zu zögern fort: "Du musst wissen, dass ich vor sehr langer Zeit von meiner Mutter als Baby zu einer einfachen Bäuerin gebracht wurde, die mich groß zog und wie ihr eigenes Kind liebte. Erst auf dem Sterbebett vertraute sie mir an, nicht meine leibliche Mutter zu sein. Sie konnte mir nur noch mitteilen, dass ich aus sehr gutem Hause stamme, bevor sie ihre Augen für immer schloss. Nach ihrem Tod stellte ich Nachforschungen an, um meine wahre Herkunft ausfindig zu machen. Obwohl meine Suche viele Jahre überdauerte, gab ich nicht auf, bis ich die ganze Wahrheit herausgefunden hatte".

Die Erscheinung machte eine kurze Pause, bevor sie in ihren Erzählungen weiter ausführte: "Meine leiblichen Eltern waren keine geringeren als der König und die Königin, die vor Jahrhunderten auf diesem Schloss lebten. Mein Vater war ein sehr böser wie herzloser Regent, der als würdigen Nachfolger ausschließlich einen Sohn duldete. Mit einer Tochter wusste er nichts anzufangen. Zu meinem eigenen Schutz und um mein Wohl besorgt, gab mich meine Mutter in die Obhut der armen Bäuerin. Meinem Vater log sie hingegen vor, mich in den Wald gebracht und dort zurück gelassen zu haben.

Ein Jahr später gebar die Königin den vom Herrscher ersehnten Thronfolger, der just im gleichen Jahr, in dem ich endlich Gewissheit über meine wahre Identität erlangte, zum König gekrönt werden sollte. Meine Eltern starben bedauerlicherweise, bevor ich sie kennenlernen konnte." Wieder machte die Prinzessin eine Redepause und ich spürte, wie schwer es ihr fiel, über ihr erlittenes Schicksal zu sprechen. Dann setzte sie im zarten Sington wieder an: "Mir wurde bewusst, dass ich als Erstgeborene demnach die rechtmäßige Thronerbin war. Doch noch bevor ich das Volk, den Hofstaat und vor allem meinen Bruder mit dieser Tatsache konfrontieren konnte, wurde ich an diesen verraten. Um seine Krönung zum König nicht zu gefährden, ließ er mich als Hexe ins Verlies werfen. Mein Bruder war mindestens ebenso böse und hartherzig wie unser Vater, denn meine Gefangenschaft alleine genügte ihm nicht. Er bezahlte

"Zeugen" dafür, mich, sein eigen Fleisch und Blut, der Hexerei und dunklen Magie zu bezichtigten, sodass ich auf dem Scheiterhaufen verbrannt wurde. Nachdem dieses abscheuliche Verbrechen bis heute nicht aufgedeckt wurde, kann meine Seele nicht erlöst werden und ich bin noch immer in diesen Mauern gefangen."

Oh Mann, welch krasse Story! Was war denn das für eine durchgeknallte Königsfamilie? Unvorstellbar. Die vor mir schwebende blaublütige Armella musste als geborene Prinzessin bei einer einfachen Bäuerin aufwachsen, während ihr jüngerer Bruder als Papas Ein-und-Alles-Prinz wie die Made im Speck lebte. Dann fand sie allen Gefahren zum Trotz nach Jahren der Recherche die Wahrheit über ihre Herkunft heraus und wird zum "Dank" vom eigenen Bruder mit dem Tod "belohnt". Dem Unrecht nicht genug, büßt mit ihr auch noch die falsche Person bzw. das, was von der Prinzessin übriggeblieben ist, bis heute für die ungeheuerliche Missetat ihres Bruders, nachdem ihre Seele seit der Verbrennung vor knapp 300 Jahren noch immer gefangen gehalten wird. Das nenn ich mal ein echt verdammt hartes Schicksal!

Mir fiel in dem Moment nichts Besseres ein, als zu stammeln: "Es tut mir so unglaublich leid für dich, Hoheit. Die Ungerechtigkeit, die dir widerfahren ist, macht mich nicht nur fassungslos, sondern vor allem wütend". Prinzessin Armella hatte mein vollstes Mitgefühl, denn ich konnte ihren Schmerz nur zu gut verstehen. Erfreut darüber, dass sich meine Stimme wieder eingefunden hatte, fügte ich zum Trost noch hinzu: "Du wirst es nicht glauben, doch derartige Niederträchtigkeiten sind leider bis heute keine Seltenheit. Für Macht und Reichtum gehen Menschen noch immer über Leichen, auch wenn es in unserem Zeitalter keine Hexenverbrennungen mehr gibt. Heutzutage werden die Leute eher auf offener Straße erschossen!"

Je länger ich über ihre deprimierende Geschichte nachdachte, desto mehr schwoll mir der Kamm gegen ihre fiese Sippe. Schon allein aufgrund meines unerschöpflichen Gerechtigkeitssinns war ich fest entschlossen, der Adelsdame zu helfen und sie zu erlösen. Um so mutig wie möglich zu wirken, legte ich meinen Rucksack beiseite und nahm eine lässige Haltung im Schneidersitz ein. Meine Neugier stieg immer weiter an und seltsamerweise erfasste mich urplötzlich größtes Vertrauen zu der Geisterfrau, sodass ich ihr ohne Umschweife die Frage stellte:"Sag mir, was von meiner Seite aus getan werden muss, um deine geschundene Seele zu retten?"

Sie lächelte mich dankbar an. Bevor sie mir darauf eine Antwort geben konnte, wollte ich allerdings erst mal wissen, welchen Stand ich damals im Schloss hatte. Schließlich wusste sie, dass ich mich in einem meiner früheren Leben zur gleichen Zeit im Chateau aufhielt. Darin liegt wohl auch begründet, dass ausgerechnet ich die "Auserwählte" sein soll. Die Antwort der zarten blaublütigen Erscheinung lautete: "Du warst einst die Kammerzofe des Prinzen." Verständlicherweise missfielen mir ihre Worte zutiefst. Von daher wäre es mir eigentlich lieber gewesen, ich hätte nicht nachgefragt. Mit allem hätte ich gerechnet, aber dass ich diesen machthungrigen Kotzbrocken vor hunderten von Jahren auch noch bedient habe, hätte ich dann doch nicht erwartet. Spätestens nach dieser ekelerregenden Aufklärung war ich wild entschlossen, Armella zu helfen. Meine Ohren lauschten gespannt ihren Instruktionen, wie meine Hilfe aussehen sollte.

So verriet sie mir: "Dieser Spiegel hier ist ein Portal, der dich in die damalige Zeit zurückbringen wird. Allerdings benötigst du zum Öffnen des Durchgangs in eine andere Welt drei Schlüssel! Einen davon besitzt du bereits, wie ich sehe." Dabei zeigte sie mit ihrer beinah schon durchsichtigen Hand auf meinen Hals. Damit wurde mir auch die Andeutung des alten Mannes klar, dass der Anhänger von größter Wichtigkeit für mich sei.

Von weiteren Schlüsseln war mir bisher allerdings nichts bekannt. Woher also nehmen und nicht stehlen? Als ob die Prinzessin meine Gedanken gelesen hätte, fuhr sie in ihren

Erläuterungen unbeirrt fort: "Die fehlenden Schlüssel befinden sich im Besitz von Personen deines Umfeldes. Mache diese ausfindig und bringe sie dazu, gemeinsam mit dir die Portalschlösser des Spiegels zu öffnen. Damit ist es jedoch nicht getan, denn Ihr müsst auch zu dritt in die Vergangenheit reisen und meinen Bruder seiner Schandtat überführen. So lautet nun mal die Prophezeiung."

Erneut saß ich mit weit aufgerissenen Augen und offenem Mund da. Der dümmliche Gesichtsausdruck scheint bei mir langsam aber sicher zur Gewohnheit zu werden. Mein Gehirn war gerade wieder dabei, sich in den "Stand-by-Modus" zu verabschieden, denn ich sah mich außer Stande, all die abstrusen Neuigkeiten zu verarbeiten. Schon gar nicht auf die Schnelle.

Nach etlichen Schweigeminuten zwecks Gedankensortierung, setzte ich gerade zu der Frage an: "Kannst du mir bitte verraten, wie das Ganze funktionieren soll, Hoheit?", als mir auffiel, dass die Lady verschwunden war. So saß ich nun geisterseelenalleine auf dem Holzboden des Turmzimmers in einem Lichtermeer aus brennenden Kerzen und starrte auf das verschlossene Portal. Eine ganze Weile hockte ich regungslos da, bevor sich meine Gliedmaßen vom Boden aufrappelten und auf den Spiegel zusteuerten. Mit leicht zitternden Fingern strich ich behutsam über den schwungvoll gestalteten Rahmen und ertastete dabei die drei kleinen Schlösser, die mit Hilfe der passenden Schlüssel eine Reise in die Vergangenheit ermöglichen sollten. Durch einen Spiegel zu spazieren, um noch dazu in einem anderen Zeitalter wieder heraus zu treten, überstieg mein Vorstellungsvermögen bei weitem, obwohl ich über ein gewisses Potential an Phantasie verfüge. Allerdings hatte ich als Kind immer mal wieder den Wunsch verspürt, eine solche Fähigkeit und den dazu passenden Zauberspiegel zu besitzen. Sobald im Fernsehen Filmszenen gezeigt wurden, in denen Leute wie du und ich in einem Spiegel verschwanden, saß ich wie elektrisiert vor dem Bildschirm und wäre am liebsten hinterher gesprungen.

Ich riss mich von meinen Kindheitserinnerungen los, ließ den Spiegel Spiegel sein, schnappte meinen Rucksack und wollte nur noch nach Hause in mein Bett. Wer aber würde die unzähligen Kerzen löschen? Die blaublütige Erscheinung machte einen auf unsichtbar und ich sollte mir hier die Lippen fransig pusten? Nö, fiel mir ja gar nicht ein. Nachdem ich mich quasi in meinen eigenen Steinwänden befand, entschied ich mich dazu, die Wachsstäbe einfach brennen zu lassen.

Als ich im Schlosshof stand, dämmerte bereits der neue Tag, was mich sichtlich überraschte. Konnte es tatsächlich sein, dass ich die ganze Nacht im Turmverlies verbracht hatte? Es musste wohl so sein. Echt der Wahnsinn, wie schnell doch die Zeit verfliegt, wenn man etwas Aufregendes erlebt.

KAPITEL IV
SCHLÜSSELERLEBNIS

Während der Heimfahrt überlegte ich mir, wann, wie und vor allem wo ich die fehlenden Schlüssel samt ihrer Besitzer suchen sollte? Mal angenommen, ich finde sie tatsächlich, was dann? Hallo? Wir leben im 21. Jahrhundert in einer Welt, die angereichert ist von technischen Wunderwerken und medizinischen Höhenflügen. In diesem modernen wie fortschrittlichen Zeitalter komme ich dann mit meiner Geistergeschichte daher und sage zu den betreffenden Personen so selbstverständlich als ob ich mich mit ihnen zum Abendessen verabrede: "Hey, haste mal kurz Zeit, mit mir ins Schloss zu gehen und mit deinem Schlüssel ein Portal zu öffnen, um gemeinsam mit mir in die Vergangenheit zu reisen? Wir müssten dort was erledigen, um die Seele einer spukenden Prinzessin erlösen zu können."

Wenn mich der oder die Angesprochene nach einer solch abstrusen Frage nicht als völlig bescheuert abstempelt, dann weiß ich auch nicht. Vor allem fiel mir in meiner Domäne so spontan überhaupt niemand ein, bei dem ich mir den Besitz eines Portalschlüssels vorstellen könnte. Selbst wenn ich die betreffenden Schmuckträger ausfindig mache, wie sollte ich dessen Nutzen plausibel erklären? Die damit verbundene Geschichte glaubt mir doch kein Mensch!

Um noch weitere Gedanken daran zu verschwenden, war ich viel zu erschöpft. Zuhause angekommen, ließ ich mich geradewegs auf mein Bett fallen und schlief sofort ein.

Noch bevor ich am nächsten Morgen meine Augen aufschlug, sagte mir mein Bauchgefühl, dass ich den Besuch im Schloss und meine Begegnung mit Armella genauso wenig geträumt hatte, wie bereits sämtliche schrägen Ereignisse zuvor. Ich setzte mich im Bett auf und dachte fieberhaft darüber nach, wie ich an die fehlenden Schlüssel kommen sollte. Ein wenig redseliger hätte die Geisterfrau schon sein können, anstatt mich trotz der brennenden Kerzen im Dunkeln tappen zu lassen. Schließlich will ja ihre Seele so schnell als möglich erlöst werden und nicht meine. Zum Dank für die Hilfsbereitschaft, durfte ich nun auch noch Rätsel raten bzw. Ostereier auf zwei Beinen suchen. Echt klasse durchsichtige Hoheit!

Nach all den Jahren, die ich bereits in der Bergwelt lebe, kenne ich eine ganze Menge Leute. Vor allem erscheint mir der Begriff "aus meinem Umfeld" sehr vage. Damit könnte mein Freundeskreis gemeint sein oder nähere Bekannte, ehemalige Chefs und Kollegen vielleicht oder gar jemand, mit dem ich irgendwann lediglich Smalltalk übers Wetter gehalten habe? Ehrlich gesagt, hatte ich keinen blassen Schimmer, wo ich mit der Suche beginnen sollte. Um nicht planlose Zeit zu vergeuden, beschloss ich, eine weitere nächtliche Exkursion in den Schlossturm zu unternehmen, um die Prinzessin diesbezüglich nochmals zur Rede zu stellen. Sie sollte gefälligst ein wenig deutlicher werden, damit ich wenigstens eine etwaige Richtung für meine Suche anpeilen könnte. Ja genau, so würde ich es machen. Zufrieden mit meinem Einfall sprang ich aus den Federn, um Kaffee zu kochen. Dynamisch und abenteuerlustig fuhr ich bereits am selben Abend erneut zum Schloss. Mein Rucksack war noch vom Vortag mit allen wichtigen Utensilien bestückt, einschließlich des Flachmannes. Den würde ich mindestens so dringend benötigen wie die Taschenlampe. Auch wenn ich bereits wusste, was mich erwartete, handelte es sich auch diesmal nicht um einen romantischen Waldspaziergang. Die Atmosphäre in der Dunkelheit rund um das Anwesen empfand ich nach wie vor als mega unheimlich, was meine aufgestellten Nackenhaare eindrucksvoll unterstrichen.

Den Weg zum Schloss ging ich bereits schnelleren Fußes als beim ersten Mal und ein Schlückchen Heldenwasser genehmigte ich mir nur einmal am Hoftor. Mein Mut wurde immer stärker und verdrängte das mulmige Gefühl, das sich noch irgendwo in meinen Knochen versteckt hielt. Also dann, auf ein Neues! The same procedure as yesterday ghost lady!

Stolz auf meine Fortschritte, die Oberhand über meine Furcht gewonnen zu haben, atmete ich nochmals tief durch und begab mich sodann ins Haupthaus, durchquerte die überdimensionale Eingangshalle, um sodann vor der Tür zum Turmverlies kurz inne zu halten. Ich stand nur da und lauschte. Alles um mich herum war totenstill. Lediglich die alte Holztür gab knarrende Geräusche von sich, als ich die Klinke herunterdrückte. Würde mich Armella bereits wieder erwarten? Stufe um Stufe erklomm ich die Treppe, bis ich zum zweiten Mal vor dem offenen Turmzimmer stand. Zu meiner Verwunderung war es darin jedoch stockdunkel. Ich holte meine Taschenlampe hervor und leuchtete systematisch den kahlen Raum ab. Zur Verwunderung gesellte sich Entsetzen, denn das Verlies war wie leergefegt. Keine Kerzen, keine entsprechenden Leuchter, kein Spiegel und vor allem kein Geist. Nichts! Als ob es unsere gestrige Zusammenkunft nie gegeben hätte. Ich fühlte mich in dem Moment genauso veräppelt wie schon in der Wohnung des alten Schlossbesitzers, als ich vergeblich auf den Einsatz eines affigen Showmasters wartete, der hinter der Tür hervorspringend "Willkommen bei der versteckten Kamera" trällert. Doch auch in dieser für mich unerklärlichen Situation passierte nichts dergleichen. Wo um alles in der Welt war die Geisterfrau? Wenn sie des Nachts durchs Gebäude spukt, müsste sie mich doch längst bemerkt haben. Die ganze Szenerie erschien mir äußerst mysteriös und irritierend. Ein lauter Schrei ließ mich plötzlich zusammenzucken und vor Schreck ließ ich auch noch die Taschenlampe fallen. In Windeseile hob ich sie auf und leuchtete in die Richtung, aus der das unheimliche Geräusch zu vernehmen war. Mit Erleichterung stellte ich fest, dass auf dem Fenstersims nur eine weiße Eule saß, die mich mit großen, orange leuchtenden Augen anstarrte. Nur eine weiße Eule? Wie lange wartete ich bisher vergeblich darauf, einem derart faszinierenden Tier in freier Natur zu begegnen? Dann taucht so ein edler Nachtvogel auf und ich tu so, als wäre es nichts Besonderes! Von den neuerlichen Ereignissen irritiert, stand ich nachts alleine in einem leeren Turmzimmer meines Schlosses und glotzte verblüfft auf den riesigen Vogel, der wie aus dem Nichts erschienen war. Das konnte doch kein Zufall sein! Sollte sich etwa die blaublütige Lady in Form dieses weißen Flugtieres zeigen? Vielleicht wurde sie aus einem mir nicht bekannten Grund daran gehindert, als Geist in Menschengestalt zu erscheinen oder sie liebte einfach nur die Abwechslung oder es handelte sich tatsächlich "nur" um ein Tier als solches.

Während ich die Eule weiterhin voller Bewunderung fixierte, begann das Licht meiner Taschenlampe zu flackern. Oh nein, bitte nicht jetzt. Bevor die saftlose Batterie einen totalen

Lichtausfall verursachte, musste ich wenigstens die beleuchtete Schlosshalle erreicht haben. Also sprang ich auf und lief die Stufen im Eiltempo hinab. Schließlich wollte ich nicht in völliger Dunkelheit die Turmtreppe herunter rumpeln und mir womöglich das Genick brechen. Dann könnte ich nämlich meine Hilfsaktion vergessen und stattdessen bestenfalls zusammen mit der Prinzessin in Form einer Geister WG durch unser Schloss spuken. Genug der blödsinnigen Gedanken. Für den Weg bis zum Auto brauchte ich meine Taschenlampe zum Glück nicht mehr. Es standen nämlich unzählige Sterne am klaren Nachthimmel, die mir leuchtende Begleiter für die lange Auffahrt waren. Auf dem Weg nach Hause kam mir mehr und mehr zu Bewusstsein, dass ich mir diesen nächtlichen Ausflug hätte schenken können. Außer weiterer Verwirrung hat diese Aktion nichts gebracht. Oder eigentlich doch. Auch wenn ich die Erscheinung nicht angetroffen hatte, so doch zumindest eine weiße Eule. Zudem fand ich das Turmzimmer in leerem Zustand vor. Diese Tatsache irritierte mich am meisten. Sollte noch jemand außer mir Zugang zum Schloss haben? Wollte mich jemand an meinem Vorhaben hindern, die weiße Frau zu erlösen? Falls dem so sein sollte, wer könnte das sein und warum? Vor allem besaß ich dank des alten Mannes sämtliche Schlüssel zu dem Anwesen. Es gäbe natürlich eine Möglichkeit, auch ohne dazugehörigen

Schlüssel in das Schloss zu gelangen: durch einen Geheimgang! Aber ergab diese Vermutung einen Sinn?

Als ich zuhause in meinem Bett lag, fand ich keinen Schlaf. Die Leere des Turmzimmers ließ mir einfach keine Ruhe. Hatte ich die Zusammenkunft mit dem Spukwesen am Ende doch nur geträumt?

Ich wusste nicht mehr weiter. Was machte es für einen Sinn nach fehlenden Schlüsseln zu suchen, wenn das Portal verschwunden war? Gesetz den Fall, ich finde die beiden Personen, überrede diese auch noch wider jegliche Vernunft dazu, mit mir aufs Schloss zu kommen, um dann - statt vor einem Portal - vor dem Nichts zu stehen? Damit würde ich mich nicht nur extrem lächerlich machen, sondern wäre mir wahrscheinlich ein längerer Aufenthalt in der Psychiatrie so sicher wie das Amen in der Kirche.

Da ich der mysteriösen Angelegenheit nach meiner zweiten Turmexpedition noch ratloser gegenüberstand, als nach der ersten, beschloss ich, nun doch mit jemandem darüber zu reden. Dafür kam allerdings nur eine einzige Person in Frage. Die Rede ist von einem sehr guten Freund, der spirituell angehaucht ist, eine abgeschlossene Schamanenausbildung sein Eigen nennt und wenn einer meiner verrückten Geschichte Glauben schenkt, dann er.

Die Vorfreude darauf, dem Schamanen die krassen Ereignisse der letzten Tage anzuvertrauen, ließ mich endlich erleichtert einschlafen.

Am nächsten Morgen rief ich meinen Freund gleich an und fragte ihn: Hey, hast du Lust auf ein gemeinsames Frühstück?" Er willigte begeistert ein und so machte ich mich mit frisch gebackenen, lecker duftenden Brötchen bewaffnet auf den Weg zu seiner Wohnung. Der Geruch von Kaffee stieg mir bereits im Treppenhaus in die Nase. Ich freute mich auf unser Beisammensein und konnte es kaum erwarten, mir mein bisheriges Abenteuer endlich von der Seele reden zu dürfen.

Gerade hatte ich gegenüber dem Schamanen in seiner Küche fröhlich grinsend Platz genommen, da stockte mir auch schon der Atem und ich starrte ihn mit inzwischen entgleistem Lächeln mehr als ungläubig an. Auch wenn ich keinen Spiegel vor Augen hatte, spürte ich instinktiv, dass mein Gesicht in diesem Moment wieder mal diesen dümmlichen Ausdruck aufzeigte, wie bereits schon einige Male zuvor.

Seine Reaktion auf mein seltsames Verhalten war eine beschränkte Mimik, die sich in seinem Antlitz breit machte und meiner sicherlich in nichts nachstand.

Mein Blick wanderte abwechselnd von seinem Gesicht zum Hals und wieder zurück. Nachdem ich mich halbwegs gesammelt hatte, hörte ich mich stotternd fragen: "Sag mal, woher hast du diesen Schlüsselanhänger? Wieso ist der mir bis heute nie aufgefallen?" Darauf gab er mir zur Antwort: "Meinst du meine Kette? Die hab ich vor einiger Zeit auf einem Flohmarkt erstanden. Was ist denn daran so ungewöhnlich, dass du derart seltsam darauf reagierst?"

Das war ja echt der Hammer. Per Zufall hatte ich den ersten von zwei Schlüsseln gefunden und zudem noch bei einem Freund, den ich sicherlich erst gar nicht lange von der Glaubwürdigkeit meiner Geschichte überzeugen musste. Nach dieser Überraschung freute ich mich um so mehr darauf, ihm alles zu erzählen. Ohne Zweifel würde er mir jedes einzelne Wort glauben, doch durfte ich auch mit seiner Unterstützung rechnen? Schließlich war der gute Mann frisch verliebt und während man auf Wolke 7 schwebt, befindet sich der Verstand im Urlaub. Daraus resultiert Unberechenbarkeit. Wer weiß das besser als ich? Meine Gehirnzellen habe ich bereits vor 18 Jahren, als ich meinem alpenländischen Tischlermeister zum ersten Mal begegnet war, auf Reisen geschickt. Da ich noch immer bis über beide Ohren in ihn verliebt bin, sind diese scheinbar bis heute noch nicht wieder vollzählig zurückgekehrt. Für meine Absicht, der blaublütigen Seele zu helfen, kommt mir mein Gefühl, nicht alle Sinne beisammen zu haben, sehr entgegen. Mit klarem

Verstand hätte ich mich auf dieses Unterfangen nämlich niemals eingelassen. Andererseits war ich noch nie ein Kopfmensch, sondern höre von je her in erster Linie auf mein Herz und handle nach entsprechenden Bauchsignalen.

Meine Hilfsbereitschaft war allerdings erst mal Nebensache. Wichtiger war vielmehr, ob mein Schamanenkumpel, der seinen Kaffee noch in völliger Unwissenheit schlürfte, mitspielen würde.

Ich hielt es für besser, mit meiner Enthüllung bis nach dem Frühstück zu warten. Schließlich wollte ich nicht riskieren, dass ihm vor Schreck ein Bissen im Hals stecken blieb. Es war frustrierend genug, dass der alte Mann mich bereits verlassen hatte, noch bevor mein Abenteuer überhaupt erst anfing.

Nachdem wir die letzten Brötchenstücke mit einem Schluck heißen Kaffees heruntergespült hatten, ließ ich die Katze aus dem Sack.

Aufgeregt drauf los plappernd, schilderte ich ihm meine skurrilen Erlebnisse und schloss meine Tirade mit den Worten: "Ich brauche dich. Ohne deinen Schlüssel und deine Bereitschaft, mich in die Vergangenheit zu begleiten, habe ich keine Chance!" Dabei sah ich ihn flehend an, doch er zeigte keinerlei Regung. Der Schamane blieb so ruhig und gelassen, als ob ich ihm gerade ein Märchen vorgelesen hätte. Dieses souveräne

Verhalten wunderte mich allerdings überhaupt nicht, denn es passte zu ihm. Schweigend stand er auf und trat ans Fenster. Was hätte ich in dem Moment für seine Gedanken gegeben. Ich hielt es für das Beste, ebenfalls den Mund zu halten und auf ein Zeichen von ihm zu warten. Nach einer ganzen Weile, die er stumm am Fenster stand und hinausblickte, drehte er sich plötzlich zu mir um und stellte die Frage in den Raum: "Wer könnte wohl der dritte Schlüsselbesitzer sein?"

Darüber hatte ich vor lauter Aufregung und Glückseligkeit, so schnell und unverhofft einen der beiden Schlüssel gefunden zu haben, noch gar nicht nachgedacht. Während der Schamane etwas von der magischen drei vor sich hinmurmelte, animierte ich meine Gehirnzellen dazu, in Wallung zu kommen. Es musste jemand sein, der ebenfalls eine spirituelle Ader besaß und mir nahestand. Noch bevor dieser Gedanke zu Ende gedacht war, wusste ich instinktiv, wo ich nach dem dritten und letzten Schlüssel suchen musste.

Wie von der Tarantel gestochen sprang ich auf, schenkte meinem verdutzt dreinblickenden Freund ein hektisches Lächeln und war mit einem kurzen: "Ich melde mich!" aus der Tür. Schnellen Fußes lief ich nach Hause und schnappte mir das Telefon. Während ich aufgeregt die Nummer meiner Freundin wählte, die von mir aufgrund ihres zarten Wesens liebevoll Elfe genannt wird, war mir eigentlich bereits klar, dass nur sie die dritte im Bunde sein konnte. Nachdem sie abgehoben hatte, fragte ich direkt und ohne Umschweife in den Hörer:" Hey Elfe, sag mal, besitzt du eine Kette mit einem Schlüsselanhänger?" Etwas irritiert über meine unvermittelte Neugier, kam vom anderen Ende der Leitung: "Ja, ich habe so eine Kette. Aber warum willst du das wissen?" Wow, das war total crazy! Im ganzen Leben hätte ich nicht erwartet, dass die Lösung der vermeintlich schweren Suchaufgabe nach den Schlüsseln so leicht von Statten gehen würde und zudem noch mehr als zufriedenstellend. Bessere Partner für die Rettung der Geisterseele hätte ich mir wahrlich nicht wünschen können. Von meiner Aufklärung über die Schlüsselkette zeigte sich meine Freundin ebenso wenig überrascht wie zuvor der Schamane. Mich beschlich ein unbeschreibliches Glücksgefühl, da es bei den beiden weder plausibel klingende Worte noch Überredungskünste brauchte. Meine Freunde nahmen den uns bevorstehenden Auftrag so selbstverständlich entgegen, als ob wir kurzerhand beschlossen hätten, zu dritt in Urlaub zu fahren. Echt krass und einfach nur gut!

Da die Elfenfreundin seit längerem ca. 600 km von meinem Wohn- und ihrem Heimatort entfernt lebt, verheiratet ist und ihr Geld als medizinische Masseurin verdient, hatte sie berechtigterweise Bedenken wegen der Zeitspanne, die unsere Reise in die Vergangenheit beanspruchen würde. Sie beendete das Telefonat mit den Worten: "Mach dir mal keine Gedanken. Eine Woche in die Heimat zu fahren, ist für mich kein Problem. Ich hoffe nur, dass 7 Tage ausreichen, um unser Vorhaben durchzuziehen. Jedenfalls werde ich umgehend mit meinem Chef sprechen und so schnell als möglich anreisen. Tschau bis dann." Nach dem Telefonat klärte ich den Schamanen sogleich darüber auf, wer der dritte Schlüsselbesitzer war. Damit schloss sich der Kreis der magischen Drei. Nun hieß es, die Ankunft der Elfe abzuwarten, bevor wir das Schloss anpeilen konnten. Jeder von uns war davon überzeugt, dass Armella sich zeigen würde, sobald wir als Trio im Turmzimmer auftauchten.

Obwohl ich es kaum erwarten konnte, hoffte ich dennoch, meine Freundin würde sich mit ihrer Anreise ein paar Tage Zeit lassen. Denn es stand wieder ein Wochenende vor der Tür, an dem ich unser herannahendes Abenteuer einmal mehr ausblenden musste. Während sowohl mein Mann als auch mein Sohn ihre freien Tage zuhause verbrachten, war ich zu 100% als (auf)reizende Ehefrau und liebevolle Mutter im Einsatz. Diese überaus positive Beschreibung traf zwar nicht immer auf mich zu, doch ich arbeite daran.

Das Schicksal war mir zu meiner Erleichterung wohl gesonnen.

Die Elfe kam sonntags an und bezog erst mal ihr Elternhaus. Wir telefonierten kurz und vereinbarten lediglich, dass wir uns am Vormittag des nächsten Tages alle drei bei mir treffen würden.

KAPITEL V
REISE IN DIE VERGANGENHEIT

Montag früh verabschiedete ich - wie gewohnt - meinen Mann in die Arbeit und meinen Filius ins Internat. Kaum hatten die beiden das Haus verlassen, standen meine Freunde zwecks Lagebesprechung vor der Tür. Gutes Timing ist eben alles. Unsere Zusammenkunft löste sich schnell wieder auf, denn wir wollten uns bereits am späten Abend wieder treffen, um gemeinsam das Schloss aufzusuchen. Mir fiel ein Felsbrocken vom Herzen, dass ich künftig nicht mehr alleine in der Dunkelheit zu dem gespenstischen Anwesen stolpern musste. Um für alle Eventualitäten gerüstet zu sein, prüfte ich nochmals den Inhalt meines Rucksackes. Dabei kamen sowohl das Heldenwasser wie auch die Taschenlampe zum Vorschein. Ich überlegte kurz, ob ich den Flachmann zuhause lassen sollte. Doch diesen Gedanken verwarf ich ganz schnell wieder und packte sowohl die Leuchte als auch das bis zum Rand aufgefüllte Fläschchen in die Tasche. Schließlich nahm es nur wenig Platz ein und ein Schlückchen zur rechten Zeit steigert die Entschlussfreudigkeit. Weiterhin wanderten ein Feuerzeug, etliche Kaugummipackungen und auch die eine oder andere Schminkutensilie in den Rucksack. Pünktlich zur vereinbarten Zeit fuhren in meinem Auto zu dem ca. 15 km entfernten Schloss. Nachdem ich das Fahrzeug vor der Auffahrt geparkt hatte, liefen wir entschlossenen Schrittes im Schein der Taschenlampe dem Anwesen entgegen. Mich beschlich zwar trotz meiner Begleiter ein mulmiges Gefühl, doch wusste ich nicht so recht, ob dies der Angst oder eher der Aufregung zuzuschreiben war. Zielsicher schloss ich eine Tür nach der anderen auf und meine Freunde folgten mir voller Vertrauen. Als wir das Turmzimmer erreicht hatten, fanden wir es zu meiner Erleichterung genauso vor, wie bei meinem ersten Besuch. Inmitten eines Lichtermeers aus unzähligen Kerzen tat sich vor unseren Augen der Portalspiegel auf. Die Geisterfrau schwebte daneben und ihre schwarzen langen Haare umrahmten die zarte Erscheinung.

Über meinen zweiten Besuch im Schloss, bei dem ich lediglich einen leeren, dunklen Raum vorfand und mich statt des Geistes eine weiße Eule anglotzte, behielt ich natürlich Stillschweigen und ließ diesen unausgesprochen unter den nicht vorhandenen Tisch fallen.

Stattdessen präsentierte ich der geisterhaften Prinzessin voller Stolz meine Freunde, die mich bei dem bevorstehenden Abenteuer begleiten würden. Ergriffen von einer bis dahin nicht gekannten Regung der Stärke und des Mutes, fühlte ich mich plötzlich unbesiegbar. Was für die drei Musketiere galt, sollte auch unser Motto sein: Einer für alle und alle für einen!

Die blaublütige Lady verlor allerdings kein Wort des Lobes über das erfolgreiche und zudem rasante Bestehen meiner ersten Aufgabe. Zugegebenermaßen war ich über diese Ignoranz ein ganz klein wenig enttäuscht. Wahrscheinlich haben Geister nur keinen Sinn für Komplimente.

Die Adelsdame war eher eine Frau der klaren Worte und kam deshalb ohne Umschweife zur Sache. Mittels ihrer singenden Stimme erklärte sie: "Ich freue mich sehr, dass ihr vereint zu mir gefunden habt." Sie schaute uns etwas abschätzend an, um sodann fortzufahren: "In diesem seltsamen Aufzug könnt ihr allerdings unmöglich in das Jahr 1742 zurückreisen."

Wir schauten alle drei erstaunt an uns herunter. Daran hatte natürlich keiner gedacht. Würden wir in der Vergangenheit mit Jeans und Lederjacke auftauchen, landeten wir sicherlich als Dämonen direkt im Fegefeuer. Die Geisterfrau "sang" weiter: "Ihr müsst einen geheimen Raum aufsuchen, der sich hier im Schloss befindet. Darin steht ein alter Schrank, in dem Gewänder aus besagtem Zeitalter aufbewahrt werden. Erst wenn ihr euch in passende Kleidung gehüllt habt, dürft ihr das Portal öffnen und eure Reise antreten."

Wir nickten mechanisch und lauschten weiter ihrer Stimme: "Ich muss euch sagen, dass ich heute zum letzten Mal in

Erscheinung trete. Auch das ist Teil der Prophezeiung. Ab sofort seid ihr auf euch alleine gestellt. Bevor ich gehe, möchte ich euch noch mitteilen, dass meine Mutter ein Tagebuch geführt hat. Darin steht der Beweis geschrieben, dass ich als Erstgeborene der Königsfamilie die rechtmäßige Thronerbin gewesen wäre und nicht mein skrupelloser, machtbesessener Bruder. Begebt euch auf die Suche danach, indem ihr Frauen euch als Zofen und der junge Mann als Stallknecht bei Hofe vorstellt. Einen letzten Hinweis gebe ich euch noch mit auf den Weg. Ein Tag in der Vergangenheit ist gleichbedeutend mit einer Stunde in der Gegenwart. Ich wünsche euch viel Glück und setze all meine Hoffnungen auf euer Geschick". Sprach es und war verschwunden! Wir standen da wie die Ölgötzen und starrten mit offenen Mündern auf die Geisterlady, die gar nicht mehr zu sehen war.

So nach und nach bewegten wir unsere Glieder, als ob wir aus einer Hypnosesitzung erwachten, um uns ungläubig anzuschauen.

Der Spuk war vorbei und die royale Erscheinung würde uns laut ihrer eigenen Worte auch kein weiteres Mal als Informantin zur Verfügung stehen.

Es lag nun in unseren Händen, ob wir deren Seele tatsächlich zur Erlösung verhelfen konnten oder nicht.

Zunächst hieß es also, jenen geheimen Raum zu entlarven, in dem die 300 Jahre alten Klamotten auf uns warteten. Da wir nicht die geringst Ahnung hatten, wo sich dieser befindet, blieb uns nichts anderes übrig, als das komplette Gebäude zu durchforsten. Nachdem bereits der Morgen angebrochen war, wurde es im Schloss erfreulicherweise immer heller und die Suche konnte ohne weitere Verzögerungen beginnen. Uns blieb nicht viel Zeit, denn so lange wir noch in der Gegenwart herumtrödelten, zählte ein Tag als ein Tag. Sobald wir uns allerdings in der Vergangenheit bewegten, verlangsamte sich die Zeitrechnung drastisch, was uns verständlicherweise sehr entgegen kam.

Wie auf Kommando machten wir auf dem Absatz kehrt, stiegen die Turmtreppe hinunter in die riesige Halle und ließen uns auf dem Boden nieder. Strategische Vorgangsweise war gefragt, um sodann die Ausforschung des Geheimzimmers in Angriff zu nehmen. Da uns allerdings noch der Plan fehlte, kramte ich in meinem Rucksack und zog den Flachmann hervor. Ein Schluck Heldenwasser tat in beinahe jeder Situation seine Wirkung, also sicherlich auch in dieser. Erst setzten die Elfe, dann der Schamane und zum Schluss ich das kleine Fläschchen an den Mund. Danach fühlten wir uns erheblich besser. Dennoch schwiegen wir weiter und dachten darüber nach, welch typische

Merkmale in Schlösser und Burgen für einen verborgenen Raum standen. Während wir vor uns hin sinnierten, ließ ein greller Schrei, der urplötzlich die kurz zuvor noch herrschende Stille durchschlug, jeden von uns erschrocken aufspringen. Völlig entgeistert blickten wir in die Richtung, aus der dieser extreme Laut zu vernehmen war und sahen direkt in die großen leuchtenden Augen der weißen Eule, die mich ja bereits im Turm mit ihrem Besuch beglückt hatte. Sie saß am offenen Fenster des Balkons, glotzte uns an und schrie ein zweites Mal auf. Der große Nachtvogel wirkte ungeduldig und wir wurden das Gefühl nicht los, dass sie uns etwas mitteilen wollte.

Wir wussten zwar nicht, was das gefiederte Tier zu bedeuten hatte, doch unser Feind schien es offensichtlich nicht zu sein. Im Gegenteil! Die Eule erweckte den Eindruck, uns helfen zu wollen. Instinktiv waren wir alle drei davon überzeugt, dass uns dieser majestätische Nachtvogel zu dem geheimen Zimmer führen würde.

Im selben Moment erhob sich das Tier und flatterte vom Fenstersims auf die Balkonbrüstung. Nachdem es sich dort niedergelassen hatte, ließ es einen weiteren gellenden Schrei verlauten. Die Elfe überlegte nicht lange und lief als erste nach draußen. Der Schamane folgte ihr auf flinkem Fuß und wenige Sekunden später gesellte ich mich dazu.

Kaum waren wir bei der Eule angekommen, erhob sie ihre mächtigen Schwingen erneut und flog weiter. Wir folgten ihr um die Ecke des Gebäudes, soweit die Terrasse reichte. Diese endete direkt an der Schlossmauer und der große weiße Vogel war verschwunden. Da es weit und breit keinerlei Anzeichen eines Geheimraumes gab, standen wir erneut vor einem Rätsel, das es zu lösen galt. Während wir uns noch ratlos anschauten, lehnte sich der Schamane völlig unbedacht an eine Säule des Balkons und wurde zu unserem Entsetzen beinah in die Tiefe gerissen, als diese sich völlig überraschend zu drehen begann.

Zeitgleich schob sich mit lautem Rattern die Wand zur Seite und machte uns den Blick auf ein finsteres Loch frei. Wahnsinn! Die Eule hatte uns tatsächlich zu dem geheimen Zimmer geführt. Da dieser Raum kein Fenster besaß, war es darin entsprechend dunkel. Wir konnten zwar nichts sehen, aber dafür um so intensiver riechen. Ein penetrant modriger Geruch stieg uns in die Nase und wir wären am liebsten gleich wieder in die schützende Halle gelaufen. Es gab jedoch kein zurück mehr. Um unsere Mission starten zu können, benötigten wir nunmal entsprechende Kleidung aus der Vergangenheit. Also durchwühlte ich meinen Rucksack nach der Taschenlampe und schritten im Schein meiner Leuchte zögerlich in die Dunkelheit.

Die Ausmaße des Raumes ließen sich nur schwer abschätzen,

da es so finster darin war. Ich hoffte inständig, der muffige Geruch war auf die mangelnde Belüftung zurückzuführen und brachte nicht etwa irgend etwas Verwesendes zum Vorschein. Vor Anspannung zitternd, leuchtete ich die Dunkelkammer Stück für Stück aus. Diese war zwar übersät mit Spinnennetzen gigantischer Ausmaße, doch ansonsten ohne erkennbares Mobiliar, wie schon die übrigen Räumlichkeiten des Schlosses. Dann allerdings bewegte sich im Strahl meiner Taschenlampe ein undefinierbarer Schatten und im selben Moment streifte etwas meinen Kopf. Ich schrie vor Entsetzen kurz auf und verriss dabei die Leuchte, deren Schein dadurch zufällig auf einen riesigen Schrank fiel, der am Ende des Raumes thronte. Statt mich auf das Mobiliar zu konzentrieren, leuchtete ich hektisch hinter mich, um zu sehen was mich berührt hatte. Als ich ein zerrissenes Spinnennetz bemerkte, stellten sich mir sämtliche Haare zu Berge. Hoffentlich saß die Eigentümerin dieses durch mich zerstörten Geflechts nicht etwa auf meinem Kopf. Ich ekle mich entsetzlich vor den achtbeinigen Geschöpfen, sofern sie auch nur den Ansatz einer Ähnlichkeit mit der gemeinen Hausspinne haben. Erst recht, wenn ich deren Anwesenheit spürte, sie aber nicht sehen konnte. Dabei reagierte ich lange nicht derart panisch wie meine Elfenfreundin, die mit einer regelrechten Spinnenphobie zu kämpfen hatte. Doch in dem speziellen Fall war ich einem hysterischen Anfall nahe. Auf diesen Adrenalinkick hätte ich liebend gern verzichtet. Wer braucht noch Bungee-Jumping, Monsterachterbahnen oder Energiedrinks, wenn er stattdessen dunkle Räume eines verlassenen Schlosses erkunden darf?

Der Schamane schüttelte nur verständnislos seinen kahlen Kopf über mein Gezappel, während ich mir mit den Händen wie wild durch die Haare wuschelte. Da die Elfe - wie schon gesagt - noch weniger Lust verspürte, Bekanntschaft mit einem Spinnennetz oder gar dessen Eigentümerin zu machen, schlug sie in ihrer aufsteigenden Panik vor: "Lasst uns so schnell als möglich die Klamotten aus dem Schrank holen und verschwinden!" Ihre sich vor Panik beinah überschlagenden Worte sprachen mir aus der Seele und so stürmten wir dem hölzernen Monstrum entgegen.

Die Tür war – oh Wunder – nicht verschlossen. Das heißt, sie war es schon, doch der Schlüssel steckte. Unser Freund machte sich daran, den Schrank zu öffnen. Das Schloss klemmte erst ein wenig, doch seinen geschickten Fingern hielt es nicht sehr lange stand. Wieder einmal war ich dankbar, einen starken Mann an unserer Seite zu haben. Das erleichterte uns Mädels so manches wie z. B. das Öffnen eines alten Holzkastens.

Als sich der Schlüssel endlich drehte, sprangen die Türen

knarrend auf. Von innen betrachtet wirkte das hölzerne Ungetüm noch viel imposanter. Dieser Gigant war anscheinend der
große Holzbruder des schon nicht gerade kleinen Möbelstücks,
das sich in der Wohnung des ehemaligen Schlossbesitzers befand. Allerdings wies dieser hier in seinem Inneren gähnende
Leere auf und die paar wenigen Gewänder, die er beherbergte,
wirkten darin mehr als verloren.

Während ich über die Ausmaße der hölzernen XXL-Version eines Schrankes sinnierte, schnellten die Hände meiner Elfenfreundin an mir vorbei und grapschten sich die Klamotten. Mit
ihrer Beute machte sie auf dem Absatz kehrt und stürzte in
Richtung Balkon. Sie herrschte uns an: "Nun macht schon. Ich
will hier raus!" Wie auf Kommando rannten wir alle drei aus
dem geheimen Raum wieder ins Freie. Kaum hatten wir die dre-
hende Säule der Schlossterrasse passiert, schob sich die Mauer
vor den vermeintlichen Eingangsbereich. Wir drehten uns langsam um und schauten auf eine durchgehende Außenwand des
Anwesens. Es machte den Anschein, als ob wir uns dieses ver-
borgene Zimmer nur eingebildet hatten. Allerdings war der verstaubte Kleiderberg auf Elfes Arm eindeutiger Beweis dafür,
dass wir kurz zuvor quasi durch Mauern gegangen waren.

Zufrieden trotteten wir zurück in die riesige Schlosshalle. Dort
waren die Sichtverhältnisse aufgrund des Tageslichts

ausreichend genug, um die Kleidung zu sortieren und von Staub zu befreien.

Tatsächlich war für jeden von uns das komplette Outfit vorhanden und was noch viel erstaunlicher war, sogar in der jeweils passenden Größe. Das Schloss, der Geist, das Zimmer, der Schrank und auch die Klamotten schienen all die Jahrhunderte nur auf uns drei gewartet zu haben.

Während Elfe und ich die langen Kleider überwarfen, eine Schürze umbanden und Ledersandalen überstreiften, machte sich der Schamane daran, sein T-Shirt gegen ein zerknittertes Leinenhemd zu tauschen und in Lederhosen zu schlüpfen, die derart speckig waren, dass sie garantiert von alleine stehen geblieben wären. Dazu trug er verstaubte, einfach genähte Lederstiefel. Wir waren durchaus angetan von unserer Verwandlung und fühlten uns eigentlich ganz wohl in der Mode des armen Volkes aus längst vergangenen Tagen. Ich war sehr erleichtert, dass ich als Zofe am Hofe erscheinen würde und nicht etwa die Rolle einer blaublütigen Schnepfe übernehmen musste. Die feine Gesellschaft trug meines Wissens im Zeitalter des Rokoko eigenartige breite Kleider, die den Eindruck erweckten, als hätte man ein quer liegendes Snowboard darin eingenäht. Für unsere Unternehmung hätte eine derartig sperrige Garderobe beinah einen größeren Feindfaktor dargestellt, als der zu überführende königliche Hurensohn selbst.

Bei der Vorstellung, die Elfe und ich müssten schnell aus einer brenzligen Situation fliehen und würden dank des unprakti-schen Snowboard-Kleides im Türrahmen hängen bleiben, musste ich unweigerlich grinsen.

Mit unserer schlichten Kleidung hingegen werden wir das 18. Jahrhundert rocken und den sich in Sicherheit wiegenden König solange mit unserer Anwesenheit beehren, bis wir ihn anhand des Tagebuchs der Königin Mutter seiner Schandtaten überfüh-ren konnten.

Voller Euphorie sprangen wir die Treppe zum Turmzimmer hin-auf und hielten unsere Schlüssel vor den Spiegel.

In dem Moment fiel mir ein, dass wir in unserer Abenteuerlust völlig vergessen hatten, das komplette Schloss zu erkunden. Meinen Freunden teilte ich daher mit: "Ich denke, es wäre rat-sam, uns hier und jetzt erst mal mit sämtlichen Räumlichkeiten des Anwesens vertraut zu machen. Dann finden wir uns in der Vergangenheit leichter zurecht." Dieses schlagkräftige Argu-ment unterstrichen sowohl die Elfe als auch der Schamane mit einem Kopfnicken. Also Schlüssel zurück ans Dekolleté und er-neut in die Eingangshalle, in der wir unsere Sachen deponiert hatten. Wir beschlossen einstimmig, das Anwesen von unten nach oben zu durchforsten. Nach einem Kellerzugang suchten wir allerdings vergebens. Vielleicht besaß dieses Schloss gar kein Untergeschoss, in dem sich bei einer Vielzahl alter Festungen in der Regel die Verliese befanden. Da dieser Bau über einen Gefängnisturm verfügte, existierte womöglich gar keine Unterkellerung. Nachdem wir über keine irgendwie gearteten Pläne des Schlosses verfügten und architektonisches Wissen in unserer Runde fehlte, einigten wir uns darauf, keinen weiteren Gedanken daran zu verschwenden. Basta! Wir begannen also damit, die Raumaufteilung im Erdgeschoss zu besichtigen. Anschließend gingen wir alle drei Stockwerke durch und zuletzt noch den zweiten Turm. Erschöpft von der Lauferei und der ständigen Auf- und Zuschließerei der Türen mit diesen irrsinnig großen, schweren Schlüsseln, ließen wir uns abermals auf dem Boden der Halle nieder und überlegten, ob wir auch wirklich keinen Raum übersehen hatten. Als wir uns wieder unserer Verkleidung bewusst wurden, grinsten wir uns gegenseitig an und ich befand diesen entspannten Moment geradezu als prädestinierend, um ein letztes Mal vor Antritt unseres Abenteuers ein Schlückchen aus dem Flachmann zu nehmen. Der Inhalt reichte gerade noch aus, um jedem von uns als kleine Stärkung zu dienen.

Das Tageslicht war bereits wieder um einiges schwächer geworden und dunkelte den Raum entsprechend ab. Unseren Blicken, die auf das Balkonfenster gerichtet waren, bot sich ein atembe-raubend malerischer Sonnenuntergang. Allerdings war der Zeit-punkt für romantische Anwandlungen äußerst schlecht ge-wählt. Einen Tag in der Gegenwart hatten wir nämlich schon vertrödelt. Um nicht noch mehr Zeit zu verschwenden, mach-ten wir uns schnellen Schrittes über die Turmtreppe hinauf zum Portalspiegel.

Während wir erneut die jeweiligen Schlüsselanhänger vor un-sere Nasen hielten, platzte der Schamane mit einer weiteren Überlegung heraus: "Wisst ihr eigentlich, dass wir uns noch keine Gedanken über die Sprache gemacht haben, die in der Rokokozeit gebräuchlich war?" Die Elfe führte den Denkanstoß fort: "Wenn wir in der Vergangenheit mit unserer saloppen neuzeitlichen Wortwahl kommunizieren, nützt uns die beste Verkleidung nichts." Also machte ich den Vorschlag: "Ich bin kein Sprachgenie und mit Dialekten habe ich es auch nicht so. Daher halte ich es für das beste, mich dem Prinzen als stumme Dienerin vorzustellen. Das heißt, ihr müsst mich natürlich vor-stellen, weil ich ja nicht reden kann. Denn bevor ich mich ver-plappere, halt ich lieber gleich die Klappe."

Sowohl die Elfe als auch der Schamane waren damit einverstan-den und mit sich im Reinen, den antiken Sprachgebrauch über-nehmen zu wollen.

Nachdem auch dieses Problem aus dem Weg geräumt war, hielten wir zum 3. Mal die Schlüssel hoch, um nun endlich das Portal aufzuschließen. Gesagt, getan! Langsam aber sicher bekam ich das Gefühl, dass die Zahl "3" in der Tat eine magische Komponente für uns zu sein schien.

Augenblicklich trat ein greller Lichtstrahl aus dem Spiegel, der für uns die Eintrittskarte in die Vergangenheit bedeutete. "Abenteuer, wir kommen!"

Den schweren Schlüsselbund nahmen wir zur Sicherheit lieber mit. Nicht das wir letztendlich an einer verschlossenen Tür scheiterten. Der Schamane steckte ihn in seine speckige Lederhose, denn bei ihm würde er am wenigsten auffallen.

KAPITEL VI
ANNO 1742

Unser Freund ging als Erster durch das geöffnete Portal. Er machte einen Schritt in den Spiegel und war verschwunden. Dann hüpfte die Elfe hinterher und ich folgte zuletzt. Kaum war ich durch den Spiegel gegangen, wurde ich von einem heftigen Sog erfasst. Bunte Lichter tanzten um mich herum, während ich das Gefühl bekam, wie ein Düsenjet mit Überschallgeschwindigkeit durchs Universum zu rauschen. Doch urplötzlich stoppte die Beschleunigung wie nach einer Vollbremsung und ich fiel ziemlich unsanft auf einen vor mir blitzschnell auftauchenden Steinboden. Aua! Schlechter hätte ein Albatros seine Landung auch nicht vollführt. Die beiden anderen Helden standen, im Gegensatz zu mir, bereits wieder auf ihren Beinen und kicherten schadenfroh über meinen rasanten Spiegelsturz. Ihre Belustigung über meinen Aufprall veranlasste mich dazu, mir für unsere Rückreise in die Gegenwart unbedingt vorzunehmen, als erste durchs Portal zu schlüpfen, um mir sodann genüsslich die Rutschpartien des Schamanen und der Elfe anschauen zu können. Nachdem ich mich hochgerappelt und meine Kleidung zurecht gezupft hatte, verschlossen wir den Spiegel und schauten uns neugierig um. Zum Glück war weit und breit niemand zu sehen, sodass wir genügend Zeit fanden, uns erst mal räumlich zu orientieren.

Als wir dann doch leises Stimmengemurmel wahrnahmen, traten wir ans Turmfenster und schauten vorsichtig hinaus. Sehr viel konnten wir allerdings nicht erkennen, da wir logischerweise darauf bedacht waren, unsere Köpfe nicht hinauszustrecken. Unser Blickfeld reichte jedoch aus, um zu erkennen, dass wir uns hoch über dem Innenhof des Schlosses befanden, auf dem reger Betrieb herrschte. Der Orientierung zufolge waren wir demnach im zweiten Turm des Chateaus gelandet. Dieser wurde anscheinend als eine Art Lagerraum genutzt, denn bei genauerer Betrachtung fiel auf, dass darin befindliches Mobiliar mit dicken Staubschichten und Spinnweben überzogen war. Igitt!

Immerhin mussten wir nicht befürchten, sofort entdeckt zu werden und konnten das weitere Vorgehen besprechen, bevor wir aus dem Turm schlichen, um unsere Dienste anzubieten.

Wir sprachen uns also dahingehend ab, dass wir gemeinsam vor den jungen König treten. Der Schamane solle das Wort führen und uns als Geschwister ausgeben, die nach dem Tod der Eltern in die Welt hinausgezogen waren, um Arbeit zu finden.

Sollte uns der blaublütige Herrscher dieses Verwandtschaftsverhältnis tatsächlich abkaufen, fehlte es ihm nicht nur an

Hirnmasse, sondern auch an Sehschärfe. Wir drei mögen zwar innerlich gleichgesinnt sein, doch äußerlich haben wir rein gar nichts gemeinsam. Während die Elfe von schwarz glänzendem Langhaar umhüllt wird, fällt meine blonde Mähne ziemlich zerzaust und strohig über die Schultern und der Schamane ist völlig haarlos. Auch sonst hatten wir wenig Ähnlichkeit, doch da uns auf die Schnelle keine bessere Lösung einfiel, beließen wir es bei der Geschwister-Variante.

Bliebe noch zu klären, wie wir ein tägliches zufällig wirkendes Treffen arrangieren, um etwaige Fortschritte bezüglich der Tagebuchsuche auszutauschen. Dies erwies sich als eher schwierig, da wir ja noch gar nicht wussten, ob uns die gewünschten Jobs auch zugewiesen wurden. Leider gab es in der Vergangenheit keine mobilen Einrichtungen mit entsprechenden Funkmasten, um per Handy zu kommunizieren. Aus diesem Grund hatten wir unsere technischen Geräte auch in unserer Zeit zurückgelassen.

Der Schamane nahm die ganze Sache allerdings ziemlich locker und meinte nur: "Macht euch deshalb nicht verrückt. Wir werden uns schon über den Weg laufen, wenn es nötig ist."

Also vertrauten wir auf seinen Optimismus und begaben uns zum Ausgang des Turmes. Wie bereits erwartet, war die Tür verschlossen. Bevor wir den mitgereisten Schlüssel ins Schloss steckten, lauschten wir auf etwaige Stimmen oder Geräusche in der Nähe. Nachdem wir nichts Auffälliges vernahmen, schloss der Schamane leise die Pforte auf und wir huschten unbemerkt in die Eingangshalle. Da diese im Vergleich zu der Leere im Gebäude unserer Zeit äußerst prunkvoll ausgestattet war, konnten wir uns lediglich an der XXL-Größe des Raumes orientieren. Beeindruckt ließen wir unsere Blicke im Panoramastil schweifen. An den Wänden hingen Gemälde und Teppiche beachtlichen Ausmaßes. So ein gigantisches Porträt würde in keinem der Zimmer meines bescheidenen Zuhauses auch nur annähernd Platz finden. Wahrscheinlich wurde das Mobiliar der monströsen Halle angepasst. Anders konnte ich mir die darin aufgestellten riesigen Grünpflanzen und massiven mit Gold verzierten Truhen und Stühle nicht erklären. In der Mitte der Halle plätscherte ein wunderschöner Springbrunnen aus weißem, mit Edelsteinen verziertem Marmor. Wir kamen aus dem Staunen gar nicht mehr heraus und waren regelrecht geflasht von dem Anblick, der sich uns bot. Eine schroffe Stimme aus dem Hintergrund schreckte uns plötzlich auf und wir drehten uns abrupt um. Ein mit Hellebarde bewaffneter Wachmann eilte strengen Blickes auf uns zu, betrachtete uns abschätzend und fragte mit scharfem Unterton: "Was habt ihr Bauerngesindel im königlichen Schloss verloren?"

Der Schamane blieb selbst in dieser Situation völlig gelassen, verneigte sich leicht und ergriff das Wort: "Entschuldigt, mein Herr. Wir sind Geschwister und nachdem unsere Eltern verstorben sind, auf der Suche nach Arbeit. Es wäre für uns eine unsägliche Ehre, am königlichen Hofe in Dienst treten zu dürfen." Ich vermied es tunlichst, die Elfe anzuschauen, da wir beide ansonsten lauthals losgelacht und uns damit mehr als verdächtig gemacht hätten. So bizarr sich die Szenerie auch anfühlte, musste ich mir jede Sekunde darüber im Klaren sein, dass ein Lacher im falschen Moment unser Todesurteil bedeuten könnte.

Die Wache blieb misstrauisch, fuchtelte mit der Hellebarde vor unseren Gesichtern herum, forderte uns dann aber doch auf, ihm zu folgen. Weiterhin gegen den aufkeimenden Lachreiz ankämpfend, schaute ich stur zu Boden. Dadurch gewann ich Zeit, um mich wieder zu fangen und mit der außergewöhnlichen Situation vertraut zu machen. Schließlich reist man ja nicht alle Tage in die Vergangenheit.

Der Wachmann führte uns in den 1. Stock des Schlosses und wies uns an, vor der Tür zu warten, hinter der er kurz darauf verschwand. Ob dies der Thronsaal war, in dem sich der König aufhielt? Aufgrund unserer Besichtigung der Räumlichkeiten in der Gegenwart wussten wir zwar, in welchem Teil des

Anwesens wir uns befanden, doch wie die einzelnen Gemächer bzw. Säle eingerichtet waren und genutzt wurden, blieb uns bislang natürlich verborgen.

Kurze Zeit später wurde die Tür wieder geöffnet und wir hinein zitiert. Es handelte sich tatsächlich um den Thronsaal und am Ende des Raumes saß der Regent höchstpersönlich auf seinem mit rotem Samt bezogenen Königsstuhl. Über uns hingen gewaltig imposante Kronleuchter und wir schritten über einen rubinfarbenen Läufer dem Repräsentanten des Landes entgegen. Es war genauso, wie man es aus diversen Märchenfilmen kannte. Der absolute Wahnsinn! Obwohl wir drei in unserer Zeit keine wichtigen Medienpersönlichkeiten darstellen, liefen wir immerhin in der Vergangenheit über den roten Teppich. Es ging für uns ja auch zu keiner etwaigen Oscarverleihung im Blitzlichtgewitter der Pressefotografen, sondern vielmehr zu einem fiesen König in Begleitung eines bewaffneten Wachmannes. Vor dem Thron angekommen, warfen wir uns auf die Knie und senkten die Köpfe. Dabei hatten wir keinen blassen Schimmer, ob diese Art der Untergebung angemessen war, sondern handelten einfach spontan nach unserem Bauchgefühl. Entweder rollten anschließend unsere Köpfe oder wir wurden erhört.

Mit dem Blick zum Boden verharrten wir in dieser Haltung, bis der König selbst uns die Erlaubnis erteilte, uns erheben zu dürfen. Oh man, das hätte er besser nicht getan. Ich wusste echt nicht, an was ich denken sollte, damit der immer stärker aufkeimende Lachreiz verschwindet. Das Bild, das sich mir bot, spottete wahrlich jeder Beschreibung. Ich hatte keine Ahnung, wie es meinen beiden Freunden in dem Moment erging, die ich schlauerweise vermied, anzuschauen. Ich für meinen Teil hatte alle Mühe, nicht laut

herauszulachen.

Zum einen war da der Hofnarr, der in seinen gestreiften Strumpfhosen, den Glöckchenschlappen und der Narrenkappe total bescheuert aussah und zudem wie ein Verrückter um den roten Samtstuhl des Blaublütigen herumsprang. Zum anderen war der Anblick des Königs selbst eine absolute Beleidigung fürs Auge. Mit seiner Erscheinung war er meines Erachtens mehr als gestraft und es wunderte mich kein bisschen, dass er skrupellos und gemein durchs Leben regierte. Alter Schwede, ich halt's nicht aus. Sollte diese Witzfigur, die unfreiwillig Komik wie Tragik gleichermaßen vertrat, mich wirklich in seine Dienste aufnehmen, würde dies für mich zu einer schweren Prüfung ausarten. Wie sollte ich es nur unbeschadet überstehen, den Typen jeden Tag ansehen zu müssen? Mein Innerstes war sich nicht sicher, ob es von dieser blaublütigen Kreatur eher angewidert oder belustigt sein sollte. Ich tendierte zu ersterem, damit ließe sich leichter umgehen. Beim besten Willen konnte ich mir nicht vorstellen, dass sich jemals eine Frau freiwillig an dessen Seite gesellen würde. Ein mieser Charakter ist das eine, aber auch noch eine derart hässliche sterbliche Hülle mitzuliefern, ist definitiv zu viel. Derart krank konnte ein weibliches Hirn gar nicht ticken, egal wie machthungrig es gesteuert sein mag. Der Anblick des Königs war von einer stattlichen Erscheinung mindestens so weit entfernt, wie unser Zuhause von hier. Eine quallenförmige, untersetzte Masse traf wohl am ehesten die Beschreibung des vor uns thronenden Landesoberhaupts. Er glotzte uns aus geschwollenen, hervorstehenden Glupschaugen an und bewegte sodann seine dicken Wurstlippen, um uns wegen unseres Eindringens ins Schloss zur Rede zu stellen. Die Krone hing schief auf seinem fetten Kürbiskopf und während er sich ununterbrochen Weintrauben einverleibte, wackelte das königliche Utensil aufgrund seiner schmatzenden Kaubewegungen ständig hin und her. Ich musste so schnell wie möglich hier raus und hoffte nur, dass diese Audienz nicht mehr lange andauerte. Über kurz oder lang würde die Lachbombe in mir platzen, denn die Lunte war bereits gezündet. Ich konnte dies wohl nur dadurch hinauszögern, dass ich mir in Gedanken immer und immer wieder die fatalen Folgen vorstellte, die eine solche Spottaktion mit sich bringen würde. Wahrscheinlich stammte der

Ausdruck "zum Lachen in den Keller gehen" genau aus dieser Epoche.

Der Schamane erzählte dem König unsere Geschichte und etliche Weintrauben wie Kronenwackler später, erteilte er seine Einwilligung, uns in seine Dienste aufzunehmen. Mich wollte er als seine persönliche Zofe, da ich ja vermeintlich stumm war und somit Geheimnisse des Königshauses bei mir sicher waren. Ha, wenn der wüsste! Die Elfe wurde der Hofküche zugeteilt und der Schamane bekam die Aufgabe, sich der Pferde wie dem Stalldienst anzunehmen. Besser hätte es fürs Erste nicht laufen können. Ich meinte dies natürlich ausschließlich in Bezug auf die Suche nach dem Tagebuch. Liebend gerne wäre ich für die Elfe in die Küche gegangen, anstatt dem gruseligen Monsterking zu dienen. Ich konnte von Glück reden, dass ich zu alt für diesen widerlichen Adelsknaben war. Dadurch wähnte ich mich in Sicherheit, dass er nicht eines Tages voller Gier über mich herfallen würde. Sofern ihm kein Ödipuskomplex anhaftete, hatte ich wohl wenigstens in sexueller Hinsicht nichts zu befürchten.

Halt, stopp! Wo blieb denn meine positive Denkweise? Schon wieder hatte ich vergessen, dass ich genau das anziehe, was ich denke. Also sollte ich meine Gedanken schnellstens wieder in die richtige Richtung lenken. Nämlich volle Konzentration auf die Mission zur Seelenrettung von Prinzessin Armella.

Meine bzw. unsere Aufgabe bestand darin, den Beweis dafür zu erbringen, dass diese royale Widerlichkeit seine Schwester auf dem Gewissen hatte, die statt seiner rechtmäßige Thronerbin gewesen wäre. Für seinen Verrat und den an ihr verübten Mord soll er in der Hölle schmoren.

Wenn es uns leider auch nicht möglich sein wird, den Mord an der blaublütigen Lady ungeschehen zu machen, so werden wir alles tun, um für Gerechtigkeit zu sorgen und ihre Seele dadurch endlich erlösen.

Zunächst erlöste man uns glücklicherweise vom Anblick des gekrönten Kotzbrockens, indem wir von der Wache aus dem Thronsaal direkt in unsere Unterkunft geführt wurden. Die Elfe und ich durften ein gemeinsames Zimmer im obersten Stock des Schlosses beziehen. Wo der Schamane sein Nachtlager finden würde, stand in den Sternen oder sonst wo geschrieben. Kaum dass die schwere Tür hinter uns ins Schloss gefallen war, platzte die Lachbombe. Wir warfen uns aufs Bett und ließen unserem angestauten Lachreiz endlich freien Lauf. Es dauerte eine ganze Weile, bis wir uns beruhigen konnten. Neugierig schauten wir uns die Räumlichkeit an, die uns zugewiesen wurde. Außer dem übergroßen Himmelbett aus massivem Holz war das Zimmer recht spärlich eingerichtet. Neben einem

Kleiderschrank befand sich lediglich eine kleinere Truhe am Fußende des Bettes sowie ein Waschtisch mit Spiegel, einer entsprechenden Schüssel und Wasserkanne. Ziemlich schlicht und rustikal eben. Wie es einfachen Bediensteten gebührte. Schließlich waren wir keine hochwohlgeborenen Adelsleute, denen edle Gemächer zur Verfügung standen. Ich fragte mich, wo sich wohl die Toilette befand. Wenn es überhaupt eine gab, dann sicherlich in Form eines Plumpsklos. Das wäre mir allemal noch lieber als in einen Nachttopf zu pinkeln und diesen nach Verrichtung unter dem Bett zu verstecken. Pfui, welch unappetitliche Vorstellung. Die Körperpflege dürfte ebenfalls eher spärlich ausfallen. Ich vermutete mal, dass die Nutzung einer Badewanne ausschließlich hochgestellten Persönlichkeiten vorbehalten war. Da wir zum Fußvolk und eben nicht zur blaublütigen Gesellschaft zählten, blieb nur zu hoffen, unser Aufenthalt würde nicht allzu viel Zeit in Anspruch nehmen.

Damit ich wenigstens mein Gesicht auch in der Vergangenheit ein wenig aufhübschen konnte, hatte ich auf die Schnelle meine Puderdose, Kajal- und Lippenstift in die zum Glück ziemlich groß ausfallenden Taschen meines langen Kleides gesteckt, bevor wir durch das Portal gegangen oder vielmehr gefallen sind. Da wir uns in der längst vergangenen Epoche auch mit der Zahnhygiene umstellten mussten, reiste ein entsprechender Vorrat an

Kaugummi mit. Selbst wenn ich die meiste Zeit als stumme Dienerin unterwegs sein würde, so traf ich ja mindestens einmal am Tag auf meine Freunde, um von eventuellen Fortschritten zu berichten. Mundgeruch war das Letzte, was ich dabei brauchen konnte.

Als ich meiner "Schwester" die Habseligkeiten aus unserer Zeit zeigte, kramte sie mit einem Grinsen ebenfalls in ihrer Rocktasche und zog Wimperntusche und einen kleinen Parfumflakon hervor. Wir schauten uns an und stimmten erneut ein herzhaftes Gelächter an. So neigte sich der erste Tag in der Vergangenheit dem Ende zu und wir legten uns, müde von den vielen neuen Eindrücken, in unser breites Himmelbett.

Während die Elfe, kaum dass ihr Kopf das Kissen berührt hatte, sofort ins Land der Träume überging, lag ich noch lange wach und überlegte mir unser weiteres Vorgehen.

Wo sollten wir mit der Suche des Tagebuchs beginnen? Wer weiß, wann wir dazu überhaupt Gelegenheit bekamen. Die Elfe würde mit ihrer Arbeit in der Küche voll ausgelastet sein, der Schamane war mit Pferdepflege und Stallreinigung sicherlich ebenfalls gut beschäftigt und was meine Tätigkeit beim königlichen Hurensohn betraf, darüber wollte ich erst gar nicht nachdenken.

Dennoch war ich zuversichtlich, dass sich im Laufe unserer

täglich zu verrichtenden Dienste irgendwann und irgendwie eine Möglichkeit zur Suche ergeben würde. Es wäre alles wesentlich einfacher, hätten wir bezüglich des Verstecks wenigstens einen Anhaltspunkt. Doch dafür müssten wir wiederum erst mal das Vertrauen zumindest einer Person bei Hofe gewinnen, was beinah aussichtslos schien. Zum einen konnten wir nicht beurteilen, wer als getreuer Untertan unterwegs war und wer seinem königlichen Arbeitgeber eher in neutraler Haltung gegenüberstand. Selbst wenn es eine Person bei Hofe gäbe, der wir unsere Mission anvertrauen könnten, wie erklären wir unsere Anreise aus der Zukunft? Mir fiel leider kein Argument ein, warum ein normal denkender Zeitgenosse anno 1742 unserer irrwitzigen Geschichte Glauben schenken sollte, wenn dies im Jahr 2015 schon nicht funktionierte. Da ich in meiner Kindheit dutzende Märchenfilme geschaut hatte und Computerspiele mit Fantasy-Inhalt geradezu verschlinge, kam mir in Erinnerung, dass es auf beinah jedem Schloss entweder einen Wahrsager oder einen Alchemisten gab. Warum sollte es hier anders sein? Ein Magier würde uns glauben, da bin ich mir ganz sicher und uns garantiert auch helfen. In besagten Filmen bzw. PC-Games stehen die Esoteriker der Historie zwar im Dienste des Königs, sind ihrem Herrscher allerdings in den seltensten Fällen loyal oder gar freundschaftlich verbunden.

Glücklich und erleichtert über meinen Einfall fielen auch mir die Augen zu. Ein greller lauter Schrei ließ mich jedoch mitten in der Nacht wieder hochschrecken. Im Bett sitzend versuchte ich in der Dunkelheit die Umgebung zu orten. Ich schielte zur Seite, ob die Elfe ebenfalls aufgewacht war. Doch die schlummerte so intensiv, als ob sie Schlaftabletten geschluckt hätte. Dabei grunzte sie leise vor sich hin. So tief und fest schlafen zu können, ist beneidenswert. Ich dagegen war hellwach und konzentrierte mich wieder auf das Geräusch, das mich aus dem Schlaf gerissen hatte. Meine Augen waren zwischenzeitlich an die Finsternis gewöhnt und mit Hilfe des Mondlichtes, das ins Zimmer fiel, konnte ich wenigstens die Umrisse der wenigen Möbelstücke erkennen. Weiter war jedoch nichts Auffälliges zu entdecken. Hatte ich den Schrei etwa nur geträumt? Ich blickte zum Fenster, das durch lange weiße Stoffbahnen verdeckt war. Der Wind spielte mit den leichten Tüchern, indem er sie hin und her wehen ließ. Immerhin wurde diese Szenerie jedem Filmklischee gerecht. Erstaunlich, dass in der realen Vergangenheit tatsächlich derartige Vorhänge als Wohnaccessoires zum Einsatz kamen. Bislang war ich nämlich der Meinung, es handelte sich dabei lediglich um Dekomaterial, da ein sich wie von Geisterhand bewegender Vorhang den Gruseleffekt für Kinobesucher drastisch erhöhte.

Während ich wie hypnotisiert auf den wehenden Stoff starrte und über die Filmindustrie und ihre Tricks nachdachte, entdeckte ich plötzlich einen Schatten hinter dem Vorhang. Das erhöhte meinen Gruseleffekt immens und kein Flachmann greifbar, da ich diesen für gewöhnlich nicht mit ins Bett nehme. Somit wartete ich angespannt und ganz ohne Heldenwasser darauf, dass der Vorhang einmal mehr vom Winde verweht den Blick auf das frei geben würde, was sich dahinter verbarg. Währenddessen umklammerte ich meine Bettdecke so fest, dass meine Handgelenke zu schmerzen begannen. Als das nächtliche Lüftchen endlich bereit war, den weißen Store zur Seite zu pusten, erkannte ich ziemlich deutlich, wem der Schatten gehörte. Am Fenster saß die weiße Eule und glotzte mich mit ihren leuchtenden Augen an. Nachdem ich sie bemerkt hatte, breitete sie ihre riesigen Schwingen aus und flog in die Nacht davon. Aber wie kam sie hierher? Sie konnte doch unmöglich durchs Portal geflogen sein. Es wäre uns wohl kaum entgangen, hätte der Spiegel außer uns dreien auch noch diesen Vogel ausgespuckt. Mir kam vielmehr der Verdacht, dass es sich um eine andere Eule handeln musste. Eine, die in der Vergangenheit und nicht in der Gegenwart zuhause war, wenn auch ihre Absichten uns gegenüber die selben zu sein schienen. Dieses Tier kam nicht zufällig des Nachts am Schlossfenster vorbei. Es wollte uns garantiert etwas mitteilen. Doch war sie uns auch wirklich freundschaftlich gesinnt oder verkörperte sie doch den Feind? Über dieser Frage schlief ich erschöpft ein.

Am nächsten Morgen berichtete ich der Elfe von dem nächtlichen Zwischenfall, den die Schlafmütze ja nicht mitbekommen hatte. Ihr war es, ebenso wie mir, ein Rätsel, wie die Eule aus unserer Zeit hier gelandet sein könnte und was es mit dem Tier auf sich hatte.

KAPITEL VII
DANA & EULANDA

Während wir unsere Katzenwäsche verrichteten und uns dank der mitgebrachten Utensilien auffrischten, erzählte ich meiner Freundin von der Idee mit dem Magier: "Ich habe mir gestern, als ich nicht einschlafen konnte, überlegt, wer uns auf der Suche nach dem Tagebuch behilflich sein könnte und bin zu dem Schluss gekommen, dass dafür vielleicht ein Alchemist in Frage käme." Die Elfe dachte kurz nach und erwiderte: "Vielleicht, vielleicht auch nicht. Keine Ahnung". Ich ignorierte ihre Bemerkung, die wenig bis gar keine Unterstützung zu erkennen gab und redete weiter: "Da ich ja offiziell dem Redeverbot unterliege, hörst du dich in der Küche um, ob ein Wahrsager im Dienste des Königs steht und wenn ja, wo wir diesen finden." Ihre Entgegnung darauf war zwar wenig euphorisch, aber immerhin positiv: "Okay, kann ich machen." Gerade als wir im Begriff waren, uns anzukleiden, klopfte es an der Tür und kurz darauf kam eine Bedienstete des Königs ins Zimmer. Über dem Arm trug sie einige Kleidungsstücke, die sie uns in die Hand drückte. Sie klärte uns darüber auf: "Ich überbringe euch die Dienstkleidung, die bei Hofe üblich ist." Mit einem kurzen Lächeln legte sie die Kleidungsstücke aufs Bett und verließ unser

Schlafgemach schnellen Schrittes wieder. Elfe und ich sortierten verdutzt die Klamotten und betrachteten unser Outfit mit zurückhaltender Begeisterung. In meinem Fall handelte es sich dabei um einen weißen Unterrock, ein einfaches langes dunkelblaues Stoffkleid sowie eine hellblaue lange Schürze und ein undefinierbares weißes Stoffstück. Elfe konnte sich ebenfalls eines weißen Unterrocks erfreuen, dazu bekam sie ein cremefarbenes langes Kleid und eine weiße Schürze. Auch bei ihrer "Uniform" befand sich dieser weiße Stofffetzen. Wir zogen uns erst mal die Gewänder über, um zu sehen, ob uns die Kleider überhaupt passten. Mit Verwunderung stellten wir fest, dass auch diese wie für uns gemacht schienen. Bevor wir den ersten Arbeitstag in Angriff nahmen, mussten wir allerdings noch herausfinden, was es mit dem weißen Stoffstück auf sich hatte. Bei näherer Betrachtung erkannten wir, dass es sich dabei um eine Art Kopfbedeckung handeln musste und so stülpten wir das Teil über unser Haupt. Anschließend rannten wir zum Spiegel, der am Kleiderschrank befestigt war, um uns darin zu betrachten. Die Kleider waren bequem und nicht sonderlich auffällig. Die eingenähten Taschen glücklicherweise ähnlich tief wie die unserer Röcke, sodass wir auch darin unsere Habseligkeiten problemlos verstauen konnten. Soweit waren wir mit unseren Dienstklamotten zufrieden.

Die Haube jedoch war der Brüller. Als wir unser Spiegelbild betrachteten, prusteten wir beide wie auf Kommando los und bogen uns vor Lachen. In diesem lächerlichen Aufzug würde ich bei uns nicht mal zu Karneval herumlaufen. Die Kopfbedeckung erinnerte mich stark an die gehäkelten Klopapierabdeckungen, die in den 70er Jahren ebenso wie der Wackeldackel, auf keiner Heckablage eines Mercedes Benz fehlen durften. Diese Kappe bestand jedoch aus gestärktem, mit Volants umrandetem, weißen Stoff. Sexy war irgendwie anders. Doch kam es mir sehr entgegen, dass ich mit der seltsamen Kopfbedeckung eher bescheuert aussah. Um so weniger lief ich nämlich Gefahr, dass mir der blaublütige Widerling an die Wäsche gehen würde. Nachdem wir uns ausgelacht hatten, verließen wir gemeinsam das Zimmer. Die Elfe marschierte in Richtung Küche, während ich mir noch schnell einen Kaugummi in den Mund schob, um sodann die königlichen Gemächer aufzusuchen. Allerdings kam ich dort erst gar nicht an, da mich der Wachmann des gestrigen Tages ebenfalls in die Küche scheuchte. Er forderte mich auf: "Nicht so stürmisch Zofe! Begib dich in die Küche, um dort dein Frühstück einzunehmen. Wenn du damit fertig bist, dann wirst du dem König das morgendliche Mahl servieren." Ich nickte und machte mich davon.

Als ich die Kochstube betrat, stolperte ich erst mal über die

Türschwelle. Immerhin war ich geschickt genug, um einen Sturz abzuwenden. Dabei rutschte mir die seltsame Haube über die Augen, sodass ich um Haaresbreite mit der Küchenmamsell kollidiert wäre. Sowohl die Elfe als auch der Schamane saßen bereits am hölzernen Tisch und konnten sich einen Lacher über meine unfreiwillige Clown-Einlage nicht verkneifen. Ich schob mir die Mütze von den Augen, nickte ihnen wie auch der gut genährten Köchin grinsend zu und setzte mich an die gedeckte Tafel. Erst nachdem ich mich auf dem Holzschemel niedergelassen hatte, wurde mir bewusst, wie hungrig ich doch war. Das Frühstück bestand aus einem Becher warmer Milch und einer Schüssel Haferbrei. Ungewohnt zwar, doch bekanntlich schmeckt alles lecker, wenn man Hunger hat. Allerdings würde ich für eine Tasse herrlich duftenden heißen Kaffee beinah alles geben.

Nachdem ich mich gestärkt hatte, stand ich auf, bedankte mich bei der Küchenchefin mit einem Nicken, schnappte mir das Tablett für den Kronenträger und verließ mit einem Augenzwinkern die königliche Schlossküche.

Während meines zweiten Anlaufs zu den Räumlichkeiten des Hurensohnes, hoffte ich inständig, dass die blaublütige Qualle nicht etwa geruhte, im Bett zu frühstücken. Bei dieser Vorstellung drückte der Haferbrei verdächtig auf meinen Magen.

Wenn ich auch nur schlecht auf Kaffee verzichten konnte, auf den Anblick eines fetten Königs mit verquollenen Augen im Nachtgewand hingegen mehr als gut. Um so erfreuter war ich darüber, dass mir vom Wachmann, der ganz leger ohne seine Fuchtelwaffe unterwegs war, das Tablett aus den Händen genommen wurde. Als ich ihn verdutzt anschaute, erklärte er mit kurzen Worten: "Merk dir eins, Zofe! Ausschließlich meine Person ist befugt, dem König sein Mahl zu kredenzen. Komme also niemals auf die Idee, dich dem zu widersetzen!" Gott bewahre, das würde mir im Traum nicht einfallen. Ich zeigte mich also mimisch so gut als möglich beeindruckt von seiner Sonderstellung bei Hofe und war heilfroh, dass dieser Kelch schon mal an mir vorüberging.

Meine Aufgabe bestand vorerst darin, die Garderobe für den hochwohlgeborenen Fettsack bereit zu legen, die er nach dem Frühstück gedachte zu tragen.

Wie ich von dem Wachmann, der im Schloss das männliche Mädchen für alles zu sein schien, erfuhr, gehörte zu meinen Tätigkeiten, die königlichen Gemächer sauber zu halten, die Gewänder bereit zu legen bzw. zur Waschfrau zu tragen, Botengänge innerhalb des Schlosses zu erledigen wie z. B. die Abholung der Mahlzeiten aus der Küche, das Zurückbringen des schmutzigen Geschirrs sowie das Herbeischaffen königlicher

Lektüre aus der Bibliothek.

Alles in allem kein sonderlich anspruchsvoller Job und da ich nicht mal reden musste, ein sehr angenehmer noch dazu.

Natürlich hoffte ich darauf, dass der royale Widerling wenigstens wissbegierig und lesefreudig war, um recht häufig in die Bibliothek geschickt zu werden. Dort auf ein Geheimfach oder gar einen Geheimgang zu stoßen, wäre nämlich alles andere als abwegig.

Kaum hatte ich den Gedanken zu Ende gedacht, wurde mein Wunsch auch schon erfüllt. Anscheinend hatte ich in der Vergangenheit einen Turbodraht zum Universum, während es in der Gegenwart mit der Verbindung längst nicht so gut klappte. Der König rief mich zu sich und sagte mit einer feuchten Lispelaussprache: "Zofe, gehe in die Bibliothek, suche mir ein Buch über strategische Kriegsführung und kehre erst wieder zurück, wenn du es gefunden hast. Verstanden?"

Anstatt einer Antwort nickte und knickste ich widerwillig, bevor ich schnellen Schrittes den Raum verließ. Nachdem ich die Bücherei erreicht und die Tür von innen geschlossen hatte, schaute ich mich ohne zu zögern intensiv um. Die gesamten Wände bestanden quasi aus Büchern und ich fragte mich, wie lange man wohl daran sitzen würde, diese alle zu lesen. Ich kam zu dem Schluss, dass dafür ein einziges Leben gar nicht ausreichte. Zurück zu meiner Aufgabe! Wie sollte ich auf die Schnelle aus tausenden geschriebener Werke den gewünschten Lesestoff finden? In meiner ratlosen Lage fühlte ich mich ein wenig wie Aschenputtel, als sie vor ihrem Erbsen-Linsen-Gemisch saß. Die Glückliche bekam wenigstens taubenmäßige Unterstützung. Auf derartige Hilfe konnte ich leider nicht hoffen und musste selbst zusehen, wie ich fündig werde. Vielleicht waren die Bücher wie auch in unserer Zeit nach Themen sortiert, was mir die Suche natürlich erheblich erleichtern könnte. An der ersten Wand angekommen las ich mir die Titel in der Hoffnung durch, dass sie in irgendeinem Zusammenhang stehen. Erschwerend kam hinzu, dass es sich um eine alte Schrift handelte, die ich nur mit Müh und Not entziffern konnte. Tatsächlich hatten all diese Bücher etwas mit Astrologie und Alchemie zu tun. Somit konnte ich diese Wand schon mal abhaken. Daraufhin begab ich mich zur nächsten Wand und las abermals, was auf den Buchrücken stand. Dieses Mal befand ich mich in der Abteilung "Magie und Zauberei". Bevor ich weiter nach der gewünschten Kriegslektüre schaute, wollte ich an dieser Stelle erst noch ein wenig verweilen und erforschen, ob sich eventuell ein Zauberhandbuch darunter befand. Während ich die Werke mit meinen Augen abscannte, lehnte ich mich lässig an das neben mir stehende Regal. Bevor ich es mir versah, kam dieses in

Bewegung und ich fiel von einer Sekunde auf die andere ins Nichts. Gleich darauf machte es einen Rums und ich saß urplötzlich in völliger Dunkelheit. Dieses Mal lag es allerdings nicht an der gestärkten Volanthaube. Es schien vielmehr so, als ob ich rein zufällig die von mir ersehnte Geheimtür gefunden hatte. Ohne Frage wäre ich allerdings gern darauf vorbereitet gewesen. Aber was läuft schon planmäßig? Es roch modrig und ich spürte einen Luftzug, wenngleich ich nicht orten konnte, aus welcher Richtung. Wo um alles in der Welt war ich nun schon wieder hingeraten? Ich rappelte mich von dem nasskalten Boden auf und tastete vorsichtig eine kühle Mauer ab. Vielleicht könnte ich ja einen Schalter oder Hebel erfühlen, der mich nach dessen Betätigung wieder in die Bibliothek brachte. Fehlanzeige! Scheinbar gab es von hier aus kein zurück! Stattdessen trat ich auf etwas Weiches und konnte einen Aufschrei nicht vermeiden. Ich wollte mir gar nichterst vorstellen, was dies gewesen sein könnte.

Um einer ansteigenden Panikwelle entgegenzuwirken, musste ich schnellstens für Licht sorgen. In dem Moment fiel mir ein, dass ich zwar meine Zigaretten in der Gegenwart zurückgelassen, jedoch das Feuerzeug in den Rock gesteckt hatte, bevor wir in die Vergangenheit aufbrachen. Hektisch kramte ich in meinen Kleidertaschen und ertastete es zu meinem Glück recht schnell. Nie hätte ich mir träumen lassen, dass ein einfaches Einwegfeuerzeug mal so wertvoll sein könnte. Mit Hilfe des zarten Flämmchens suchte ich erneut die Mauer ab. Jedoch fand ich keinerlei Hilfsmittel, mit denen sich diese geheime oder besser gesagt, gemeine Wand wieder hätte öffnen lassen.

Logische Schlussfolgerung? Ich musste dem Gang in der Hoffnung folgen, dass er irgendwann endete und ein Ausgang, in welcher Form auch immer, auftauchen würde.

Während ich das Feuerzeug rings um mich herumschwenkte, erblickte ich eine Fackelhalterung und zu meiner Freude steckte auch eine solche darin. Ich hielt das Feuerzeug dagegen und oh wunder, es funktionierte. Verblüffenderweise ging jedoch nicht nur die eine Fackel in Flammen auf, sondern der Reihe nach zündeten sich immer mehr davon wie aus Zauberhand an. Es war mir zwar völlig schleierhaft, wie dieser Mechanismus funktionierte, aber ehrlich gesagt, in meiner Situation auch ziemlich egal. Stattdessen freute ich mich wie ein kleines Kind, als es um mich herum heller und heller wurde.

Dadurch bekam ich endlich die Möglichkeit, mich zu orientieren. Zuerst mal schaute ich vorsichtig zu meinen Füssen. Es machte mich ja doch neugierig, auf was ich in der Dunkelheit getreten war. Mit Erleichterung stellte ich fest, dass es sich nur um einen alten, dicken Leinensack handelte, der auf dem schmutzigen Boden lag. Sodann beschloss ich, den Fackeln zu folgen, denn die waren sicher nicht ohne Grund an die Wand montiert worden. Ich werde ja sehen, ob sie mich in die Irre oder in die Freiheit führen.

Der Gang war schmal, kalt und feucht. Wenigstens gab es keine Abzweigungen, die mich dazu genötigt hätten, eine Richtung zu wählen. Garantiert hätte ich dabei die falsche ausgesucht und das unterirdische Labyrinth wäre mein Grab geworden. Blondinensicher musste ich also nur den lodernden Flammen folgen, bis der Tunnel sein Ende bzw. seinen Anfang nahm.

Seltsamerweise war ich kein bisschen ängstlich, sondern eher neugierig, was mich erwartete. Um meine Angst nicht doch noch zu wecken, vermied ich es tunlichst, mich umzusehen. Mein Blick war stur geradeaus gerichtet, imaginäre Scheuklappen bewahrten mich davor, meine Augen zur Seite schielen zu lassen. Ich wollte gar nicht wissen, ob und welch gruselige Anblicke mir erspart geblieben sind.

Nach einem endlos scheinenden Fußmarsch sah ich endlich einem Licht entgegen, das zur Abwechslung mal nicht flackerte. Meine Schritte wurden schneller und die Helligkeit nahm immer mehr Raum ein. Der Tunnel wich und ich stand inmitten eines dichten Waldgebietes. Um mich herum nur Bäume, Sträucher und wildes Vogelgezwitscher. So sehr ich mir auch den

Hals verrenkte, es tauchten weder das Schloss noch eine Siedlung in meinem Blickfeld auf. Wald und Pflanzen, soweit das Auge reichte. Obwohl ich die Dinger bisher stets verteufelt hatte, wäre so ein Navigerät in meiner misslichen Lage zugegebenermaßen äußerst hilfreich gewesen. Mein Orientierungssinn ist nämlich katastrophal. Einfach loszulaufen, um im günstigsten Fall irgendwann auf das Schloss zu treffen, machte keinen Sinn. Da ich mich ja theoretisch in der Bibliothek und nicht – wie tatsächlich der Fall - in der Natur aufhalte, um ein Kriegsbuch für den Kronenheini zu suchen, wird man mich auch so schnell nicht vermissen. Nun war ich zwar dem Geheimgang entkommen, stattdessen jedoch in der grünen Hölle gefangen. Echt klasse! Hätte ich mit mehr Aufmerksamkeit die Sendungen im Fernsehen verfolgt, die mein Sohn so gerne schaut, dann wüsste ich jetzt, was ein Survival Man zwecks Überleben in der Wildnis für Tipps auf Lager hatte. "Nur keine Panik aufkommen lassen", dachte ich mir. Da ich auf der kleinen Lichtung keine Wurzeln schlagen und nicht darauf warten wollte, dass mein Verstand früher oder später rebellierte, lief ich halt doch mal los. Wäre ja immerhin möglich, dass ich rein zufällig die richtige Richtung einschlug. Den Gedanken noch nicht zu Ende gedacht, ertönte der Mark erschütternde Schrei, der mir inzwischen schon ein wenig vertraut war. Kurz darauf landete eine weiße

Eule direkt vor mir auf dem Waldboden. Ich freute mich so sehr über ihren Anblick, dass ich ihr am liebsten in die Flügel gefallen wäre. Nicht nur weil sie so groß und schön war, sondern weil sie uns schon einmal geholfen hatte. Sie tauchte anscheinend immer genau dann auf, wenn man ratlos war. Meine gefiederte Freundin würde mich hier herausführen, da war ich mir ganz sicher. Können denn hier selbst Tiere Gedanken lesen? Der Vogel erhob sich nämlich im gleichen Moment in die Lüfte, flog, gepaart mit seinem unverkennbaren Laut, einige Kreise und segelte zielsicher in die von ihm gewählte Richtung davon. Ich folgte ihm so schnell ich konnte, wenngleich es mir so vorkam, als ob die Eule immer tiefer in den Wald hineinflog. Sollte dies tatsächlich der Weg zurück zum Schloss sein? Oder führte sie mich am Ende geradewegs in eine Falle? Ich versuchte meine Gedanken auszuschalten, denn mir blieb keine andere Wahl, als dem Tier zu vertrauen. Vor allem durfte ich mein lebendes Navi nicht aus den Augen verlieren. Das war allerdings leichter gesagt, als getan. Ständig musste ich meinen Blick abwechselnd gen Himmel zu dem gigantischen Vogel und auf den Weg unter mir richten. Es blieb nicht aus, dass mir dabei diese bescheuerte Diensthaube immer wieder über die Augen rutschte, sodass ich aufgrund der vorübergehenden Blindheit über den einen oder anderen Ast stolperte und mal mehr, mal weniger schmerzhaft auf die Nase fiel. Dieser Waldlauf kam einer Bundeswehrübung ziemlich nahe. Nach dem x-ten Blindmanöver ging mir die für meine Begriffe völlig nutzlose wie hässliche Kopfbedeckung derart auf die Nerven, dass ich sie mir kurzer Hand vom Kopf riss und in den Wald schleuderte. Dabei konnte ich von Glück reden, dass ich die Kleidung einer Zofe trug und nicht etwa den edlen Fummel einer hochwohlgeborenen Dame. An meinen einfachen Leinenklamotten fiel ein weiterer Fleck oder Riss nicht sonderlich auf. Bei der Vorstellung, in edlem Brokatfummel mit Snowboardbreite durch das Gehölz zu rennen, quiekte ich vor Belustigung kurz auf. Um mit einem derart breiten Gewand die Eulenverfolgung einigermaßen unfallfrei überstehen zu können, hätte ich darin wahrscheinlich im Seitwärtsgalopp durch den Forst hüpfen müssen. Auch diese Phantasie hatte etwas äußerst Amüsantes und so ließ ich mein lautes Lachen darüber durch den Wald schallen.

Mein Gekicher verstummte jedoch augenblicklich, als ich mich – anstatt am Schlosstor – auf einer Lichtung wiederfand. Hier würde ganz sicher kein Schloss auftauchen und zu allem Übel war mein fliegendes Navi urplötzlich verschwunden. Vergeblich blickte ich mich in alle Richtungen nach ihm um. Statt seiner entdeckte ich ein kleines Holzhäuschen, aus dessen Kamin Rauch aufstieg. Das bedeutete, diese Hütte war bewohnt. Dass die Eule mich an genau dieser Stelle allein zurückließ, war somit kein Zufall. Welche Art von Abenteuer wartete wohl in dem Holzhäuschen auf mich? Das konnte ich nur herausfinden, indem ich mich der Herausforderung stellte, auch ohne meine Freunde nachzuschauen.

Also nahm ich all meinen Mut zusammen, lief über die Lichtung und klopfte zaghaft an die schäbige alte Tür. Diese erweckte in ihrem desolaten Zustand den Eindruck, als ob sie jeden Moment aus den Angeln fallen würde. Mein Klopfen hatte sie zumindest mal überstanden. Da keine Antwort zu vernehmen war, öffnete ich vorsichtig den heruntergekommenen Bretterschlag. Die ächzenden Scharniere funktionierten dabei besser als jede Klingel, denn spätestens ab dem Moment würde der oder die Besitzerin dieser Waldbehausung bemerken, dass jemand dabei ist, die Schwelle zu übertreten.

Ich hatte die Tür gerade mal einen Spalt breit geöffnet, da ertönte von drinnen eine leicht kratzende, rauchige weibliche Stimme. Deren Tonfall hörte sich an, als ob ihre tägliche Ernährung aus mindestens 60 Zigaretten und einer Flasche Whiskey bestand. Während ich unschlüssig in der halb geöffneten Tür verharrte, stellte ich mir die Frage, wieso Hexen in Märchen stets eine krächzende Stimme haben? Sollte es sich bei der Hüttenbewohnerin ebenfalls um eine solche handeln, wäre damit ein weiteres Fantasyklischee abgedeckt. Vorerst riss mich ihr Reibeisenorgan aus meinen Gedanken: "Komm nur herein! Ich habe bereits auf dich gewartet. Es wurde langsam Zeit, dass du dich endlich blicken lässt Kindchen!" Überrascht stieß ich mit einem Ruck die Tür auf und fand es äußerst bemerkenswert, dass der Bretterverschlag diese schnelle Bewegung ausgehalten hatte, ohne sich in seine Einzelteile zu zerlegen.

Gleichzeitig starrte ich in ein apartes, zartes Gesicht. Dieses wurde von einer gewaltigen Lockenmähne umrahmt, die an Volumen kaum zu toppen war. Es schien gerade so, als ob die gute Frau unmittelbar vor meinem Eintreten in eine nicht vorhandene Steckdose gegriffen hätte. Die langen silbern glänzenden Haare standen wild und unbändig von ihrem Kopf ab. Wow! Die Frau hatte bei mir schon allein wegen ihres Aussehens gepunktet. Nicht dass mich etwa gleichgeschlechtliche Zuneigungsanwandlungen überkamen, doch weibliche Schönheiten sind nun mal auch für eine Frau faszinierend. Zudem bin ich unbedingt der Meinung, dass nichts mehr die Weiblichkeit und Erotik unterstreicht, als langes, volles Haar.

Nachdem ihre Begrüßungsworte verebbt waren, drehte ich mich um, da ich nachschauen wollte, ob vielleicht jemand hinter mir stand, den sie mit ihrer Aufforderung gemeint haben könnte. Fehlanzeige! Außer mir war niemand zu sehen. Das bedeutete, diese mir völlig unbekannte, wunderliche Person, sprach offensichtlich zu mir. Auf meinen Versuch, ihr klar zu machen: "Gute Frau, Sie scheinen mich zu verwechseln. Ich kenne Sie doch gar nicht", erwiderte sie mir kichernd: "Dana verwechselt niemals irgendwen oder irgendwas, Schätzchen. Nicht umsonst gelte ich als die Beste unserer Zunft. Also willkommen zuhause meine Liebe. Du warst mal eine von uns, wenngleich du dich daran auch nicht erinnern wirst!"

Ich glotzte die Medusa der erst wesentlich später erfundenen Elektrizität weiterhin ungläubig an. Was quatscht die denn da? Ich konnte nicht im Entferntesten nachvollziehen, was diese Verrückte von mir wollte. Sie sah mich an, als könnte auch sie meine Gedanken lesen, grinste erneut und fuhr fort: "Vor dir steht eine Zauberin. Jedoch gehöre ich nicht den Hexen an, die sich der schwarzen Magie verschworen haben. Ich bin eine weiße Hexe, die ihre Fähigkeiten ausschließlich dazu nutzt, Gutes zu tun."

Verkörperte sie etwa so was Ähnliches wie die Justitia der Rokoko-Aera und sorgt für Gerechtigkeit, die bei richterlichen Rechtsprechungen leider oftmals viel zu kurz kommt? Wie sagte nämlich schon mein damaliger Chef, bei dem ich sehr lange und vor allem sehr gerne gearbeitet hatte, als ich noch in der deutschen Heimat weilte, so treffend: "Recht und

Gerechtigkeit sind meist zwei paar Stiefel".

Sollte ich in einem meiner früheren Leben tatsächlich eine weiße Hexe gewesen sein, ergäbe es einen gewissen Sinn, in meinem derzeitigen irdischen Dasein bei einem Rechtsanwalt lange Jahre in die Lehre gegangen zu sein. Die Parallelen aus der Vergangenheit zu meinem heutigen Leben werden immer klarer, je länger ich in dieser verrückten Geschichte unterwegs bin. Somit war ich nicht nur dabei, Prinzessin Armellas Seele zu retten, sondern auch so manches über mich selbst zu erfahren. Doppeltherapie sozusagen.

Meine Augen konnten sich an der "explodierten" Mähne der zierlichen Magierin gar nicht satt sehen, so fasziniert war ich davon. Ob ich damals auch so einen Mopp auf dem Kopf trug? Meine Glotzerei schien sie gar nicht zu stören, denn sie fuhr unbeirrt in ihren Erzählungen fort: "Ich wusste, dass du aus der Zukunft zurückreisen würdest, um den Mord der rechtmäßigen Thronerbin zu rächen. Allerdings hätte ich nicht gedacht, dass du für deine Ankunft so lange brauchen würdest, meine Liebe. Nun gut, jetzt bist du hier und kannst deine Mission erfüllen. Um nicht noch weitere kostbare Zeit zu verschwenden, habe ich dir meine getreue Eule geschickt, damit sie dich ohne Um- bzw. Irrwege zu mir führt. Sei dir gewiss, dass du für immer eine von uns bleiben wirst, auch wenn du keine Erinnerung an das

Leben als Hexe hast und über keine Zauberkräfte mehr verfügst. Das entschuldigt immerhin, wie unbeholfen du gemeinsam mit deinen Freunden bisher an die Sache herangegangen bist. Auf eure naive Art und Weise würdet ihr das Tagebuch wohl auch in weiteren 300 Jahren nicht finden! Ich stehe dir zur Seite und werde dir helfen. Dass du inzwischen knapp 300 Jahre älter bist und zudem in einem anderen Körper steckst, spielt für den Hexenkreis keine Rolle. Die Zeit ist gekommen, um deine Mission zu erfüllen und für Gerechtigkeit im Namen der Prinzessin zu sorgen. Enttäusche mich nicht Kindchen!"

Beschämt durch ihre Kritik wandte ich zum ersten Mal, seit ich dieses Häuschen betreten hatte, den Blick von ihrem Antlitz ab und schaute zu Boden.

Stotternd fragte ich sie: "Woher beziehen Sie nur all diese Informationen?" Mit einem gespielt resignierenden Blick, der mir zu verstehen gab, dass ich für eine ehemalige Hexe ziemlich blöde Fragen stellte, klärte sie mich dennoch gutmütigerweise darüber auf: "Es dürfte wohl kein Geheimnis sein, dass Hexen – ob schwarz oder weiß - zur Hellsichtigkeit befähigt sind, obendrein die Gabe der Orakelbefragung besitzen und diese auch einzusetzen wissen." Nach Danas etwas sarkastisch klingender Belehrung kam ich mir vor wie ein kleines, dummes Schulmädchen. Es war in der Tat eine bescheuerte Frage aus dem Mund einer Blondine. Wobei wir damit ein weiteres Klischee abhaken können. Meine Naivität, die ich zum Ausdruck brachte, seit ich die Hütte der weißen Hexe betreten hatte, nervte mich ungemein. So kannte ich mich im richtigen Leben gar nicht. Keine Ahnung, was Danas Ausstrahlung mit mir anstellte, dass ich mich wie ein Dummchen benahm, das nicht bis drei zählen kann. Ich musste mich verdammt noch mal zusammenreißen und ihr zeigen, dass ich eine starke wie mutige Frau bin, die mit beiden Beinen fest im Leben steht. Zu meiner Verteidigung gab ich trotzig zurück: "Gemeinsam mit meinen Freunden werde ich die uns gestellte Aufgabe mit Bravur erfüllen und somit beweisen, dass ich der Mitgliedschaft des weißen Hexenringes auch Jahrhunderte später noch gerecht werde."

Dieses zarte Wesen mit ihrer rauchigen Stimme und der Silbermähne zeigte sich von meinen Worten wenig beeindruckt. Sie musste wahrlich eine mächtige Zauberin ihrer Zunft sein, wenn sie sogar ihrer Eule ermöglichen konnte, in unsere Zeit und wieder zurück in die Vergangenheit zu fliegen. Daher interessierte es mich brennend, ob sie ebenfalls über ein Zeitportal verfügte. Also fragte ich sie danach und klärte sie zugleich darüber auf, wieso mich diese Frage beschäftigte. Dass sie diese verneinte und zudem versicherte, mit der Eule in meiner Zeit nichts zu tun zu haben, überraschte mich daher um so mehr. Sie gab mir den

Rat: "Du solltest nicht weiter darüber nachdenken, sondern dich vielmehr auf deine Aufgabe konzentrieren, wegen derer du in die Vergangenheit gereist bist." Ich hörte sie weiterhin sagen: "Alles zu seiner Zeit meine Liebe. Du wirst noch früh genug erfahren, was es mit der Eule in deiner Welt auf sich hat." Sie verzog ihr Gesicht wieder zu einem Grinsen und wirkte dabei überaus geheimnisvoll. Mit leuchtenden Augen fügte sie hinzu: "Auf jeden Fall werden wir uns während deines Aufenthalts noch häufiger treffen, das ist gewiss!"

Wie war das nun wieder gemeint? Traute sie mir denn gar nichts zu?

Eins wurde mir zumindest klar: Es war kein Zufall, dass ich in der Bibliothek in den Geheimgang stolperte, sondern Teil der Prophezeiung, die mich dank des alten Mannes, der mich zur Schlossbesitzerin machte, überhaupt erst in dieses Schlamassel brachte.

Die Zauberin redete weiter auf mich ein: "Du sollst wissen, dass die Prinzessin einen unehelichen Sohn zur Welt gebracht hat, den sie gleich nach seiner Geburt weggeben musste. Dies geschah vor 18 Jahren; gerechnet in unserer Zeit versteht sich!"

Völlig perplex schaute ich Dana an. Schmunzelnd ließ sie verlauten: "Ich dachte mir schon, dass dir dieses Detail verschwiegen wurde. Ihr müsst den Sohn finden, da er nach dem

114

gewaltsamen Tod seiner Mutter nun der rechtmäßige Thronfolger ist!"

Mit schnippischem Unterton antwortete ich ihr: "Ach nee, diese Art der Babyentsorgung scheint wohl in den Genen dieser blaublütigen Familie zu liegen. Wenigstens waren sie so human, ihre hilflosen Windelscheißer den Leuten des Volkes vor die Tür zu legen und nicht etwa im Wald auszusetzen." Ich fuhr fort: "Obwohl in meiner Gegenwart Krankenhäuser mit sogenannten Babyklappen für unliebsamen Nachwuchs ausgestattet sind, kommt es traurigerweise immer wieder vor, dass Mütter ihr lebendes Kind unter anderem in Müllcontainern entsorgen! Unfassbar, aber leider wahr. So gesehen ist die Art der royalen Kleinkindabgabe, wie sie in dieser blaublütigen Gesellschaft gebräuchlich war, eher nobel!" Nun schaute zur Abwechslung mal die Hexe erstaunt drein und schüttelte ungläubig ihr zartes Köpfchen mit der wilden Silbermähne.

Die Suche nach dem jungen Mann erweiterte unsere Aufgabe nicht nur, sie erschwerte sie auch noch und würde zudem weitere kostbare Zeit in Anspruch nehmen. Wo sich der Knabe aufhielt, konnte oder wollte mir die weise Magierin allerdings nicht verraten. Zu seiner Identifizierung gab sie mir lediglich den Hinweis: "Um den Sohn der Prinzessin zu identifizieren, müsst ihr auf ein königliches Muttermal in seinem Nackenbereich achten, das die Form einer Krone aufweist." Bingo! Mit dieser Erkennungsbeschreibung waren wir einem weiteren Klischee der Märchen- bzw. Filmwelt auf der Spur. Irgendwie kam mir diese Muttermal-Nummer doch sehr bekannt vor, wenngleich mir nicht einfallen wollte, um welche Phantasiegeschichte es sich dabei handelte. War ja im Grunde genommen auch egal. Was ich bzw. wir seit unserem Portalsprung erlebten, war nämlich kein Märchen, sondern Realität, so verrückt es auch erscheinen mochte.

Fakt ist, dass unsere Mission erst dann als erfüllt galt, sobald der Satansbruder von Armella anhand des Tagebuchs der Königin Mutter des Mordes an ihr überführt wurde und deren Sohn statt seiner auf dem Königsstuhl Platz genommen hat. Sollte uns dieser Schachzug in der Tat gelingen, würde die Seele der Geisterprinzessin endlich frei sein.

Irgendwie war diese Flut an Neuigkeiten zu viel für mich. Plötzlich begann sich alles um mich herum zu drehen und mein Gefühl sagte mir, dass ich in wenigen Augenblicken aus meinen Lederlatschen kippen würde.

Dana schien mein Schwächeln sofort zu bemerken und reichte mir sogleich einen Becher. Was für ein Gebräu sich auch immer darin befand, ich trank es in einem Zug leer. Da sie für das Gute einstand und ich ihr diesbezüglich voll vertraute, würde ich mich wohl nicht in eine Kröte oder sonstiges Getier verwandeln. Obwohl die Vorstellung, etwa als Rabe oder Eule durch die Lüfte zu fliegen, schon einen gewissen Reiz hatte. Nun ja, Gedanken sind frei, doch sollte ich aufpassen, in welcher Gesellschaft ich derartigen Hirngespinsten freien Lauf lasse. Es war vielleicht nicht unbedingt ratsam, dies in Gegenwart einer Hexe zu tun.

Das Gesöff schmeckte zwar etwas eigenartig, war aber mindestens so wirkungsvoll wie unser Heldenwasser. Das Schwindelgefühl verflog augenblicklich und ich befand mich als stark genug, zu meinen Freunden zurückzukehren.

Bevor mich die Magierin mit ihrer zauberhaften Erscheinung und der lockigen Medusamähne ins Schloss zurückschickte, gab sie mir noch einen wertvollen Tipp: "Suche gemeinsam mit deinen Freunden einen Wicht auf, der tief im Inneren des Schlosswaldes zuhause ist. Er bewohnt einen alten verwurzelten Baum, den er stets nur zur Mitternachtsstunde verlässt. Dieses Männlein kann euch sagen, wo ihr nach dem Tagebuch suchen müsst. Kehre zunächst ins Schloss zurück und komme in der Nacht mit deinen Freunden erneut in den Wald. Ich werde Eulanda zur Lichtung am Ende des Geheimgangs schicken, damit sie euch den Weg zeigt." Nun kam doch tatsächlich auch noch ein Wichtelmännchen ins Spiel. Was würde während unseres Abenteuers denn noch alles auftauchen?

Die weiße Hexe lächelte mich vertrauensvoll an und drückte mich an sich: "Du schaffst das meine Kleine und ich bin stolz darauf, dass du die Auserwählte bist. Nun geh, bevor man dich im Schloss vermisst. Eulanda bringt dich bis zum Hoftor. Und vergiss nicht: Wir sehen uns wieder!"

Mit diesen Worten schob sie mich zur Tür hinaus und war verschwunden. Auch wenn er inzwischen nicht mehr neu für mich war, so ließ mich der Eulenschrei, der plötzlich von einem nahen Baum zu meinen Ohren drang, wieder einmal erschrocken zusammenzucken.

Genau in dem Moment, als die weiße Eule bemerkte, dass ich auf sie aufmerksam geworden war, hob sie ihre gigantischen Schwingen und flog davon. Ich folgte ihr schnellen Schrittes, damit ich sie nicht aus den Augen verlor. Es begann bereits zu dämmern und Nebel stieg auf, sodass ich hin und wieder Schwierigkeiten hatte, den Vogel zu orten. Völlig atemlos kam ich am Schlosstor an und musste erst mal verschnaufen, bevor ich die Wache passierte. In der Hoffnung, die weiße Eule nochmals zu erblicken, sah ich sehnsuchtsvoll in den dunklen Himmel. Doch sie war bereits lautlos davongeflogen.

Ich konnte es kaum erwarten, der Elfe von meiner Begegnung mit Dana und den damit verbundenen Neuigkeiten zu erzählen.

Mit aufgesetzter Unschuldsmiene ging ich hoch erhobenen Hauptes auf die Wachmänner zu, die mich anstandslos vorbeiließen. Zum einen war ihnen wohl bekannt, dass ich als neue Zofe des Königs arbeitete und zum anderen stellten sie mir auch keine dummen Fragen, da sie aufgrund meiner vermeintlichen Sprachlosigkeit eh keine Antwort erwarten konnten. Mich als stumme Dienerin auszugeben, war der genialste Einfall überhaupt.

Eiligst lief ich durchs Schloss zu unserem Zimmer, in dem die Elfe bereits ungeduldig auf mein Eintreffen zu warten schien.

Sie saß auf dem Bett und wollte mit gespielter Strenge wissen: "Sag mal, wo warst du denn so lange? Der König hat schon mehrfach nach dir gefragt. Er wartet noch immer auf das gewünschte Buch, das du ihm bereits vor Stunden aus der Bibliothek hättest holen sollen!" Ich winkte ab und erwiderte: "Der Dickwanst soll sich mal nicht so aufregen. Außerdem muss ich mir nicht mal eine Ausrede einfallen lassen, weil ich ja sprachlos bin. Ein unschuldiger Blondinenblick meinerseits sollte genügen, um den blaublütigen Idioten milde zu stimmen, meinst du nicht?"

Meine Freundin schaute mich daraufhin nur belustigt an und schüttelte über meine Sorglosigkeit den Kopf. Nachdem ich die Elfe darüber informiert hatte, wie es mir ergangen ist und was ich dank der weißen Hexe in Erfahrung brachte, war sie mindestens so erleichtert wie ich, dem Versteck des Tagebuchs zumindest ein klein wenig näher gekommen zu sein. Sie fragte mich: "Wie bringen wir nun den Schamanen so unauffällig wie möglich auf den neuesten Stand? Außerdem müssen wir mit ihm einen Treffpunkt für unsere bevorstehende nächtliche Wald-Wichtel-Aktion vereinbaren." Ich überlegte kurz, bevor ich ihr antwortete: "Diesen Part musst logischerweise du übernehmen, da ich bekanntlich zum Schweigen verdammt bin. Also geh am besten gleich zu ihm, während ich mich zum Schwabbelkönig begebe." Die Elfe nickte und machte sich auf den Weg zum Stall. Ich suchte hingegen die Gemächer des widerlichen Herrschers auf, um ihn mit fuchtelnden Gesten darüber in Kenntnis zu setzen, dass ich seinen begehrten Kriegswälzer trotz intensiver Suche leider nicht finden konnte. Nach einer pantomimischen Glanzleistung meinerseits verstand der blaublütige Fiesling sogar, was ich ihm mitteilen wollte oder er hatte einfach nur genug von meinem Gezappel. Verächtlich schnaubte er wie ein Walross in meine Richtung und machte mir mit einer kurzen Handbewegung deutlich, dass ich ihm aus den Augen treten sollte. Nichts lieber als das, dachte ich bei mir, denn ich war irrsinnig müde und zudem froh, mir seine hässliche Visage nicht länger als unbedingt nötig anschauen zu müssen. Zurück in unserem Schlafraum fiel ich, erschöpft von den Ereignissen des Tages, in die Kissen und schlief sofort ein.

KAPITEL VIII
DAS TAGEBUCH

Der unverwechselbare Schrei unserer Vogelfreundin riss mich aus dem Schlaf. Obwohl ich jedes Mal tierisch erschrak, war er wirkungsvoller als jeder Wecker. Sofort saß ich senkrecht im Bett und schaute, noch ziemlich verschlafen, zum Fenster. Aufgrund meiner noch nicht ganz wachen Augen, konnte ich in der Dunkelheit nur Konturen erkennen. Doch als ich in ihre großen, gespenstisch leuchtenden Augen sah, wusste ich, es handelte sich um Eulanda. Ihr Auftauchen bedeutete, dass es an der Zeit war, dem Waldmännchen einen Besuch abzustatten.

Nachdem ich die Elfe wachgerüttelt hatte, streiften wir uns die Kleidung über und schlichen aus dem Schloss hin zu den Stallungen. Sofern alles nach Plan lief, würden wir dort auf den Schamanen treffen. Dieser stand bereits am vereinbarten Treffpunkt und tippelte ungeduldig von einem Fuß auf den anderen. Schweigend machten wir drei sodann kehrt und nahmen Kurs zurück zum Haupthaus, um von dort direkt die Bibliothek anzusteuern. Noch bevor wir die Schlosstür erreichten, vernahmen wir plötzlich Stimmen. Die patrouillierenden Wachposten näherten sich schnellen Schrittes, sodass wir uns verstecken mussten. Geistesgegenwärtig drückten wir uns in eine dunkle

Nische und wagten kaum zu atmen. Nachdem die Wachen ahnungslos an uns vorbeigegangen und wieder außer Sichtweite waren, huschten wir schnell ins Gebäude. In der Halle angekommen, hielten wir abermals inne um abzuschätzen, ob von irgendwo Gefahr für unsere Unternehmung drohte. Zum Glück war weder etwas zu hören noch jemand zu sehen. Die Bewohner schliefen alle tief und fest. Wir schlichen weiter und erst nachdem wir die Tür der Bibliothek hinter uns geschlossen hatten, fühlten wir uns einigermaßen sicher.

Ich zeigte den beiden die bewegliche Wand und wir lehnten uns alle drei gleichzeitig dagegen. Aufgrund unseres Gewichts drehte sich diese derart schwungvoll, dass wir in den Geheimgang regelrecht katapultiert wurden. Bevor ich mich wieder auf die Füße stellen konnte, spürte ich einen unangenehm festen Griff auf meiner Schulter. Da ich in der Dunkelheit nicht mal meine Hand vor Augen sah, flüsterte ich in die Finsternis: "Hey, wer von euch beiden mich auch immer festhält, könntest du mich bitte loslassen, damit ich aufstehen kann?" Wie aus einem Mund kam sogleich die Antwort der beiden: "Ich halte dich nicht fest!". Zu meinem Entsetzen drangen ihre Stimmen eindeutig von vorne und nicht etwa von hinten an meine Ohren. Nach dieser Feststellung wurde mir schlagartig abwechselnd heiß und kalt. Während ich mich fragte, wer oder was mich dann festhielt, stellte sich jedes einzelne meiner Nackenhaare auf. Die Dunkelheit erhöhte den Gruseleffekt weit mehr als mir lieb war. Hysterisch schrie ich um Hilfe, was anscheinend keinen meiner Freunde sonderlich beeindruckte. Während ich von der Elfe weder etwas sah noch hörte, gab der Schamane in ruhigem, gelassenen Ton von sich: "Sei leise, du weckst ja das ganze Schloss auf! Ich werde erst mal versuchen, Licht ins Dunkel zu bringen." Da ich keine Sekunde länger auf Helligkeit verzichten wollte und wusste, wie es funktionierte riet ich ihm in leicht genervtem Flüsterton: "Taste die Wand ab, da muss eine Fackelhalterung sein. Zünde sie an und der komplette Gang wird erleuchtet. Beeil dich bitte!" Mir dauerte diese gespenstische Finsternis und vor allem die Ungewissheit darüber, wer oder was mich im Griff hatte, bereits viel zu lange. In meiner Panik begann ich, wie wild um mich zu schlagen. Als ich es mehrfach hinter meinem Rücken knacken und klappern hörte, wurde ich erst recht zur Furie. Bis es dank dem Schamanen endlich hell wurde, hatte ich mich bereits selbst befreit. Mit einem Satz sprang ich auf und schnellte auf die andere Seite. Während die Elfe noch starr vor Schreck auf dem Boden kauerte, stand der Schamane wie ein Fels in der Brandung an die Wand des geheimen Ganges gelehnt und grinste kopfschüttelnd. Erst in seiner Nähe fühlte ich mich sicher und wagte es, mich umzudrehen und nachzuschauen, welche Art von Monster ich besiegt hatte. In der Ecke, in der ich kurz zuvor noch mein Leben verteidigte, lag allerdings nur ein ziemlich derangiertes Skelett. Viel habe ich von dem armen Kerl ja nicht übriggelassen. Wenigstens konnte er nicht mehr spüren, dass ich ihm sämtliche Knochen gebrochen hatte. Bei dem Anblick der kaputten Gebeine musste ich über mich selbst lachen. Wieso blieben diese menschlichen Überreste bei meinem ersten unfreiwilligen Besuch dieses Geheimganges für mich unbemerkt? Weiter darüber nachzudenken, erschien mir allerdings sinnlos. Um keine wertvolle Zeit in diesem stickigen Tunnel zu vertrödeln, halfen wir der Elfe auf ihre wackligen Beine und stolperten Richtung Ausgang. Ich führte unsere Dreiergruppe durch den schmalen muffigen Gang und stoppte erst wieder, als ich in freier Natur stand. Meine Freunde waren mir dicht auf den Fersen. Aber wo war unser fliegendes Navi? Kaum hatte ich mir diese Frage gestellt, stürzte Eulanda im Tiefflug aus der Dunkelheit direkt auf uns zu und landete in geschmeidiger Manier auf dem Waldboden. Sie glotzte uns aus ihren wachen Augen der Reihe nach an, um sich sogleich wieder ebenso lautlos wie sie gekommen war, in die Lüfte zu begeben.

Wir schickten uns an, ihr zu folgen. Der Schamane lief voraus, da er von uns dreien der erfahrenste Naturkenner ist. Den Blick stets auf die Eule gerichtet, rannten wir durch dichtes Gestrüpp und Dornensträucher. Dabei peitschte uns der eine oder andere Zweig ist Gesicht oder unsere wehenden Haare blieben zuweilen daran hängen.

Als wir das Baumhäuschen des Wichtels endlich erreicht hatten, sahen wir alle drei eher wie keuchende Waldgeister aus und nicht wie gesittete Seelenretter. Die Haare fielen der Elfe und mir zottelig über die Schultern, geschmückt mit eingefangenem Blattwerk. Mit zerrissener Kleidung und völlig außer Atem standen wir vor dem knorrigen Baumstumpf. In unserem ungepflegten Zustand gaben wir sicherlich kein sehr vertrauenswürdiges Bild ab. Egal! Schließlich waren wir zu keinem Staatsbankett geladen. Wir wollten lediglich ein Waldmännchen treffen, das sich uns hoffentlich bald präsentieren würde. Der Schamane klopfte mutig an die winzige Haustür, die aus einer eigenartig geformten Wurzel bestand. Alles blieb jedoch still und das Türchen verschlossen. Wahrscheinlich war es noch nicht Mitternacht. Also hockten wir uns auf den weichen Moosboden und warteten einfach ab. Geduldig und gespannt starrten wir wortlos auf die kleine Pforte, die kaum größer war als eine Cornflakes-Schachtel, bis sie sich einige Minuten später tatsächlich öffnete. Der Wicht trat hervor und betrachtete uns argwöhnisch. Er sah richtig drollig aus mit seinem übergroßen schwarzen Hut und dem dunkelroten Samtjäckchen, das er trug. Dazu passende schwarze Kniebundhöschen und schicke Schnallenschuhe. Dabei war der Gute höchstens so groß wie eine Bierflasche. Er erinnerte mich stark an den Wicht aus der Nils Holgerson Erzählung. Mit verschränkten Armen fragte er uns patzig: "Wer seid ihr? Und wieso belagert ihr mitten in der Nacht mein Haus?" Statt etwas zu sagen, glotzten wir den Wicht nur ungläubig an. Immerhin hatten wir bisher noch keine Begegnung dieser Art. Ich fand meine Stimme als erste wieder und antwortete: "Entschuldigen Sie bitte mein Herr, wir wollten Sie nicht erschrecken." Da er sich von meinen stammelnden Worten noch immer ziemlich unbeeindruckt zeigte und auch nichts erwiderte, erklärte ich ihm in sanfter Tonlage freundlich, was uns zu ihm führte. Nachdem ich meine Geschichte beendet hatte, erhellte sich sein bis dahin finsterer Gesichtsausdruck plötzlich und verwandelte sich tatsächlich in ein Lächeln. Er nickte wissend und sagte uns: "Ja ich erinnere mich an das Tagebuch. Ich habe es im Auftrag der Königin im Schloss eingemauert. Sie war in ihrer Angst, die Aufzeichnungen könnten von Unbefugten entdeckt werden, überaus vorsichtig. Selbst mir wurden während meiner Arbeit die Augen verbunden. Daher kann ich euch die genaue Stelle leider nicht beschreiben, an der die königlichen Notizen versteckt wurden." Als er unsere enttäuschten Gesichter sah, fuhr er unbeirrt fort: "Allerdings habe ich eine sehr spezielle Zementmischung benutzt, die sich nach meinen Berechnungen ca. 250 Jahre später wieder auflösen und die gemauerte Nische zum Einsturz bringen sollte". Nach seiner Erklärung waren wir wieder topp motiviert. Wow, das Bierflaschen große Männlein war allem Anschein nach der Einstein des Rokoko. So viel Genie hätte ich ihm gar nicht zugetraut. Seinen Ausführungen zufolge mussten wir nichts weiter tun, als in unsere Zeit zurückzureisen, um die Räumlichkeiten des Schlosses entsprechend zu durchforsten und das von Stein und Zement freigegebene Tagebuch an uns zu nehmen. Das klang kinderleicht. Aber war es das wirklich? Der Wicht wünschte uns viel Glück, drehte sich auf dem Absatz um, marschierte geradewegs in sein Baumstumpfhäuschen zurück und schloss mit einem gekonnten Tritt die Wurzeltür hinter sich.

Wir drei Helden beschlossen indessen, noch in der selben Nacht das Portal in die Gegenwart zu aktivieren. Unsere gefiederte Freundin war bereits zur Stelle und führte uns zielsicher zurück zum Schlosstor. Die weise weiße Eule wusste anscheinend stets ganz genau, wann wir ihre Unterstützung benötigten. Das war total krass und faszinierend zugleich, wenngleich mich während unseres abgefahrenen Aufenthalts in der Vergangenheit beinah gar nichts mehr wunderte.

Ohne den beeindruckenden Nachtvogel hätten wir nicht mal den Hauch einer Chance gehabt, diesem grünen Labyrinth zu entkommen.

Sobald wir vor der Festung standen, war Eulanda - wie üblich - bereits still und leise wieder verschwunden. Sowohl der Schamane als auch die Elfe und ich mussten erst mal einige Minuten verschnaufen, um uns von der Lauferei zu erholen. Schließlich waren wir keine zwanzig mehr und die vierzig bzw. fünfzig hatten wir auch schon überschritten. Jedoch würde ich mal nicht ohne Stolz sagen, dass wir uns trotz des fortgeschrittenen Altes bisher ziemlich gut geschlagen hatten. Immerhin wird durch unsere Mission wenigstens ein Klischee aus der Welt geschafft. Wir sind der beste Beweis dafür, dass Helden keineswegs stets blutjung sein müssen!

Kaum waren wir Atem technisch wieder hergestellt, wartete das nächste Problem auf uns. Der Eingang zum königlichen Anwesen war zwar in der Nacht nicht bewacht aber dafür verschlossen. In der Eile des Aufbruchs zum Waldwichtel hatte der Schamane fatalerweise nicht daran gedacht, den Schlüssel einzustecken. In leicht genervtem Tonfall kamen mir die Worte über die Lippen: "Na bravo! Wie sollen wir nun unbemerkt das Schlossareal betreten?" Die Elfe fügte hinzu: "Wenigstens einer von uns muss irgendwie auf die andere Seite der Mauern gelangen, um den Schlüsselbund zu holen." Es stand ja wohl außer Frage, wer das war. Elfe und ich verschränkten die Arme und richteten unsere Blicke mit leicht spöttischer Miene auf den Schamanen. Der wiederum schaute etwas zerknirscht und meinte: "Okay Mädels, ich habe schon verstanden. Da ich den Schlüssel vergessen habe, bin ich derjenige, der ihn holen muss. Richtig?" Statt einer Antwort erhielt er von uns beiden lediglich ein zustimmendes Kopfnicken. Mit einer Räuberleiter konnten wir allerdings nichts auszurichten. Dafür war die Bastion viel zu hoch. So schritten wir gemeinsam die Außenmauer nach einer Möglichkeit ab, die Hürde doch noch zu überwinden. Der vor uns schleichende Schamane stoppte plötzlich derart abrupt seinen Lauf, dass wir beinah über ihn gestolpert wären. Er schaute sich blitzschnell in alle Richtungen um und murmelte dabei vor sich hin. Als er in unsere verständnislosen Gesichter blickte, klärte er uns im Flüsterton über seinen Plan auf, den er innerhalb weniger Sekunden aufgestellt hatte.

Während er zu reden begann, deutete er mit seiner Hand auf einen Baum, von dem ein dicker Ast genau über der Schlossmauer endete: "Passt auf! Ich beabsichtige, das Gewächs zu besteigen und den verholzten Trieb entlang zu rutschen, um so auf die Festungsmauer zu gelangen. Diese laufe ich dann bis zu den Stallungen entlang, um in den dort befindlichen Heuhaufen zu springen. Ihr wartet inzwischen vor dem Schlosstor auf mich. Alles klar?" Ich strahlte ihn an und meinte nur: "Genial!" Wieder einmal war ich von unserem gewieften Kerlchen beeindruckt und echt froh, ihn an unserer Seite zu haben.

Es war zwar noch immer dunkel, doch das Mondlicht reichte aus, um seine Schritte zu sichern.

Während er sich auf den pflanzlichen Waldbewohner schwang, liefen Elfe und ich zurück zum Hoftor. Wir grinsten uns - über seinen brillanten Einfall sichtlich erleichtert - an und warteten darauf, eingelassen zu werden.

Diese außerplanmäßige Aktion warf uns zwar zeitlich um einiges zurück, doch sollten uns die verbliebenen Nachtstunden für den Ausflug in die Gegenwart ausreichen. Vorausgesetzt, wir würden das Tagebuch schnell genug finden und damit zurück in der Vergangenheit sein, bevor die ersten Bediensteten des Hofes mit ihrer morgendlichen Arbeit beginnen.

So rasant, wie dem Schamanen sein Geistesblitz in den Sinn kam, ging dessen Umsetzung allerdings nicht über die Bühne. Es dauerte eine halbe Ewigkeit, bis er uns endlich das Tor öffnete. Wie aus einem Mund hörte unser Freund die Worte: "Na das wurde aber auch Zeit!" Um nicht noch weitere kostbare Minuten zu verplempern, eilten wir im Gänsemarsch direkt zum Haupthaus, in dessen Inneren sich der Eingang zum Turm befand. Die Elfe wollte gerade vorsichtig und leise die Klinke herunterdrücken, als uns die Wachposten überraschten. Bevor wir reagieren konnten, packten sie uns bereits unsanft am Arm und fuchtelten gleichzeitig mit ihren Hellebarden vor unseren Gesichtern herum. Erst als sie in uns Angestellte des Königs erkannten, ließen sie ihre Waffen sinken und fragten in barschem Ton: "Was habt ihr des Nachts auf dem Schlosshof zu suchen? Na los, antwortet oder hat es euch die Sprache verschlagen?". Ich war mal wieder fein raus, denn ich musste aufgrund meiner vereinbarten Sprachlosigkeit keine Erklärung abgeben. Die beiden anderen waren von dem Übergriff scheinbar derart geschockt, dass ihnen ebenfalls die Worte fehlten. Unser aller Schweigen brachte uns somit nicht - wie geplant - zum Portal, sondern auf direktem Wege ins Verlies. Das befand sich allerdings leider im falschen Turm! Die Wachleute stießen uns grob in eine Zelle und ließen die schwere Gittertür lautstark ins Schloss fallen. "Der König selbst wird darüber entscheiden, was mit euch falschem Gesindel geschehen soll!" waren die letzten Worte der rüpelhaften Knalltüten, bevor sie uns in dem düsteren, stinkenden Loch zurück ließen. Na das hatten wir ja wieder mal perfekt vermasselt.

Allesamt saßen wir nun eingesperrt im Kerker und da wir uns schlauerweise gleichzeitig haben erwischen lassen, konnten wir auf keinerlei Hilfe von außen hoffen. In unserer vertrackten Situation fiel nicht mal mehr dem Schamanen eine Lösung ein. Zumindest nicht auf die Schnelle. Wir schauten uns in der muffigen Zelle um, ob wir etwas entdecken konnten, was uns zur Flucht verhelfen würde. Der magere Lichtstrahl des Mondes, der noch immer am Himmel stand und durch die kleine Fensteröffnung fiel, die mit dicken Eisenstäben versehen war, reichte dafür gerade mal aus. Das Inventar unseres Gefängnisses beschränkte sich auf Stroh, das den Boden bedeckte sowie schwere Ketten, die an der Steinwand befestigt waren. Glücklicherweise blieben uns diese Fesseln erspart. Vorerst zumindest! Ob wir wollten oder nicht, stieg in uns eine gemeine Art der Resignation auf. Ich für meinen Teil war nicht bereit, mich mit dieser blödsinnigen Gefangenschaft abzufinden. Es durfte einfach nicht sein, dass wir bereits so kläglich scheiterten, bevor es überhaupt richtig los ging. Der Kerker konnte nicht das Ende unseres Abenteuers bedeuten. Es musste für uns einen Weg zur Flucht geben, schließlich hatten wir eine Mission zu erfüllen. Der Schlüsselbund, den ich mitsamt dem Anwesen mein eigen nennen durfte, nutzte uns leider herzlich wenig, da das Verlies in unserer Zeit längst nicht mehr existierte.

An dem finsteren Ort war es derart kalt und ungemütlich, dass wir uns eng aneinander kauerten und ohne weiteren

Fluchtgedanken gleich darauf erschöpft einschliefen.

Ein markanter Schrei weckte uns alle drei gleichzeitig und noch schlaftrunken schauten wir wie hypnotisiert zur Luke hinauf. Eulandas Umrisse waren trotz der noch immer währenden Dunkelheit deutlich zu erkennen. Erfreut über ihren Anblick säuselte ich: "Oh wie ich diesen Vogel liebe, der sicherlich wieder einmal gekommen ist, um uns aus der Patsche zu helfen." Die Eule hielt etwas mit ihren Klauen fest, jedoch konnte ich in der Dunkelheit nicht deuten, um was es sich handelte. Wir ließen unsere fliegende Retterin keine Sekunde aus den Augen und schauten ihr voller Erwartung dabei zu, wie sie ein Beinchen durch die Gitterstäbe streckte und elegant ihre Klaue öffnete. Einen Sekundenbruchteil später hörten wir etwas zu Boden fallen. Der Schamane war als erster auf den Beinen und eilte zu der Stelle, an der es gelandet war. Unser Freund hob es mit flinken Fingern auf, drehte sich beschwingt um und hielt uns mit einem breiten Grinsen im Gesicht den Schlüssel zur Freiheit entgegen.

Glückselig blickte ich hinauf zur weißen Eule, die noch immer vor dem kleinen Kerkerfenster saß, als ob sie auf etwas wartete. Mit erleichterter Stimme rief ich ihr zu: "Eulanda, du wundervoller Vogel der Nacht, wir danken dir aus tiefstem Herzen für deine Hilfe." Es war längst mal an der Zeit, ihre häufigen

Einsätze endlich entsprechend zu würdigten. Kurz darauf startete sie lautlos wie eh und je zurück in die Dunkelheit.

Der Schamane öffnete die Zellentür so geräuscharm wie nur irgend möglich und wir schlüpften schnell aus dem modrigen Gefängnis. Ab jetzt hieß es, doppelt vorsichtig zu sein. Solch ein verheerender Fauxpas durfte uns kein zweites Mal passieren. Wer weiß, wie lange uns die Eule bzw. Dana noch dienstwillig zur Seite stehen würden, wenn wir weiterhin so schusselig durch die Vergangenheit strauchelten?

Wir machten uns auf, in den "Gerümpelturm" zu gelangen, in dem der Portalspiegel auf uns wartete. Ich taufte diesen Gebäudeteil so, da dort augenscheinlich nur ausgedientes Mobiliar gelagert wurde, das wohl schon ziemlich lange keine Verwendung mehr fand. Platz war ja in dem Anwesen reichlich vorhanden und die Idee, einen Flohmarkt für gebrauchte Gegenstände zu organisieren, war damals noch nicht geboren. Glücklicherweise befindet sich der Turm in einem unbewohnten Trakt und somit würden wir verhältnismäßig wenig Gefahr laufen, erneut entdeckt zu werden. Nach unserer Pleite im Schlosshof liefen wir nun nicht mehr in Entenformation durchs Haupthaus, sondern jeder für sich. Aus Fehlern lernt man bekanntlich, auch in der Vergangenheit.

Beinah zeitgleich kamen wir bei der Pforte, die zum Portal

führte, an und freuten uns darüber, dem Ziel unseres Auftrags ein kleines Stückchen näher gekommen zu sein. Euphorisch rannten wir die Treppe hinauf und stellten uns vor dem alten Spiegel in Position. Nachdem wir mit unseren Schlüsselanhängern das Tor in die Gegenwart aktiviert hatten, sprang ich schnell als erste hinein. Als mich der Sog der Zeitreise wieder ausspuckte, landete ich nach einer Rolle vorwärts ziemlich unsanft im Kerkerturm unserer Zeit. Ich kroch zur Seite, setzte mich aufrecht hin und wartete belustigt auf die Ankunft meiner Freunde. Zuerst sauste die Elfe aus dem Spiegel, die nach einem regelrechten Salto den harten Steinboden mit ihrem Hinterteil küsste. Während ich schallend anfing zu lachen, rieb sie sich ihre schmerzende Kehrseite. Sie hatte sich gerade noch rechtzeitig aus der Gefahrenzone gebracht, als schon der Schamane wie ein Katapult angeschossen kam und mit dem Bauch voran auf den steinernen Untergrund knallte. Unsere Landungen sahen wahrlich urkomisch und spektakulär zugleich aus. Erleichtert darüber, wieder in der Gegenwart gelandet zu sein, stimmten beide fröhlich in mein Gelächter ein. Augenscheinlich waren wir von der Nacht in den Tag gereist, denn die Sonne schaute durchs Fenster und strahlte mit uns um die Wette. Die Helligkeit, die sie verbreitete, kam uns bei der Suche nach dem königlichen Tagebuch natürlich sehr entgegen. An meine

Freunde gewandt ließ ich verlauten: "Meine Kehle fühlt sich staubtrocken hat. Ich brauch unbedingt etwas zu trinken!" Da es den beiden ähnlich erging, machten wir uns erst mal zum Schlossbrunnen auf, um mit frischem, klarem Quellwasser unseren Durst zu stillen. Daraus wurde jedoch nichts, da dieser völlig ausgetrocknet war und das wohl nicht erst seit gestern. Also marschierte unsere Formation zurück in die Küche. Dort gab es zumindest einen Wasserhahn, der – dem Himmel sei dank - bis zum heutigen Tag funktionierte. Gestärkt und erfrischt begannen wir sodann mit der Suche. Dafür holten wir in der Eingangshalle unsere Handys aus meinem Rucksack und teilten uns auf. Jeder von uns übernahm ein Stockwerk des Anwesens, um es nach abgebröckelten Mauerteilen zu untersuchen. Wer fündig werden würde, sollte die anderen per Handy informieren. Bereits eine Stunde später versammelte sich unsere kleine Truppe wieder in der riesigen Halle. Negativ! Keiner hatte eine eingestürzte Nische entdecken können. Entweder war der Zement des kleinen Mannes haltbarer als von ihm berechnet oder wir waren noch nicht zum richtigen Ort vorgedrungen. Dafür kamen nur noch zwei Gebäudeteile in Frage. Entweder der Geheimgang hinter der Bibliothekswand oder der versteckte Raum, den man nur vom Balkon aus betreten konnte. Da uns beide Alternativen Gänsehaut bescherten, wollten wir diese gemeinsam erkunden und begaben uns dafür zuerst in die Bibliothek. Die schaurigste Stätte, die es zu durchsuchen galt, hoben wir uns bis zuletzt auf und hofften inständig, dass sie uns erspart bleiben würde. Für alle Fälle kramte ich meine Taschenlampe aus dem Rucksack. Wer weiß, ob die Fackeln, die den Gang in der Vergangenheit erhellten, überhaupt noch existierten. Im Bücherzimmer angekommen, mussten wir den Raum in seiner damaligen Aufteilung erst mal vor unserem geistigen Auge erscheinen lassen, um die bewegliche Wand zu orten. In der Gegenwart war nämlich nicht nur die Halle wie leer gefegt, sondern das komplette Schloss war Inventar technisch gesehen splitterfasernackt.

Es dauerte nicht lange und wir steuerten alle drei zielsicher auf eine bestimmte Wand zu. Bevor wir uns dagegen lehnten kamen wir überein, dass der Schamane alleine hindurch gehen sollte. Die Elfe und ich mussten im Raum bleiben, um unseren Freund wieder zurückholen zu können. Man lese und staune, wir wurden tatsächlich vorsichtiger und schlauer, je länger unser Abenteuer dauerte. Also reichte ich dem Schamanen die Batterie betriebene Leuchte und wir Mädels brachten die Wand in Bewegung. Allerdings ruckelte sie nur einige Zentimeter rückwärts, dann war wieder alles still. "Anscheinend ist dieser Geheimgang nur sehr selten oder sehr lange nicht mehr benutzt worden, sodass der Mechanismus klemmt." war die logische Schlussfolgerung unseres Freundes. Also nahmen wir für den zweiten Versuch mehr Anlauf und warfen uns regelrecht gegen die Wand, die aufgrund dieses Überraschungsangriffs tatsächlich polternd nachgab. Bevor sie sich komplett auf die andere Seite drehte, sprangen die Elfe und ich wie geplant zur Seite. Unser Freund hingegen war innerhalb weniger Sekunden vor unseren Augen verschwunden. Das wirkte beinah wie bei einer Zaubertrickvorführung eines Magiers. Nur war dies hier kein einstudiertes Kunststück, sondern so real, wie es realer nicht sein konnte. Während ich mit Elfe in der Bibliothek auf dem Boden hockten und den Anruf des Schamanen erwarteten, fragte sie mich: "Meinst du, er findet was?" Daraufhin folgte aus meinem Mund: "Ich hoffe es sehr, denn ich habe ehrlich gesagt keine Lust, noch mal in den dunklen, modrigen Spinnenraum zu gehen!" Die Elfe machte ein Gesicht, als ob sie in eine Zitrone gebissen hätte und gab mit angewiderter Stimme zurück: "Ich schon zweimal nicht!" Nach einigen Minuten läutete bereits mein Handy. Es war jedoch nicht - wie erwartet - ein Anruf von der anderen Seite der Wand, sondern vielmehr meldete sich die Stimme meines Mannes. Zuckersüß säuselte ich: "Hallo mein Liebster. Wie geht es dir denn?" und schaute dabei belustigt zu meiner Freundin. Als er meine Stimme vernahm, reagierte er allerdings ziemlich ungehalten: "Kannst du mir mal sagen, wo du bist? Ich habe bereits mehrfach vergeblich versucht, dich zu erreichen." Um ihn freundlich aber schleunigst abzuwimmeln, gab ich in liebreizender Tonlage zur Antwort:"Sei bitte nicht böse, ich habe einiges zu erledigen und das Handy nicht ständig bei mir. Wenn du am Wochenende nach Hause kommst, stehe ich dir wieder uneingeschränkt zur Verfügung, versprochen!" Mein Süßholzgeraspel hatte funktioniert und er hängte zufrieden ein.

Kaum war das Gespräch beendet, klingelte mein Handy erneut. Dieses Mal kam der Anruf von der Wandrückseite. Der Schamane hustete die Worte ins Telefon: "Schnell, dreht die Wand zurück!" Die Elfe und ich erhoben uns vom schmutzigen Fußboden und ließen uns gegen die Wand fallen, um gleich darauf wieder zur Seite zu hüpfen. Es klappte wunderbar und ich befand, wir beide bzw. wir drei gebem ein wahrlich gutes Team ab. Als die Wand sich samt Schamanen zurückdrehte, schoss eine gewaltige Staubwolke aus dem Geheimgang heraus, woraufhin uns Mädels kurz mal die Luft wegblieb. Hustend warteten wir ab, bis der Schmutz sich gelegt hatte. Dann erst konnten wir unseren Freund erkennen, der ebenfalls röchelnd vor uns kniete. Sein Anblick war zu komisch. Da er über und über mit Staub und Schutt bedeckt war, konnten wir uns das Lachen mal wieder nicht verkneifen. Er hingegen schüttelte nur den Kopf über uns kindische Hühner und wir ließen unser Gegacker langsam verstummen. Schließlich wollten wir erfahren, was er zu berichten hatte. Allerdings gefiel uns ganz und gar nicht, was der Schamane mit noch kratziger Stimme verlauten ließ:

"Ich hatte keine Chance etwas zu finden, da der Gang beinah vollständig eingestürzt ist. Selbst auf den paar Metern, die er noch begehbar ist, bröckeln bereits Steine und Schutt von der Decke. Es wäre reiner Selbstmord, da nochmals hineinzugehen." Laut den Worten des Waldmännchens sollte lediglich eine Nische in sich zusammenfallen und nicht gleich das halbe Schloss! Da nun auch diese Möglichkeit negativ ausgefallen war, setzten wir all unsere Hoffnungen, die Notizen der Königin doch noch zu finden, auf den versteckten Raum. Während sich unser Freund in der Küche von seiner Staubschicht befreite, warteten wir in der Eingangshalle auf ihn. Es behagte uns ganz und gar nicht, abermals die dunkle Geheimkammer betreten zu müssen, in dem die achtbeinigen Ekelviecher auf uns lauerten. Doch hatten wir eine Wahl?

Der Schamane gesellte sich gesäubert zu uns und wir begaben uns langsamen Schrittes auf den Balkon des Schlosses, um den versteckten Raum ein zweites Mal zu öffnen. Unser Kamerad drehte die entsprechende Säule und die Wand schob sich sogleich zur Seite. Wie auch beim ersten Mal erwartete uns abschreckende Finsternis, gepaart mit einem modrigen Geruch, der alles andere als einladend wirkte. Zum Glück stand die Sonne so günstig am Himmel, dass sie mit der Kraft ihrer hellen Strahlen wenigstens im vorderen Teil der Kammer für angenehme Helligkeit sorgte. Den Rest musste meine Taschenlampe erledigen. Nachdem der Flachmann prall gefüllt in meiner Rocktasche darauf wartete, ebenfalls ans Licht geholt zu werden, tat ich ihm den Gefallen. Das Heldenwasser ging reihum und ließ unseren Mutpegel langsam aber sicher etwas ansteigen. Da unser Freund scheinbar um einiges schneller als die Elfe und ich an Mut gewann und Spinnentiere zudem bei ihm keinen Ekel hervorriefen, nahm er mir die Leuchte aus der Hand und marschierte voraus. Wir folgten in Polonaisemanier unserem heldenhaften Freund in die Dunkelheit. Er schritt äußerst zögerlich voran und leuchtete Zentimeter für Zentimeter des Raumes ab, bis er abrupt stehen blieb und mit dem Strahl der Lampe eine Ecke fixierte. Auf dem Boden lagen kleine Gesteinsbrocken, was darauf hindeutete, dass wir das Versteck wohl endlich gefunden hatten. Je näher wir herankamen, desto deutlicher zeichnete sich eine Nische in der Wand ab. Es ließ sich leider nicht erkennen, ob sich in der eingefallenen Vertiefung tatsächlich die Notizen der Königin befanden. Der Grund dafür war ebenso widerlich wie gruselig. Davor befand sich nämlich ein extrem dick gesponnenes Netz, in dessen Mitte eine überdimensional fette schwarze Spinne thronte, deren Körper mindestens so groß war, wie die Ausmaße eines gut genährtes Meerschweinchen. Die Elfe und ich starrten dieses Ungetüm voller Entsetzen mit weit aufgerissenen Augen an, das im kargen Schein meiner vom Schamanen gehaltenen Leuchte doppelt so abscheulich wie bedrohlich wirkte.

Vor lauter Gräuel zitterte mein ganzer Körper, während die Elfe sogar fast aus ihren Lederschuhen gekippt wäre, hätten sich ihre Fingernägel nicht wie Schraubstöcke in meine Schultern gebohrt. Bei dem Anblick dieses 8-beinigen Monsters musste sogar der coole Schamane schlucken und keiner von uns dreien hätte gewagt, an der Spinne vorbei durch das Netz zu greifen, um das Tagebuch herauszuholen. Es war ja gar nicht mal sicher, dass es sich überhaupt darin befand. Wir standen da wie festgenagelt und glotzten stumm auf das gewaltige Netz und seine noch gewaltigere Erbauerin. Obwohl wir keine Worte wechselten, wussten wir doch von jedem, was er denkt. Kurz vor unserem nächsten Etappenziel waren wir alle drei planlos, wie wir es trotz diesem abscheulichen Hindernis erreichen sollten. Mit einem Mal verdunkelte sich für einen Bruchteil von Sekunden der Eingang des Raumes und gleich darauf ertönte ein lauter

Schrei, in den wir mit unserem Geschrei panisch einstimmten, nachdem etwas Undefinierbares unsere Köpfe gestreift hatte. Zutiefst erschrocken klammerten wir uns aneinander und starrten weiter auf die Spinne. Wir konnten nur hoffen, dass nicht der gesamte Raum von diesen Monstern bevölkert war und eine Horde 8-beiniger Ungetüme nun den Entschluss gefasst hatte, uns anzugreifen und zu fressen. Da der Schein der Taschenlampe noch immer auf das riesige Getier zeigte, konnten wir erst erkennen, wer oder was aus der Dunkelheit wie ein Blitz auf das Netz zuschoss, als es dort angekommen war. Die weiße Eule flog wie ein Torpedo über unsere Köpfe hinweg direkt auf die Spinne zu, hackte mit ihrem spitzen Schnabel treffsicher auf sie ein, um sie anschließend in ihren Klauen davon zu tragen. Als sie dem Raum wieder entflog, sorgte sie aufgrund ihrer gigantischen Schwingen nochmals für eine kurze Lichtunterbrechung. Nachdem auch unser Geschrei nach einer gefühlten Ewigkeit endlich verstummte, kehrte Totenstille in die unheimliche Dunkelkammer zurück. Es staubte noch ein wenig, da die Eule ihre Beute aus dem Netz gerissen und es dabei zerstört hatte. Wieder einmal war ein majestätischer Nachtvogel unsere Rettung. Da es sich nicht um Eulanda aus der Vergangenheit handelte, wollte ich zu gern wissen, was es mit diesem Tier auf sich hatte. War dieses Federvieh unser Freund oder etwa ein feindlicher Spion und ebenfalls auf der Suche nach dem Tagebuch? Wie auch immer, sie hatte uns geholfen und wie sagte Dana so treffend? "Mach dir keine Gedanken um die Eule in deiner Zeit, du wirst noch früh genug erfahren, was es damit auf sich hat!"

Obwohl nun die Riesenspinne aus dem Weg geräumt und ihr Netz beinah vollständig der Vernichtung zum Opfer gefallen war, würde ich ganz sicher nicht in die Nische greifen und ich wage zu behaupten, der Elfe damit gedanklich aus der Seele zu sprechen. Vor allem hätte sie dafür ja nicht mal eine Hand frei, denn sie krallte nach wie vor ihre zehn Fingernägel in meine Schultern und starrte wie hypnotisiert auf die Stelle, an der kurz zuvor noch dieses Untier saß. Da ihr Griff inzwischen ziemlich schmerzte, drehte ich mich vorsichtig zur Seite und flüsterte ihr zu: "Alles ist gut. Würdest du mich jetzt bitte loslassen?" Langsam entkrampfte sie sich aus ihrer Steifheit und nahm die Hände von meinen gequälten Schultern. Nachdem wir uns alle drei wieder unter Kontrolle hatten, steuerte unser Freund auf die Nische zu und streckte mutig seine Hand durch das zerfledderte Gespinst. Sekunden später zog er seine Hand zurück, in der sich nun ein Kästchen befand. Obwohl es mit einer dicken Staubschicht und Zementresten bedeckt war, konnte es sich dabei nur um das ersehnte Tagebuch der Königin handeln.

Wir rannten mit unserem Schatz aus dem Raum, als ob der Teufel hinter uns her wäre und drehten schnell die Säule, damit die Mauer ihn auf hoffentlich nimmer Wiedersehen verschließt. Erst als sich die Schlosswand wieder an der richtigen Stelle befand und von dem Schreckensgewölbe nichts mehr zu sehen war, konzentrierten wir uns auf das gefundene Etui. Der Schamane hielt es noch immer in seinen Händen und als er es mit vorsichtigem Geschick von all den Schmutzlasten befreit hatte, kam die Einbuchtung in Form eines Medaillons zum Vorschein. Das Amulett fehlte allerdings. Es wäre ja auch zu schön gewesen, wenn wenigstens einmal etwas auf Anhieb reibungslos funktioniert hätte. Da sich an dem Kästchen kein Schloss oder sonstwie geartete Vorrichtung zum Öffnen befand, schien das fehlende Schmuckstück der Schlüssel zu sein. Somit mussten wir wohl oder übel auch noch das Amulett ausfindig machen. Die für uns einfachste Variante wäre, dass sogleich unser fliegendes Helferlein angeflattert käme, um uns das abgängige Teil vor die Füße zu legen. Reines Wunschdenken! Dabei wäre die Dunkelkammerszenerie mit integriertem Adrenalinschub Belohnung genug gewesen, das eroberte Kästchen ohne zusätzliche Hindernisse öffnen zu dürfen. Doch wir wurden ja nicht gefragt. Unsere Vorfreude über das Auftauchen des Tagebuches war somit erst mal auf Eis gelegt. Da wir schnellstens zurück in die Vergangenheit reisen mussten und uns keine Zeit blieb, über weitere Vorgehensweisen nachzudenken, beschlossen wir, nach unserer Ankunft gleich wieder in den Kerker zu schleichen, bevor aufflog, dass wir geflüchtet waren. Diese Taktik erschien uns am logischsten, denn würden wir erst mal gesucht und verfolgt werden, bliebe uns erst recht keine Zeit für Überlegungen. Sobald wir in unsere muffige Zelle zurückgekehrt waren, könnten wir uns in aller Ruhe beratschlagen. Die Lachnummer von König war ja zu unserem Glück weder der Schnellste noch der Hellste. Bis der royale Fiesling eine Entscheidung darüber treffen würde, was mit uns geschehen sollte, sind wir hoffentlich längst über alle Berge. Schließlich besaßen wir dank Danas bzw. Eulandas Hilfe den rettenden Verliesschlüssel und zudem befand sich inzwischen auch noch das Beweis bringende Tagebuch der Königin Mutter in unserem Besitz.

Beschwingt rannten wir die Treppe des Gefängnisturmes hinauf, um das Portal zu öffnen und uns erneut in die Vergangenheit zu katapultieren. Als wir vor dem Spiegel standen, um unsere Schlüssel ins entsprechende Schloss zu stecken, vernahmen wir seitens der Elfe einen kurzen Aufschrei. Der Schamane und ich schauten ihr verdutzt dabei zu, wie sie sich erst am Hals und dann am ganzen Körper wild fuchtelnd abtastete. Nach beendeter Leibesvisitation blickte sie uns völlig entsetzt an und teilte panisch mit: "Ich habe zwar keine Ahnung, wie dies passieren konnte, doch mein Portalschlüssel ist weg!". Den Tränen nahe fragte sie mit zitternder Stimme: "Wie sollen wir denn nun in der Zeit zurückreisen?" Der Schamane gab aufgrund seines in sich ruhenden Naturells ein logisches Statement zu diesem Dilemma ab. Mit gelassener Stimme erklärte er: "Nachdem wir bei unserer Ankunft in der Gegenwart das Portal gemeinsam verschlossen haben, war dein Schlüssel zu diesem Zeitpunkt offensichtlich noch vorhanden. Das bedeutet, du musst ihn während unserer Suche nach dem versteckten Tagebuch verloren haben". Elfe und ich lauschten wie hypnotisiert seinen Worten und nickten nach jedem Satz so mechanisch wie ein Wackeldackel, der in den 70er und 80er Jahren bekanntlich standesgemäß auf beinah jeder Heckablage eines Mercedes Benz zu finden war.

Schlussendlich beruhigte er uns weiterhin: "Ihr müsst wegen des fehlenden Schlüssels wahrlich keine Panik bekommen. Selbst wenn die Suche ein Weilchen dauern sollte, haben wir noch immer ausreichend Zeit, um uns zurück ins Verlies der Vergangenheit zu schmuggeln". Er zeigte auf die Sonne, die sich zum Untergang bereit machte und führte fort: "Nach deren Stand halten wir uns gerade mal etwa einen halben Tag in der Gegenwart auf. Dies bedeutete wiederum, dass wir in der

Vergangenheit erst für eine halbe Stunde abgängig sind."

Elfe und ich grinsten den Schamanen dank seiner Worte selig an. Diesen Zeitsprung hatten wir in der Aufregung glatt vergessen. Voller Euphorie über die Klugheit und Souveränität unseres Freundes, drückten wir ihm jeweils einen Kuss auf die Wange als Zeichen unseres Dankes und Vertrauens. Seine darauf folgende Verlegenheit machte ihn um so liebenswerter.

Wir drehten dem Portalspiegel wie auf Kommando den Rücken, liefen die Turmtreppe abermals hinunter und begannen mit der Suche nach dem Schlüssel. Dazu schritten wir alle Räumlichkeiten ab, die von der Elfe betreten wurden.

Auch wenn wir für die Vergangenheit keine Hektik aufkommen lassen mussten, so war doch Eile geboten, da uns die bereits sehr tief stehende Sonne so gut wie kein Licht mehr spendete. Also nutzten wir ihre letzten hellen Strahlen dazu, jeden Winkel der von unserer Freundin aufgesuchten Schlossgemächer zu durchkämmen. Obwohl wir uns alle drei insgeheim sicher waren, es gab nur einen Ort, an dem sie ihre Schlüsselkette verloren haben konnte, wollten wir es nicht wahrhaben. Keiner von uns verspürte auch nur die geringste Lust darauf, dass sich unsere unausgesprochene Befürchtung tatsächlich bewahrheiten sollte. Nachdem wir das Anwesen — wie erwartet - erfolglos durchsucht hatten, standen wir in der immer schneller aufkommenden Dunkelheit inmitten der riesigen Eingangshalle und blickten uns betreten an. Wir wussten auch ohne Worte, was auf uns wartete. DAS VERSTECKTE ZIMMER! Es schien schon beinah wie ein Fluch zu sein, immer wieder aufs Neue diesen gruseligen Raum aufsuchen zu müssen. Nun auch noch bei Dunkelheit, denn die Sonne hatte sich inzwischen verabschiedet. Entweder gefiel dem Schamanen unser Freundschaftsbeweis in Form der Wangenküsschen so gut oder er war von Geburt an ein Gentleman, denn er beschloss ohne zu zögern, alleine in das Geheimzimmer zu gehen, um nach dem Schlüssel zu suchen. Mit angespannter Miene wies er uns an: "Ich bitte euch, hier in der Halle auf mich zu warten und nicht von der Stelle zu rühren, bis ich zurück bin!" und war sogleich auf dem Balkon verschwunden. Er gab uns gar nicht die Gelegenheit, gegen sein Vorhaben zu protestieren und ehrlich gesagt, wollten wir das auch gar nicht. Stattdessen ließen wir uns müde auf dem Boden nieder und warteten gespannt, ob unser Held den Schlüssel auch tatsächlich finden würde. Wir hofften auf seine unversehrte wie baldige Rückkehr und versuchten, aufkeimende negative Gedanken, er könnte Monstern mit 8 Beinen oder gar Dämonen zum Opfer fallen, ganz schnell wieder zu verdrängen. Um uns abzulenken, spaßten die Elfe und ich über unsere witzigen Landungen der Zeitreisen, die von mal zu mal mit lustigeren Verrenkungen aber auch blauen Flecken einher gingen.

Unser Gekicher verstummte schlagartig, als wir ein eigenartiges Geräusch vernahmen. Es handelte sich weder um den uns inzwischen bestens bekannten Eulenschrei noch um den Schamanen, da es aus einer völlig anderen Richtung kam. Es hörte sich an wie leiser Gesang und ertönte aus dem hinteren Teil des Schlosses. Ich spürte, wie sich mir einmal mehr sämtliche Haare stellten und als ich ängstlich zur Elfe schielte, sah ich, dass es ihr nicht besser erging. Flüsternd fragte ich sie: "Was ist das?" Sie zuckte nur zitternd mit den Schultern und statt einer Antwort hauchte sie mir die Frage entgegen: "Was machen wir denn jetzt?" Darauf fiel mir allerdings auch keine Erwiderung ein. Sollten wir die unheimlichen Laute einfach ignorieren und sitzen bleiben oder nachschauen, wer oder was diesen Gesang verursachte? Unser Held war von seiner Suche noch nicht zurückgekehrt und wir saßen schutzlos inmitten dieser riesigen leeren Halle. Es gab ja nicht mal entsprechendes Mobiliar, hinter oder in dem wir uns hätten verstecken können. Dazu kam, dass wir kein Licht hatten, da der Schamane die Taschenlampe für die Schlüsselsuche in der Dunkelkammer bei sich trug. Nachdem es inzwischen Nacht geworden war und der Mond von dichten Wolken verdeckt wurde, konnten wir auf dessen Schein ebenfalls nicht hoffen. Um mich den Lichtschalter suchend, an der Wand entlang zu tasten, waren meine Nerven nicht stark genug. Stattdessen erhoben sich die Elfe und ich im Schneckentempo vom Boden, nahmen uns wie kleine Kinder bei der Hand und gingen zaghaft aber bestimmt auf das Geräusch zu. Es schien aus dem Raum zu dringen, in dem sich vor knapp 300 Jahren die Bibliothek befand. Vor der geschlossenen Tür blieben wir abrupt stehen, denn unter der Schwelle drang ein Lichtschein hervor. Mir wurde abwechselnd heiß und kalt, während die aufsteigende Panik immer mehr meine Kehle zuzuschnüren drohte. Obwohl wir beide vor Angst zitterten, war die Neugier größer und so drückte ich mutig die Klinke herunter. Nachdem die Tür einen Spalt breit geöffnet war und einen Blick ins Innere des Raumes frei gab, erlebten wir die gleiche Szenerie wie bereits im Gefängnisturm. Das Zimmer war mit unzähligen brennenden Kerzen angefüllt und inmitten dieses Lichtermeeres schwebte Prinzessin Armella, als wäre ihre Erscheinung das normalste der Welt. Auch wenn wir vor ihr keine Furcht haben mussten, war ihr Auftritt dennoch ein im wahrsten Sinn des Wortes gespenstischer Anblick. Sie winkte uns zu sich und wir gingen wie ferngesteuert auf den Geist zu. Was um alles in der Welt hatte das nun wieder zu bedeuten? Ich dachte, sie könne nicht mehr erscheinen. Vermutlich stand ihr außerplanmäßiges

Auftauchen im direkten Zusammenhang mit dem Tagebuch und dem fehlenden Amulett. Eine andere logische Erklärung gab es meines Erachtens nicht. Andererseits hatte unsere Geschichte eh nichts mehr mit irgendeiner Art von Logik zu tun! Ich stellte mir zudem die Frage, warum die Prinzessin jedes Mal in Begleitung einer derartigen Festbeleuchtung erschien. Obwohl ich diesen Gedanken nicht aussprach, bekam ich sogleich die passende Antwort darauf. Armella erklärte uns nämlich: "Ich nutze die Helligkeit der vielen Kerzen, um dunkle Mächte von mir fernzuhalten. Böse Geister meiden das Licht und agieren ausschließlich in der Finsternis. Dieses Wissen könnte euch eines Tages von Nutzen sein". Dann sprach sie das Tagebuch bzw. das Medaillon an, mit dem die Schatulle geöffnet werden konnte. Sie hauchte uns entgegen: "Ich trete nun ein allerletztes Mal vor euch, um eine wichtige Botschaft zu überbringen. Ihr dürft das Kästchen auf keinen Fall mit Gewalt öffnen, hört ihr? Bei einem solchen Versuch würde der Inhalt sofort zu Staub zerfallen und die einzigen Beweise meiner wahren Identität wären unwiderruflich verloren". Gespannt lauschten wir weiter ihrem leisen Sprechgesang: "Um in Erfahrung zu bringen, wo sich das Amulett für die Schatulle befindet, müsst ihr Dana abermals aufsuchen. Die weiße Hexe wird euch weiterhelfen. Lebt wohl meine Freunde." Während sie die letzten Worte aussprach, erblasste ihre Erscheinung bereits und war kurz darauf völlig verschwunden.

Elfe und ich starrten weiterhin auf die leere Stelle, an der sie gerade eben noch schwebte und rührten uns erst, als wir ein Räuspern hinter uns vernahmen. Erschrocken über dieses unerwartete Geräusch wirbelten unsere Köpfe zeitgleich herum. Der Schamane stand in der Tür und hielt voller Stolz die Kette mit dem Schlüssel hoch. Erleichtert über seine Anwesenheit und den Anblick des verlorenen Schlüssels, lächelten wir ihn freudig an. Mit einem Fingerzeig auf das Kerzenmeer fragte er überrascht: "Hab ich was verpasst?" Statt einer Erklärung, vertröstete ich ihn auf später: "Nicht jetzt, wir müssen uns beeilen und zurück in die Vergangenheit reisen. Wenn wir wieder im Verlies sitzen, haben wir ausreichend Zeit, dir alles zu erklären". Meine Freunde nickten zustimmend und so rannten wir erneut die Treppenstufen des Gefängnisturmes hinauf, um endlich das Portal zu öffnen. Diesmal machte die Elfe den Anfang und schritt zügig durch den Spiegel. Ich steckte schnell noch die Taschenlampe in meine Rocktasche, bevor ich das Portal betrat und der Schamane, der die Schatulle in seinem weiten Leinenhemd verschwinden ließ, kam als Letzter an die Reihe.

KAPITEL IX
VERLIES & FOLTERKAMMER

Nacheinander purzelten wir wie Würfel auf einem Casino-Tisch aus dem Spiegel der Vergangenheit.

Über unsere kuriosen Landungen, die stets mit kleineren Blessuren endeten, amüsierten wir uns bereits beim Aufschlagen auf den harten Boden. Wir lachten den Schmerz einfach weg. Klingt komisch, funktioniert allerdings hervorragend. Für die nächsten Zeitreisen – sollten nach Abschluss dieser Geschichte noch weitere auf uns zukommen – wäre es sinnvoll, die Landeflächen mit Matratzen oder ähnlich weichem Abfangmaterial zu polstern. Darüber intensiver nachzudenken, brachte uns in diesem Abenteuer allerdings nicht weiter. Wir schlichen also auf direktem Wege zurück ins Verlies, denn der neue Tag schlief tatsächlich noch und mit ihm erfreulicherweise sämtliche Schlossbewohner. Bevor sich die Tür des "Gerümpelturmes" mit Hilfe unseres Schlüssels öffnete, lauschten wir vorsichtshalber noch einmal in die Stille, ob tatsächlich auch kein Frühaufsteher unterwegs war und begaben uns dann leisen Fußes direkt ins Gefängnis. Ja, wir begaben uns direkt dort hin, gingen nicht über LOS und zogen keine DM 200,00 ein. Pardon, das war ein kleiner gedanklicher Ausflug zu Monopoly. Ich vermeide nähere Erläuterungen meiner kurzen wie unpassenden Abweichung, denn wer bitte kennt diesen Klassiker der Gesellschaftsspiele nicht?

Zu unserer Erleichterung waren selbst dort keine Wachen positioniert. Wir sahen ja auch nicht unbedingt gefährlich aus und einen Ausbruch traute uns scheinbar eh keiner zu. Es wird wohl höchst selten bis gar nicht vorkommen, dass sich entflohene Gefangene freiwillig zurück in den Kerker begeben und obendrein selbst wieder einsperren. Bei diesem absurden Gedanken, den unser Trio allen Ernstes in die Tat umsetzte, musste ich innerlich schmunzeln.

Als wir kurz darauf in unserer modrigen, dunklen Zelle saßen, atmeten wir erst mal tief durch. Das Abenteuer, in dem wir uns seit kurzem befanden, bescherte uns immer wieder Adrenalin pur. Wir nutzten die ungestörte Gunst der Stunde, den Schamanen über die weitere Begegnung mit Prinzessin Armella aufzuklären und unsere endgültige Flucht aus dem Verlies zu besprechen, um Dana wegen des Amuletts aufzusuchen. Da der Morgen bereits graute und der Weckschrei des Schlosshahnes über den Hof schallte, mussten wir für unser Vorhaben jedoch die kommende Nacht abwarten. Unser Plan war recht simpel. Nämlich unbemerkt vom Gefängnis zur Bibliothek zu schleichen, um durch den Geheimgang in den Wald zu gelangen.

Noch bevor uns klar wurde, wie erschöpft wir doch waren, schliefen wir alle drei gleichzeitig ein. Unser Schlaf wurde allerdings durch ein lautes Poltern jäh gestört. In dessen Folge ertönte ohne Vorwarnung die unsympathisch schrille Stimme des Königs, die so unmännlich klang wie die eines Eunuchen.

Als wir die Augen aufschlugen, stand er in seiner vollen Größe - oder besser gesagt, Breite - vor uns und ließ seinen Schimpftiraden freien Lauf. Der blaublütige Fettwanst giftete uns entgegen: "Sagt mir augenblicklich den wahren Grund eures Aufenthalts bei Hofe oder ihr werdet der Reihe nach Bekanntschaft mit dem Folterknecht machen!" Aufgrund unseres Schweigens wurde er noch zorniger und sein eh schon ziemlich schräger Tonfall begann sich zu überschlagen. Ich musste mir sofort auf die Lippen beißen, damit mir kein Lacher entkam. Dieser Clown sollte mit seinem Hofnarren die Rollen tauschen. Der König war nicht nur unfreiwillig komisch, sondern als Regent eine absolute Katastrophe. Schon allein aus diesem Grund war es für das Land und sein Volk unglaublich wichtig, Armellas Sohn zu finden. Die Menschen werden selig jubeln, sobald der rechtmäßige Erbe den Thron besteigen würde.

Ich konzentrierte mich wieder auf den Redeschwall des royalen Vollidioten, da ich plötzlich Worte aus dem Mund des irren Blaublütigen vernahm, die unser Vorhaben in Gefahr brachten und unseren Plan, in der kommenden Nacht abzuhauen, mit einem Schlag zunichte machten. Er sprach dabei von Folterqualen, die unsere Zungen lösen sollten. Eh wir es uns versahen, packten zwei Wachen den Schamanen und schoben ihn unsanft aus der Zelle. Der König wandte sich nochmals meiner Freundin und mir zu. Mit einem verächtlichen Schnauben drohte er: "Der da kommt gleich mit und ihr, meine falschen Täubchen, seid die nächsten". Mit einem fiesen Lachen, das mir Gänsehaut bescherte, wuchtete er sich aus der Zelle und verschwand. Ich kämpfte mit einem Klos im Hals, der sich anfühlte, als ob ich einen Tiroler Knödel unzerkaut verschluckt hätte. Unfähig zu sprechen schielte ich zu Elfe hinüber, die mit Tränen der Verzweiflung rang. So hatten wir uns die Rückkehr ins Gefängnis wahrlich nicht vorgestellt. Zum ersten Mal war unser Leben und vor allem das des Schamanen in akuter Gefahr. Obwohl Verwirrung und Ratlosigkeit von uns Besitz ergriffen hatte, war klar: Wir mussten unserem Freund um jeden Preis zu Hilfe eilen und zwar schnell. Ich hoffte auf einen genialen Geistesblitz noch bevor der Kerkermeister mit seinen Foltermaßnahmen beginnen würde.

Siedend heiß fiel mir urplötzlich ein, dass wir das Verlies überhaupt nicht verlassen konnten, da der Schamane den Zellenschlüssel, den Schlüsselbund für das gesamte Anwesen und zu allem Übel auch noch die Schatulle mit dem Tagebuch bei sich trug. Würde man diese bei ihm finden, stand nicht nur unser Leben auf dem Spiel, sondern die gesamte Mission!

Nach dem ersten Schreck löste sich der vermeintliche Knödel in meinem Hals, sodass ich wieder zu sprechen vermochte. An meine Freundin gewandt ließ ich verlauten: "Offensichtlich haben wir diesen Krone tragenden Fiesling erheblich unterschätzt. Dabei hätten wir aufgrund seiner Vorgeschichte wissen müssen, dass er für das Erreichen seiner Ziele über Leichen geht. Schließlich verschonte er ja nicht mal seine eigene Schwester!" Die Elfe nickte bedächtig und entgegnete nur: "Genau genommen sind wir mal wieder selbst schuld an unserer Misere. Doch Vorwürfe helfen uns jetzt auch nicht weiter. Wir müssen handeln und vor allem, hier raus!" Oh wie recht sie hatte. Erst mal galt es zu überlegen, wie wir aus dem Gefängnis entkommen konnten. Schnellstmöglich aus der Zelle zu verschwinden, ohne einen Schlüssel zur Hand zu haben, war schlichtweg unmöglich. Unter Druck konnte ich noch nie einen genialen Gedanken aus meinem Kopf schütteln und so fragte ich die Elfe: "Hast du nicht vielleicht eine rettende Idee parat? Mir fällt nämlich echt nichts sinnvolles ein". Statt einer Antwort zückte sie eine Nagelfeile und hielt mir ein Taschenmesser entgegen, das sie aus ihrer Rocktasche hervorgeholt hatte. Ich griff danach und schenkte ihr ein anerkennendes Lächeln. Sofort begannen wir, die Gitterstäbe der Zellentür mit unseren Miniwerkzeugen zu bearbeiten. Von etwaigen Wachposten war weit und breit nichts zu sehen oder zu hören. Wir feilten, was das Zeug hielt und machten erst Pause, als uns das Blut angeschwollener Blasen aus den Händen lief. Das Ergebnis unserer Anstrengung war jedoch gleich null. Auf diese Art und Weise würden wir in 100 Jahren noch hier fest sitzen! Resigniert und wütend warfen wir die nichtsnutzigen Utensilien durch den Raum. Es musste eine andere Möglichkeit geben, um unseren Freund zu retten. Nervös lief ich in unserem Gefängnisloch auf und ab. Plötzlich stolperte ich über etwas, das unter Stroh verborgen lag. Um zu erkennen, was mich beinah zu Fall gebracht hätte, wischte ich das Heu beiseite. Was zum Vorschein kam, ließ mich vor freudiger Erleichterung gleichzeitig lachen und weinen. Der Schamane hatte geistesgegenwärtig sowohl das Kästchen mit dem Tagebuch als auch die Schlüssel dort versteckt, bevor er von den Wachen des Königs abgeführt wurde. Was für ein Teufelskerl unser Freund doch ist. Die Elfe kam angelaufen, um zu sehen was mir diesen untypischen Gefühlsausbruch beschert hatte. Nachdem auch sie die vor uns liegenden Schätze erblickte, fiel sie mir lachend in die Arme. Dank des Schlüssels waren wir in der Lage, unserem Gefängnis problemlos zu entkommen. Ich gab allerdings folgendes zu bedenken: "Lass uns jetzt nichts überstürzen. Wir müssen erst eine Strategie erarbeiten, die uns erfolgreich ermöglicht, den Schamanen aus der Folterkammer zu befreien."

Die Elfe dachte meine Überlegungen laut weiter: "Gegen die Wachen haben wir ohne jegliche Waffen nicht mal den Hauch einer Chance und der Folterknecht wird uns mit Sicherheit ebenfalls nicht mit Samthandschuhen anfassen, nur weil wir Frauen sind. So viel steht fest."

Unter unser Geplapper über die bevorstehende Rettungsaktion mischte sich plötzlich Eulandas Schrei, der wie Musik in meinen Ohren klang. Erstaunt wie beglückt über ihr neuerliches Auftauchen, blickten wir zur vergitterten Luke hinauf, als sie gerade zur Landung ansetzte. Mir war zwar völlig schleierhaft, auf welche Art und Weise sie uns diesmal helfen wollte, doch ich ließ mich gerne überraschen.

An ihrem Beinchen baumelte ein Lederbeutel, den sie gekonnt abschüttelte, sodass er genau vor unseren Füssen landete. Die Eule stieß noch einen weiteren Schrei aus, bevor sie ihre mächtigen weißen Schwingen ausbreitete und lautlos davon flog.

Während ich ihr noch bewundernd nachschaute, hatte Elfe das Säckchen bereits aufgehoben und geöffnet. Der Inhalt bestand aus zwei silbernen Ringen, die mit einem großen türkisfarbenen ovalen Stein verziert waren. In dem Stein befanden sich viele kleine Löcher und an der Seite jeweils ein kleiner silberner Knopf. Da wir uns keinen Reim darauf machen konnten, was wir mit den Schmuckstücken anfangen sollten, schauten wir abermals in den Beutel, ob vielleicht noch ein Hinweis zum Vorschein kam. Dabei fiel uns ein zusammengefalteter Zettel in die Hände, der uns Aufklärung geben sollte. In Windeseile hatte ich die Notiz auseinandergefaltet und wir lasen die Zeilen, die das Geheimnis der Fingerreifen preis gaben. Dana teilte uns darin mit: "Ich wusste, dass ihr diese kleinen, aber sehr effektiven Waffen eines Tages brauchen werdet. Diese Ringe schießen winzig kleine Betäubungsnadeln ab, sobald ihr den Knopf drückt. Die Munition lädt sich nach jedem Schuss selbst wieder auf und die Wirkung setzt bei der getroffenen Person sofort ein. Benutzt euren Verstand und passt vor allem auf, dass ihr euch nicht gegenseitig ins Land der Träume schickt. Viel Glück! Dana."

Wow! Welch geniale Waffe, die für uns als vermeintlich schwaches Geschlecht geradezu wie geschaffen schien. Damit erhielten wir doch noch eine reelle Chance, den Schamanen aus den Fängen des Kerkermeisters zu befreien. Die weiße Hexe war in ihrer Genialität der Zeit wahrlich meilenweit voraus. James Bond hätte seine wahre Freude an solch raffiniertem Schmuck.

Das Teil werde ich auf jeden Fall als Andenken mit in die Gegenwart nehmen. So viel stand schon mal fest!

Nun aber zu unserer Rettungsaktion. Wir wussten zwar, dass wir ab sofort alle Angreifer schlafen legen konnten, allerdings hatten wir keine Ahnung, ab welcher Entfernung dies auch tatsächlich funktionierte. Ich könnte mir vorstellen, dass wir Wachposten, den Folterknecht oder wer auch immer sich uns in den Weg stellte, gefährlich nah an uns herankommen lassen mussten, bevor wir die Nadeln treffsicher und wirkungsvoll abschießen konnten. Nachdem uns die Munition ja nicht ausgehen würde, war es uns also möglich, aus jeder Reichweite loszufeuern und erst mit dem Beschuss aufzuhören, wenn ein getroffenen Feind zu Boden ging. Nach ein paar Schüssen würden wir wohl ein Gefühl für den geeignetsten Zeitpunkt bekommen, um das alles entscheidende Knöpfchen zu drücken. Bevor die Elfe den Schlüssel ins Schloss der Zellentür steckte, verstauten wir in unseren Röcken das Kästchen mit dem Tagebuch sowie den Schlüsselbund, der uns alle Türen und Tore öffnete, streiften die brillante Waffe über den Finger und ließen zeitgleich verlauten: "Auf in den Kampf!"

Wir konnten es kaum erwarten, unsere Verteidigungsgeräte auszuprobieren und dessen Wirkung zu testen. Vor allem fühlten wir uns durch Waffen, die auf den ersten Blick ihr Können nicht verrieten, extrem mutig und schier unbesiegbar. Ehe wir aus der Sicherheitszone der Zelle heraustraten, hielten wir zur Orientierung, wo sich die Folterkammer überhaupt befinden könnte, nochmals kurz inne. Der Gefängnisturm selbst verfügte lediglich über diese einzige große Zelle und ich hatte keine Erinnerung daran, außerhalb dieses Gebäudeteils eine zusätzliche Einrichtung zur Beherbergung von Gefangenen im bzw. auf dem Anwesen entdeckt zu haben. Wir hatten jedenfalls nicht vor, kostbare Zeit damit zu verschwenden, unkoordiniert durchs Schloss zu irren und uns länger als unbedingt erforderlich der Gefahr auszusetzen, geschnappt zu werden. Es galt immerhin zu bedenken, dass die eventuellen Angreifer ebenfalls bewaffnet waren. Das Risiko, verletzt oder gar getötet zu werden, war auf jeden Fall ein Faktor, der uns äußerste Vorsicht und Wachsamkeit gebot.

Als Elfe und ich aus der inzwischen geöffneten Tür heraustraten, schauten und hörten wir uns um, ob irgendwo ein Wachposten lauerte. Da außer uns niemand in der Nähe zu sein schien, stiegen wir so leise wie nur irgend möglich die Treppe hinunter und schauten uns dort nach einer Tür um, die wir im Eifer des Gefechts bisher vielleicht übersehen hatten. Mit Nichten! Ringsherum befanden sich ausschließlich Steinmauern ohne erkennbare Öffnungen. Just in dem Moment, als wir uns anschickten, den Turm zu verlassen, um ins Hauptgebäude vorzudringen, vernahmen wir gedämpftes Stimmengemurmel. Allerdings war nicht leicht zu orten, woher diese Laute kamen. Sollte es etwa noch einen weiteren Geheimgang in dieser Festung geben? Suchend schweiften unsere Blicke umher, bis meiner auf der Rückseite der Treppe an einer Falltür hängenblieb. Ich stupste der Elfe mit dem Ellenbogen in die Taille und zeigte stumm auf die im Boden eingelassene Luke. Wir waren uns schon ziemlich sicher, dass wir unseren Freund dort unten finden würden, noch bevor wir sein gequältes Stöhnen vernahmen. Dieser gepeinigte Ton seitens des Schamanen bestätigte unsere Vermutung und machte deutlich, dass wir uns mit der Rettung beeilen sollten. Gerade als wir dabei waren, gemeinsam die schwere Bodentür anzuheben, hörten wir Stimmen außerhalb des Turmes, die sich zu allem Übel rasch näherten. Die Wachen waren im Anmarsch und wollten entweder nach uns schauen oder in Erfahrung bringen, ob der Kerkermeister bereits etwas Brauchbares aus unserem Freund herausgefoltert hatte. In der Hoffnung, nicht sofort entdeckt zu werden, drückten wir uns hinter der Stiege an die Wand. Die Tür wurde aufgestoßen und zwei Wachmänner mit Schwertern betraten den Turm. Nachdem sie nicht die Stufen ansteuerten, die zu unserer Zelle führten, peilten sie demnach die Folterkammer an. Das wiederum bedeutete, diese Wichtigtuer würden gleich um die Ecke kommen. Wir machten uns zum Angriff bereit, hielten den Finger am Abschussknopf des Ringes positioniert und eröffneten sofort das Feuer, nachdem die Wachen uns erspäht hatten. Zeitgleich erhoben diese ihre Schwerter und wir schossen ohne Unterbrechung. Würden die Nadeln tatsächlich funktionieren oder hatte unser letztes Stündlein geschlagen? Da ich dem nahenden Tod nicht unbedingt in die Augen sehen wollte, kniff ich diese schnell zusammen und wartete auf den Schmerz, der mich sogleich durchbohren würde. Dieser blieb jedoch aus und als es nach kurzem Gepolter still wurde, riss ich meine Augen wieder auf. Beide Männer lagen regungslos vor uns auf dem Boden. Elfe und ich hüpften vor Freude und Aufregung wie aufgescheuchte Hühner herum. Dass die Schmuckstücke hielten was sie versprachen, bescherte uns ein verdammt gutes Gefühl. Die Wachen taten uns unbewusst sogar den Gefallen, nicht auf die Luke zu fallen. Es hätte uns zusätzliche Zeit und vor allem Kraft gekostet, die schlafenden Schnarchnasen aus dem Weg zu räumen. Stattdessen ließen wir sie einfach links liegen und machten uns ein zweites Mal an der Falltür zu schaffen, um unseren Freund endlich aus den Fängen des Folterknechts zu befreien. Zu zweit schafften wir es mit Ach und Krach, die Klappe nach oben zu hieven. Wie konnte eine Holztür nur so schwer sein? Eine steile, schmale Wendeltreppe führte hinab in die Kammer des Schmerzes. Diese bestand ebenso wie die Zelle, in der wir eingesperrt waren, aus einem einzigen großen Raum. Wir hörten die Stimme des Kerkermeisters und ich wagte es, meinen Kopf ein Stück weit nach unten zu beugen, um zu sehen, wo dieser stand. Er dürfte uns auf keinen Fall entdecken, bevor wir bis in die Kammer vorgedrungen waren. Aus jetziger Entfernung würden unsere Ringe ihr Ziel wohl eher nicht erreichen oder gar total verfehlen.

Ich bat die Elfe, meine Haare festzuhalten damit sie nicht in die Luke hingen und mich womöglich noch verrieten. Nachdem ein erneutes Stöhnen seitens des Schamanen unsere Ohren erreichte, beugte ich meinen Kopf noch ein wenig tiefer in die Luke. Der Folterknabe stand mit dem Rücken zu mir und ich sah zumindest so viel, als dass unser Freund an die Wand gekettet war und blutunterlaufene Striemen am Oberkörper aufwies. Mit Erleichterung stellte ich fest, dass ihm aufgrund der Peinigung noch keine Gliedmaßen fehlten. Wir mussten ihn da raus holen, bevor wirklich fiese Methoden an ihm ausprobiert werden. Nicht auszudenken, was mit dem Schamanen passieren könnte, würde er Bekanntschaft mit der Streckbank machen, die ihn in alle Richtungen zieht. Stretching ist ja schön und gut, aber wenn die Dehnung so ausartet, dass Knochen knacken, kann das nicht mehr gesund sein. Es durfte auch keinesfalls so weit kommen, dass ihm ein glühendes Schwert vor Augen gehalten wird, sodass er aufgrund der Verblendung für den Rest seines Lebens blind durch die Welt laufen musste. Grauenhafte Vorstellung! Keine Ahnung, welch perverse Folterinstrumente in dem Zeitalter, in dem wir uns aufhielten, noch gebräuchlich waren, um einem Gefangenen Geheimnisse zu entlocken. Wir waren auch nicht scharf darauf, diese am eigenen Leib zu erfahren.

Als der nächste Peitschenhieb auf der Schamanenbrust landete, ertönte ein gellender Schrei. Dieser kam jedoch nicht aus der Kehle unseres geschundenen Freundes, sondern aus meiner eigenen. Die Elfe zog plötzlich derart fest an meinen Haaren, dass ich dachte, sie reißt mir diese mitsamt der Kopfhaut aus. Wütend drehte ich mich um und wollte sie gerade fragen, ob sie verrückt geworden sei, als mir das Blut in den Adern gefror. Vor mir stand nämlich nicht meine vermeintlich durchgeknallte Freundin, sondern vielmehr der Ekelkönig höchstpersönlich. Mit widerlichem Grinsen im Gesicht packte er meinen Arm und zog mich unsanft zu sich hoch. Mein Blick wanderte unruhig durch den Raum und wurde noch hektischer, als ich bemerkte, dass die Elfe verschwunden war. Was hatte dieser Dreckskerl mit ihr gemacht? Vermutlich konnte sie ihren Ring aufgrund des Überraschungseffektes genauso wenig einsetzen wie ich. Um die Betäubungsnadeln abzuschießen, benötigt man nun mal beide Hände. Nachdem eine davon in der Wurstfinger-klaue des gekrönten Fettwanstes wie in einem Schraubstock gefangen war, konnte ich meine Waffe nicht aktivieren. Was hatte dieser Adelfuzzi nun mit mir vor? Wahrscheinlich haben wir es nun restlos verkackt und die Elfe wie auch ich landeten auf dem Scheiterhaufen oder unsere Köpfe kugelten mit Hilfe einer Guillotine über den Schlosshof.

Der falsche Thronfolger schubste mich vor sich her, ohne ein Wort zu verlieren. Nur das blöde Grinsen hatte er nach wie vor im Gesicht. Was wollte er denn nur von mir? Es ging weder zu-rück in die Zelle noch hinaus auf den Schlosshof, auf dem die Guillotine stand bzw. sich der Scheiterhaufen befand. Vielmehr peilte er sein Schlafgemach an und mir wurde plötzlich kotz-übel. Nee oder? Mit allem hätte ich gerechnet, aber nicht mit einer Vergewaltigung von diesem Widerling. Da er viel kräftiger war als ich, musste es mir gelingen, die Nadeln abzufeuern be-vor er erst mal wie ein prall gefüllter Mehlsack auf mir zum Lie-gen kam. Er öffnete die Tür und schleuderte mich auf sein Bett. Ich versuchte noch geistesgegenwärtig, mich seitlich abzurol-len, doch da war er schon über mir. Solch eine Dynamik seitens des blaublütigen Hurensohnes war mir bis zu diesem unglücklichen Moment neu. Da er wie ein Walross auf mir lag, würde ich die eigentliche Vergewaltigung sicherlich gar nicht mehr mitbekommen, denn er war dabei, mich mit seinem massigen Leib zu erdrücken. Ich hoffte, dass mir zuvor wenigstens sein penetranter Schweißgeruch die Sinne ordentlich vernebelte. Obwohl es aussichtslos schien, wollte ich nicht kampflos aufgeben. So schlug ich wild um mich, kratzte und biss jedes Mal, wenn sich mir die Gelegenheit dazu bot. Diesen Idioten schienen meine Verteidigungsversuche aber eher an- als abzutörnen. Je mehr ich mich zur Wehr setzte, desto lauter wurde sein lustvolles widerliches Stöhnen. Er betatschte mich überall und als seine Wurstfinger sich auf meiner Brust ausruhten, begann ich panisch zu schreien. Das war vielleicht aus meiner Sicht verständlich aber in der ungünstigen Situation, in der ich mich befand, äußerst unklug. Von meinem Geschrei sichtlich genervt, schlug er mir erst mit der flachen Hand ins Gesicht und legte sodann seine andere Hand um meinen Hals in der vollen Absicht, mir die Kehle zuzudrücken. Meine Kraft verließ mich mehr und mehr. Obwohl ich registrierte, dass mir wieder beide Hände zur Verfügung gestanden hätten, war ich kurz davor, das Bewusstsein zu verlieren und somit außer Stande, den Ring zu aktivieren. Von einem unappetitlichen Kronenträger aus der Vergangenheit ins Jenseits anstatt zurück in die Gegenwart befördert zu werden, gleicht einem wahren Alptraum. Während ich nur noch darauf wartete, dass mein Leben wie ein Film an mir vorbeizog, lockerte sich sein Griff urplötzlich und ich bekam tatsächlich wieder Luft. Dafür lag der Adelssack nun endgültig wie ein Granitblock auf mir und rührte sich nicht mehr. War sein Herz etwa zu schwach für seinen Triebstab und hatte den Geist aufgegeben? Als das wild zerzauste Köpfchen der leicht derangierten Elfe über dem auf mir liegenden Koloss auftauchte, war mir schlagartig klar, wer oder was den Adelsmann so schlapp gemacht hatte. Da mich die Fleisch gewordene Last hingegen zu zerquetschen drohte, half mir meine Retterin geschwind, diese von mir abzuwälzen. Am ganzen Körper zitternd, fiel ich meiner Freundin unendlich dankbar um den Hals und war wieder einmal heilfroh, dass die Vorsehung uns zu dritt ins Rennen geschickt hatte, um die Seele der Prinzessin zu retten. Allein hätte ich dieses Unterfangen niemals bewerkstelligen können.

Um einen geeigneten Plan auszuhecken, fehlte die Zeit. Also waren wir gezwungen, spontan zu agieren und unserem Bauchgefühl zu folgen. Wir hatten ja nicht die geringste Ahnung, wie lange die Betäubung anhalten würde. Also vertrauten wir auf unsere Intuition und konzentrierten uns darauf, den Schamanen auf schnellstem Weg zu befreien. Die Elfe und ich rannten aus dem Schlafzimmer Richtung Gefängnisturm und stürmten ohne nachzudenken die Folterkammer. Die Wachen schliefen glücklicherweise noch immer tief und fest neben der Luke. Unser Überraschungsangriff machte den Kerkermeister derart perplex, dass er im ersten Moment bewegungsunfähig war. Als schreiende Furien sprangen wir auf den Mann zu und schossen wie wild unsere Nadeln aus den Ringen ab, bis es diesen endlich umhaute. Der Schamane lag bereits halb bewusstlos auf der Streckbank und bekam unseren filmreifen Auftritt bedauerlicherweise gar nicht mit. In Windeseile nahmen wir dem schlafenden Peiniger die Schlüssel ab, befreiten unseren Freund von seinen Fesseln und schleppten ihn gemeinsam die enge Wendeltreppe hinauf. Ziemlich benommen taumelte er zwischen uns hin und her. Wir mussten all unsere Kräfte aufbringen, damit wir ihn auf den Füssen halten konnten. Kaum hatten wir den Gefängnisturm hinter uns gelassen, kamen weitere Wachen auf uns zugesprungen. Geistesgegenwärtig ließen wir unseren Freund los, der an Ort und Stelle in sich zusammensackte, um unsere Schmuckwaffen in Position zu drehen. Nachdem wir vier weitere Männer des königlichen Heeres ins Land der Träume geschickt hatten, halfen wir dem Schamanen erneut auf die Füße und hielten direkten Kurs auf die Bibliothek. Unsere Pupillen kreisten wie Flipperkugeln in alle Richtungen, damit uns ja kein Feind unbemerkt aus dem Hinterhalt zu nahe kommen konnte. Glücklicherweise tauchte kein weiterer Königskrieger auf, um sich uns in den Weg zu stellen. Als wir die Bibliothek endlich erreicht hatten und die Tür hinter uns ins Schloss fiel, atmeten wir erstmals kurz auf. Da wir jedoch noch nicht in Sicherheit waren, gönnten wir uns keine längere Pause, sondern schleiften den Schamanen bis zu der Wand, die uns in den Geheimgang drehen würde. Mit letzter Kraft ließen wir uns dagegen fallen und landeten einmal mehr in der Finsternis auf der anderen Seite. Nachdem wir dieses Hindernis bewältigt hatten, blieben wir für einige Minuten liegen, um neue Kraft zu schöpfen. Ich war so ausgepowert, dass es mir völlig gleichgültig gewesen wäre, hätte mich erneut ein Skelett umarmt oder eine dicke fette Spinne über mir abgeseilt. Hauptsache wir waren dem König und seinem Gefolge entkommen. Dieser Triumph gepaart mit irrsinniger Freude machte alle negativen Erlebnisse mitsamt irgendwelcher Horrorvorstellungen wett.

Um nach meinen Freunden sehen zu können, brachte ich erst mal Licht ins Dunkle. Also kramte ich in meiner Rocktasche nach dem Feuerzeug und tastete die Wand nach der Fackel ab. Während der modrig riechende Gang immer mehr in Helligkeit überging, suchte ich die nahe Umgebung nach meinen Freunden ab. Die Elfe saß mit dem Rücken an die Wand gelehnt neben der

Geheimtür und als unsere Blicke sich trafen, lächelte sie mich müde aber siegessicher an. Der Schamane hingegen lag immer noch am Boden und rührte sich nicht. Wir beugten uns besorgt über ihn und betrachteten seine Wunden genauer. Die durch Peitschenhiebe verursachten Striemen waren tiefer als erwartet. Überall sickerte Blut heraus und verteilte sich auf seinem Körper. Sein Puls war schwach und es fühlte sich an, als ob er fieberte. Wir waren uns einig, dass er so schnell als möglich behandelt werden musste. Vor allem sollten die Wunden gereinigt und desinfiziert werden, damit sie sich nicht entzündeten. Elfe ergriff das Wort: "Unser Freund ist übel zugerichtet. Wir müssen ihn auf schnellstem Wege zu Dana bringen, damit sie ihm hilft!" Ich nickte zustimmend und so hievten wir den Schamanen wieder hoch und schleppten ihn gemeinsam bis zur Waldlichtung. Meine Wange, auf der die Wurstfinger des Fettwanstes ihre Spuren hinterlassen hatten, brannte wie Feuer. Doch dies war nichts im Vergleich dessen, was unser Kumpel durchlitt. Bei jeder unserer und somit zwangsläufig auch seiner Bewegungen kam ein von Schmerz gezeichnetes Stöhnen über seine Lippen. So sehr uns sein erbärmlicher Zustand, in dem er sich aufgrund der Peinigungen befand, auch beunruhigte, so froh waren wir um jeden Laut, den er von sich gab. Dadurch erlangten wir immerhin die Gewissheit, dass er noch am Leben war.

Völlig entkräftet ließen wir uns am Ende des Tunnels ins Gras fallen. Dass Eulanda bereits auf uns wartete, hatten wir aufgrund unseres Erschöpfungszustandes gar nicht realisiert. Erst als sie ihren durchdringenden Schrei ausstieß, schnellten unsere Köpfe in ihre Richtung. Sie saß völlig relaxt auf einem Ast und glotzte uns aufmerksam aus ihren großen orangefarbenen Augen an. Elfe und ich begrüßten sie noch mit schwacher Stimme, bevor wir beide im dichten Gras der Waldlichtung in einen tiefen Schlaf fielen.

KAPITEL X
SIR BALDUIN DER ZAUBERER

Als ich meine Augen aufschlug, lachte mir die Sonne ins Gesicht und ich fühlte mich wie neu geboren. Allerdings hatte ich durch die ungeplante Schlafeinlage mein Zeitgefühl verloren und demnach keine Ahnung, wie viele Stunden seit unserer Ankunft auf der Lichtung tatsächlich vergangen waren. Voller Elan sprang ich auf, klopfte meine zerknitterte, blutverschmierte Kleidung zurecht und schaute mich um. Die Elfe schlief noch immer tief und fest, aber wo war der Schamane? Zum Zeitpunkt, als meine Augenlider aufgrund der Müdigkeit nachgaben, lag er noch bei uns und nun war er verschwunden. So weit ich blicken konnte, war von ihm nichts zu sehen. Aufgrund seiner schweren Verletzungen bezweifelte ich, dass er aus eigener Kraft von hier weggegangen ist. Zudem hätte er uns nicht schutzlos zurückgelassen. Unser Freund wird sich ja wohl nicht in Luft aufgelöst haben. Ich schaute zu dem Ast, auf dem Eulanda gesessen hatte, bevor Elfe und ich vor totaler Erschöpfung eingeschlummert waren. Auch von ihr fehlte jede Spur. Was war passiert? Hatten der König und seine Wachen Kenntnis von dem Geheimgang? Wurden wir am Ende gar verfolgt? Doch weshalb fehlte dann nur vom Schamanen jede Spur und warum hatte man uns beide hier liegen lassen? Mir war das alles ein Rätsel, zu dem mir keine plausible Erklärung einfallen wollte. Ich vergewisserte mich, dass sich das Kästchen mit dem Tagebuch noch in der Tasche meines weiten Rockes befand und weckte meine Freundin auf. Zwei Denkapparate waren schließlich besser als einer. Schlaftrunken setzte sie sich auf und brummelte etwas für mich Unverständliches vor sich hin. Ich gab ihr ein paar Minuten, um sich zu besinnen, bevor ich sie mit den neuen Gegebenheiten konfrontierte.

Das Leben in der Vergangenheit bedeutete nicht nur jede Menge Abenteuer, sondern vor allem auch ziemliche Entbehrungen. So vermisste ich meinen guten Milchkaffee am Morgen mindestens so sehr wie eine Zahnbürste. Zum Glück hatte ich ja wenigstens genügend Vorrat an Kaugummi mitgenommen wie auch den Flachmann eingepackt, der uns bereits mehr als einmal hat Mut zufließen lassen. Wir konnten ja schlecht mit einem Wohnmobil in die Vergangenheit reisen. Das hätten wir nämlich gebraucht, wenn wir uns mit all den Habseligkeiten ausgerüstet hätten, die uns lieb und nützlich gewesen wären.

Während wir uns über das seltsame Verschwinden des Schamanen unterhielten, stieg am Rande der Lichtung wie aus dem Nichts ungewöhnlich dichter, weißer Nebel auf. Unsere Unterhaltung stoppte sofort und wir schauten neugierig wie ängstlich in dessen Richtung, als Dana plötzlich aus diesem gespenstischen Schleier hervortrat. Ihre Erscheinung kam in freier Natur noch beeindruckender zur Geltung als in der dunklen Hütte. Die silberglänzende Mähne wehte tanzend im Wind und ihr ausdrucksvolles, ebenmäßiges Gesicht sah im Sonnenlicht wunderschön aus. Sie lächelte und klärte uns sogleich über den Verbleib unseres Freundes auf:"Schaut nicht so erschrocken. Eulanda flog euren Gefährten zu mir, nachdem ihr zwei Heldinnen eingeschlafen ward. Ich habe ihn mit entsprechenden Heilkräutern verarztet und es geht ihm bereits wesentlich besser. Er muss jedoch noch ruhen, um wieder zu Kräften zu kommen." Die weiße Hexe wusste natürlich längst Bescheid, warum wir abermals auf dem Weg zu ihr waren, noch bevor eine von uns überhaupt den Mund aufmachte. Daher verlor sie keine Zeit und fuhr in ihren Ausführungen fort: "Um das Amulett zum Öffnen der Tagebuchschatulle zu finden, müsst ihr erneut den Waldwichtel, dessen Bekanntschaft ihr bereits gemacht habt, aufsuchen und ihn dazu befragen. "Ich wünsche euch viel Glück."

Sie trat in den weißen Nebel zurück, der zeitgleich mit ihr so unvermittelt wieder verschwand wie er aufgetaucht war.

Völlig hypnotisiert von dem, was sich vor unseren Augen gerade abgespielt hatte, flüsterte ich der Elfe zu: "Was für ein phänomenaler Auftritt!" Elfe nickte anerkennend über die faszinierende Aura, die von der mystischen Dana ausging.

Da wir das Männlein vor Mitternacht nicht aufsuchen konnten, hatten wir zwei Hübschen noch jede Menge Zeit. Der Tag neigte sich nur langsam dem Ende zu und obwohl wir keine Uhr bei uns trugen, dürfte es aufgrund des Sonnenstandes erst später Nachmittag sein.

Eulanda diente uns sicherlich erneut als fliegender Navigator, sodass es ratsam war, sich nicht allzu weit von der Lichtung zu entfernen.

Andererseits verspürten Elfe und ich wenig Lust, stundenlang im Gras zu hocken, um gelangweilt die Geisterstunde abzuwarten.

Also beschlossen wir, uns ein wenig die Beine zu vertreten. Dafür wagten wir ein paar Schritte in den Wald. Umringt von Vogelgezwitscher und tanzenden Schmetterlingen hüpften wir ausgelassen und lachend über knackende Äste und weichen, mit Moos bewachsenen Boden. Aus der Ferne gesellte sich ein weiteres Geräusch hinzu, das mir irgendwie vertraut vorkam. Es klang nämlich genau wie das Rauschen des Baches, der in unserer Zeit vor meiner Wohnung vorbeifließt. Wir gingen auf das immer lauter werdende Tosen zu, bis wir an einem paradiesischen Fleckchen Erde stehenblieben. Es bot sich uns ein

Anblick, wie er in keinem noch so exklusiven Reiseführer hätte schöner beschrieben sein können. Vor uns lag ein idyllischer See mit türkisfarbenem Wasser. An dessen Ende ergoss sich ein prächtiger Wasserfall malerisch in den Teich. Der durch die letzten Sonnenstrahlen in Verbindung mit der aufspritzenden Gischt entstandene Regenbogen, rundete das kitschig schöne Postkartenpanorama in Vollendung ab. Ohne weiterer Überlegung war uns beiden sofort klar, was sogleich folgen würde. Wir schauten uns kurz an, grinsten wie Honigkuchenpferde und machten uns daran, die schmutzigen wie staubigen Klamotten loszuwerden, um im Evakostüm ins verlockend klare Wasser zu springen. Normalerweise gehöre ich nicht gerade zur Kategorie der Wassernixen. Doch da während unseres Aufenthalts in der Vergangenheit rein gar nichts der Regel entsprach, genoss ich dieses kühle, frische Nass in vollen Zügen. Der Elfe erging es ähnlich und wir juchzten vor lauter Wonne auf.

Überschwänglich rief ich ihr zu: "Schade, dass unser Naturfreund dieses herrliche Vergnügen nicht mit uns teilen kann. Statt sich in diesem traumhaften See zu aalen, liegt er bei Dana in der dunklen Hütte, um sich von seinen Folterverletzungen zu erholen, der Arme." Für uns war seine Abwesenheit allerdings von Vorteil, da wir in seinem Beisein wohl kaum nackt in den Teich gehüpft wären.

Während wir weiterhin ausgelassen kicherten und uns gegenseitig nass spritzten, drang vom Ufer her ein verdächtiges Knacken an unsere Ohren. Wir drehten die Köpfe reflexartig in die entsprechende Richtung, aus der das Geräusch kam. Jedoch erblickten wir lediglich einen schwingenden Ast. Da kein Wind wehte und der Zweig sich somit nicht von alleine in Bewegung gesetzt hatte, musste uns jemand beobachtet haben. Doch wer oder was schlich in der Abenddämmerung durch den Wald? Handelte es sich dabei um einen Trieb gestörten Spanner oder gar um Strauchdiebe? Königliche Soldaten schlossen wir aus, denn die hätten unserem Badegenuss sofort ein Ende gemacht und uns als Gefangene zum Schloss geführt.

Die Elfe flüsterte mir fragend ins Ohr: "Meinst du, da lauert jemand auf uns?" Leise gab ich ihr zur Antwort: "Das lässt sich nur feststellen, wenn wir nachsehen!"

Leicht verängstigt und irritiert schwammen wir zurück ans Ufer, zogen so geschwind es mit nasser Haut eben ging, unsere Kleider an und schlichen ein Stück des Gestades entlang. Von einem ungebetenen Besucher war weder etwas zu sehen noch zu hören. Erleichtert wandte ich mich der Elfe zu: "Es wird wohl nur ein herumstreunendes Tier gewesen sein." Mit dieser Erkenntnis spazierten wir zur Lichtung zurück und setzten uns in das von der Sonne aufgewärmte Gras.

Die Nacht brach herein und mit der Dunkelheit überkam uns ein mulmiges Gefühl. Da wir uns nicht gar so schutzlos der Finsternis aussetzen wollten, sammelten wir Reisig, kleine Äste und trockenes Moos, um ein Feuer zu entfachen. Erst als ich in meinen Rocktaschen nach dem Feuerzeug tastete, bemerkte ich den Verlust des Kästchens. Entsetzt schaute ich zu meiner Freundin und sagte: "Das Kästchen mit dem Tagebuch ist verschwunden. Ich hatte es tief in meiner Rocktasche verstaut, doch es ist nicht mehr da!" Darauf konterte sie mit ihrem scharfen Verstand: "Das Fehlen des Tagebuchs bestätigt somit definitiv, dass sich tatsächlich ein Langfinger an unserer Kleidung vergriffen hatte, während wir im See badeten." Ich nickte frustriert. Zerknirscht und dennoch froh darüber, dass der Schuft uns wenigstens das Feuerzeug gelassen hatte, zündete ich das gesammelte Holz an. Im Schein unseres Lagerfeuers fühlten wir uns schon erheblich sicherer. Dennoch saßen wir ziemlich mutlos wie ausgehungert vor den knisternden Flammen. Die Elfe ergriff abermals das Wort: "Wir haben uns wohl falsche Vorstellungen von der Erfüllung unserer Aufgabe gemacht; die ganze Angelegenheit viel zu locker und lustig gesehen. Das war ein gewaltiger Fehler." Ich gab ihren Ausführungen recht und legte nach: "Lustig ist unser Aufenthalt in der Vergangenheit zwar hin und wieder schon, aber locker ganz sicher nicht. Wir waren dem

Ziel schon so nahe und nun müssen wir uns erneut auf die Suche nach dem Tagebuch machen. Vor allem haben wir diesmal überhaupt keinen Anhaltspunkt, wo wir damit anfangen sollen." Die Elfe schaute ziemlich betreten drein und meinte: "Irgendwie läuft alles aus dem Ruder und ich bin mir nicht mehr sicher, ob wir es tatsächlich schaffen, unsere Mission erfolgreich zu beenden." Mein Optimismus war zwar ebenfalls stark abgefallen, doch ich versuchte sie aufzumuntern: "Aufgeben kommt jedenfalls nicht in Frage. Von Niederlagen lassen wir uns nicht unterkriegen, klar?" Ich lächelte sie an und Elfe lächelte zurück. "Klar!" sagte sie mit fester Stimme. Es lag wohl nicht nur an dem unvorhergesehenen Verlust der Schatulle, sondern vielmehr an den knurrenden Mägen, dass unsere Euphorie ziemlich abgebaut hatte. Wenn wir schon nichts zu essen bekamen, sollte uns wenigstens ein kleines Schlückchen Heldenwasser über den unbändigen Hunger und die aufkeimende Verzweiflung hinwegtrösten. Nachdem wir an dem edlen Tröpfchen genippt hatten, wanderte der Flachmann zurück in meine Rocktasche. Obwohl wir beide in der Gegenwart wahrlich keine Schnapsdrosseln verkörpern und Alkohol hin und wieder höchstens in sehr geringen Mengen zu uns nehmen, tat der Selbstgebrannte, der während unseres Abenteuers ab und zu mal zum Einsatz kam, verdammt gut. Elfe und ich beschlossen,

auch ohne Schatulle - wie vereinbart - das Waldmännchen aufzusuchen, um den Verbleib des Amuletts zu erfragen. Während
wir Pläne zur weiteren Vorgehensweise schmiedeten, hatten
wir gar nicht bemerkt, wie schnell die Zeit vergangen war. Erst
Eulandas Geschrei machte uns darauf aufmerksam, dass es bereits kurz vor Mitternacht sein musste.

Wir sprangen auf, erstickten unser Feuer mit Erde und folgten
der weißen Eule in die Nacht. Vor dem Baumstumpfhaus des
Zwerges angekommen warteten wir geduldig, bis er vor die Tür
treten würde. Diesmal schienen wir pünktlicher gewesen zu
sein, denn kurz darauf stand er in seiner ganzen Bonsaigröße
vor uns.

Der Wicht musterte uns sichtlich überrascht, da er mit einem
zweiten Besuch anscheinend nicht gerechnet hatte. Prompt
folgte seine etwas unwirsche Frage: "Was wollt ihr denn schon
wieder hier?" Nachdem ich ihm erzählt hatte, wie es uns ergangen war, kratzte er sich nachdenklich am Kinn und warf seine
Stirn in Falten. Er gab sich äußerst konzentriert, sodass wir
kaum wagten, Luft zu holen, um ihn nicht beim Nachdenken zu
stören. Kurz darauf erhellte sich sein Gesicht wieder und wir
lauschten seinen Worten: "Ich erinnere mich, Zeuge eines Ge-
sprächs zwischen der Königin Mutter und eines Bediensteten
geworden zu sein. Ich musste zwar das Kästchen mit

verbundenen Augen einmauern, doch meine Ohren waren nicht verstopft. Daher hörte ich, wie die Adelsdame ihrem Diener die Anweisung erteilte, er solle den Schlüssel des Kästchens hinter dem niemals versiegenden Regenbogenvorhang verstecken. Ich dachte damals nicht weiter über die für mich keinerlei Sinn ergebenden Worte nach, da mich weder die Schatulle noch deren Inhalt interessierten." Mit einem Achselzucken fuhr er fort: "Wenn ihr damit etwas anfangen könnt, freut es mich für euch. Ansonsten tut es mir leid, denn mehr weiß ich darüber wirklich nicht. Viel Glück und gute Nacht!" Wieder drehte er sich auf dem Absatz um und ging zurück in sein Heim. Der kleine Mann winkte uns noch kurz zu und verschwand in der Tür, die hinter ihm ins Schloss fiel.

Elfe und ich fassten die Informationen des Zwergs zusammen und versuchten, diese brauchbar zu analysieren. Uns fiel gar nicht auf, dass wir uns währenddessen Schritt für Schritt von seinem Waldhäuschen entfernten. Die Elfe schlussfolgerte: "Der "Schlüssel" musste das Amulett sein. Aber was bitte war ein Regenbogenvorhang, der niemals versiegte?" Da ich ebenso ratlos war wie sie, erwiderte ich nur: "Keine Ahnung!" Im Geiste ging ich erst mal alle Räumlichkeiten des Schlosses durch. Allerdings fiel mir nichts ein, was auch nur annähernd auf diese Bezeichnung zutreffen könnte. Ständig wiederholten wir die einstige Anweisung der Königin Mutter an ihren Diener und hofften auf einen Geistesblitz. Plötzlich blieb die Elfe stehen, klatschte sich mit der flachen Hand gegen die Stirn und löste das Rätsel: "Natürlich, dass ich da nicht gleich draufgekommen bin. Der Wasserfall, den wir heute während unserer Badesession entdeckt haben, muss der niemals versiegende Regenbogenvorhang sein. Verstehst du?" Nach ihren Worten erhellte sich meine Miene und ich sprach weiter: "Das bedeutet, dahinter muss es eine Art Höhle geben, in der das Medaillon versteckt wurde." Meine Freundin war echt ein schlaues Mädchen. Respekt! So weit so gut. Wir kamen überein, erst mal den "Schlüssel" zu holen, da wir nun mit ziemlicher Sicherheit dessen Versteck kannten, um uns anschließend erneut auf die Suche nach dem Kästchen selbst zu begeben. Zufrieden mit unseren Gedankengängen schauten wir auf und nahmen zum ersten Mal, seit wir von dem Baumstumpf losgelaufen waren, wieder unsere Umgebung wahr. Ich blieb verdutzt stehen und wollte von Elfe wissen: "Wo um alles in der Welt sind wir?" Logischerweise wusste sie darauf auch keine Antwort. Es war zwar dunkel, doch zum Glück stand ein voller Mond am sternenklaren Nachthimmel. Dadurch konnten wir zumindest so viel erkennen, dass vom Baumstumpf des Wichtels weit und breit nichts mehr zu sehen war. Stattdessen umzingelten uns unzählige

Bäume und Sträucher. Aus dem Mund der Elfe konnte ich vernehmen: "Na bravo! Nun haben wir uns zu allem Übel auch noch verlaufen."

Darauf erwiderte ich: "Wir zwei bekleckern uns gerade mit erheblich mehr Pech als Ruhm. Wie kann man an nur einem Tag so viel Mist bauen?" Meine Freundin ergänzte: "Wenn das der Schamane wüsste!" In unserer prekären Lage stellte sich bereits die nächste Frage. Sollten wir an Ort und Stelle verharren, bis der neue Tag erwachte oder die Helligkeit des Mondes nutzen und in der Hoffnung weitergehen, an einen Ort zu gelangen, der uns bekannt vorkam?

Wahrscheinlich war dies ein weiterer Fehler, doch wir entschieden uns für letzteres. Also streiften wir wie Hänsel und Gretel durch das Unterholz, bis wir auf eine Lichtung stießen. Allerdings war diese kleiner als die uns bekannten. Daher hielten unsere Augen vergebens nach dem Ende des Geheimtunnels oder Danas Hütte Ausschau. Wenngleich auch nicht das Häuschen der weißen Hexe auftauchte, so erspähten wir dennoch Lichter, die aus einiger Entfernung durch den dichten Wald erkennbar waren. Uns war total egal, wem diese Behausung gehörte. Hauptsache wir trafen jemanden an und bestenfalls dürften wir dort die restliche Nacht in einem herrlich weichen Bett verbringen. Das war zu diesem Zeitpunkt mein allergrößter Wunsch!

Wie ferngesteuert stolperten wir auf die Beleuchtung zu und je näher wir kamen, desto größer wurde unser Erstaunen. Mitten im tiefsten Wald erschien vor uns ein gigantisches altes Herrenhaus. An beiden Seiten befand sich je ein kleines Türmchen, Rundbogenfenster schmückten die Fassade und die Balkone waren so romantisch klein gehalten wie bei Shakespeares Julia, die sich darauf stehend von ihrem Romeo anschmachten ließ.

Die Schönheit dieses Anwesens machte mich absolut sprachlos, was nicht häufig passierte. Das Licht, das durch jedes Fenster nach außen drang, verlieh dem Haus in der Dunkelheit eine ganz spezielle Anziehungskraft. Wer darin wohl wohnt? Fest entschlossen, dies augenblicklich herausfinden zu wollen, schielte ich zu Elfe hinüber und sie erwiderte meinen Blick nicht minder entschlossen. Somit traten wir zur Tür und betätigten den daran angebrachten Klopfer. Wie konnte es anders sein, als dass es sich bei dem solchen um einen Löwenkopf handelte, in dessen Maul ein schwerer Ring befestigt war. Die klassische Variante eben. Wir warteten eine Weile und nachdem sich drinnen nichts rührte, klopften wir ein zweites Mal. Erneut lauschten wir nach eventuellen Geräuschen und als wir endlich herannahende Schritte vernahmen, stieg unsere Aufregung, wer oder was uns in Kürze gegenüberstehen würde.

Ein großer hagerer Mann öffnete die Tür. Aufgrund seiner

adretten schwarz-weiß-Kleidung schlussfolgerte ich, dass es sich um den Butler des Hauses handelte. Bevor er überhaupt den Mund aufmachte, musterte er uns erst mal ausgiebig von Kopf bis Fuß. Als er seine Inspizierung abgeschlossen hatte, fragte er uns in einer für meine Begriffe etwas zu herablassenden Tonart, was wir zu solch später Stunde wünschten. Meines Erachtens hätte er durchaus freundlicher sein können. Nur weil unsere Kleidung ziemlich schmutzig und zerrissen war, mussten wir deswegen noch lange keinem zerlumpten Bettelvolk angehören. Was erwartete dieser Pinguin? Dass mitten in der Nacht in einer Gegend, in der sich wohl nicht mal mehr Fuchs und Hase begegneten, um sich gute Nacht zu sagen, zwei Edeldamen in feinstem Brokat und eingenähtem Snowboard gestriegelt und geschniegelt an die Tür klopften und um Einlass baten? Da die Elfe die Folgen meines inzwischen trotzigen Gesichtsausdruckes nur zu gut kannte, ergriff sie statt meiner schnell das Wort und erklärte dem Hausdiener: "Entschuldigen Sie bitte mein Herr, wir haben uns in der Dunkelheit verirrt." Da sich der Typ nach wie vor wenig beeindruckt zeigte, fragte sie ihn mit einem zuckersüßen Lächeln: "Wäre es aufgrund der späten Stunde möglich, uns gütigerweise für die restliche Nacht Obdach zu gewähren?"

Daraufhin ließ er uns zumindest mal in die Halle eintreten,

wehrte jedoch mit der Hand ein Weitergehen unsererseits ab. Wir sollten anscheinend warten, bis er uns bei seiner Herrschaft angemeldet hatte oder so was in der Art. Sehr gesprächig war der Gute ja nicht gerade. Nachdem er davongeeilt war, nutzten wir seine Abwesenheit, um uns die Eingangshalle genauer zu betrachten. Erstaunlicherweise sah es darin eher aus wie in einem Heim aus 1001 Nacht. Überall hingen bunte, edle Tücher, dazwischen leuchteten große Lampions, die ein angenehmes Licht verbreiteten und auf kleinen geschnitzten Holztischen befanden sich glühende Stäbchen, die einen eigenartigen Geruch absonderten und uns die Nasenschleimhäute verräucherten.

Ehrlich gesagt, hatte ich eher Jagdtrophäen erwartet, die uns von den Wänden anglotzen würden, umrahmt von antiken Truhen, Ahnenbildern und verschnörkelten Spiegeln. Aber nichts dergleichen stach mir ins Auge. Die Einrichtung war durchweg orientalischer Natur. Aufgrund dieses außergewöhnlichen Wohnstils waren wir natürlich noch gespannter, wer dieses Anwesen sein Eigen nannte.

In dem Moment erschien der menschliche Riesenpinguin wieder auf der Bildfläche und winkte uns zu sich. Sein schweigendes Gefuchtel machte mich rasend. Diese Eigenart geht mir nämlich bereits bei meinem pubertierenden Sohn gewaltig auf den Keks, der sich von Zeit zu Zeit einen Spaß daraus macht, mir mit Gesten und Mimik zu deuten, was er von mir möchte in der Erwartung, dass ich es errate. Grauenvoll!

Als ob er meine Gedanken gelesen hätte, sagte der Butler plötzlich: "Sir Balduin lässt bitten!". Dabei öffnete er eine Tür und wir betraten nacheinander den Raum. Es handelte sich augenscheinlich um das Wohnzimmer des Besitzers. Diese Einrichtung stand in völligem Kontrast zur Eingangshalle und hatte die Ausmaße eines Tennisplatzes. Das darin befindliche Mobiliar passte schon wesentlich besser zu einem alten Herrenhaus, das bizarrerweise einsam mitten im Wald stand. Neben einem großen Kamin, in dem brennende Holzscheite gemütlich vor sich hin knisterten, standen Ledercouch und Ohrensessel ordentlich gruppiert. Die Wände bestanden - von ein paar Gemälden mal abgesehen – eigentlich nur aus Bücherregalen. Die Mitte des Zimmers wurde von einem massiven, XXL-Holztisch eingenommen, um den wunderschön geschwungene Holzstühle standen, deren Sitzflächen mit dunkelrotem Samt bezogen waren. Dutzende flackernde Kerzen verliehen dem Salon ein zauberhaftes Charisma.

Total verliebt in den Anblick dieser antiken Stube gab ich mich dem magischen Moment völlig hin. Ein Räuspern holte mich aus meiner Faszination zurück und ich bemerkte erst jetzt, dass ein Mann vor uns stand, der mich belustigt anschaute. Ihm war

wohl nicht entgangen, wie sehr mich seine Einrichtung gefühls-
mäßig berauschte. Etwas verlegen schaute ich zuerst auf den
Boden und dann wieder zu Sir Balduin. Er hatte sich zwar noch
nicht vorgestellt oder ich bekam es zumindest nicht mit, doch
ich wusste, dass er es war. Seine Aufmachung verriet auch
gleich, was er war.

Sir Balduin trug nämlich einen dunkelblauen bodenlangen Kaf-
tan, der über und über mit Planeten und Gestirnen des Univer-
sums bestickt war. Um mich nicht weiter in langatmigen Be-
schreibungen zu verlieren, kurz und gut: der Typ sah aus wie
Frank Zappa auf orientalisch.

Na hat es geklingelt? Genau! Sir Balduin war ein Zauberer wie
Merlin oder die drei Weisen aus dem Morgenland oder Miracu-
lix oder wie sie alle heißen mögen.

Mittlerweile dürften uns wohl so ziemlich alle gängigen mär-
chenhaften Phantasiegestalten über den Weg gelaufen sein.
Sollten in dem Repertoire noch welche fehlen, tauchen diese
früher oder später sicherlich auch noch auf. Es erschien mir viel
zu mühsam, darüber nachzudenken, wie es möglich sein
konnte, dass erfundene Wesen so selbstverständlich in der Realität vorkamen, wie es während unseres Aufenthalts in der
Vergangenheit immer wieder der Fall war. Schließlich befanden
wir uns weder auf einem Drogentrip noch im Alkoholrausch

oder in einer Traumwelt, sondern erlebten das unglaubliche Abenteuer wirklich und wahrhaftig in einer Zeit, die knapp 300 Jahre zurückliegt.

Der Magier wollte - wie zuvor bereits sein Diener - wissen, was uns zu solch später Stunde in den Wald geführt hatte. Allerdings erwartete er nicht sofort eine Antwort, denn er bemerkte unsere bleierne Müdigkeit und wies uns daher ein Zimmer zu, von dem Elfe und ich nur mehr das große weiche Bett ins Visier nahmen. Wir schlurften wie Zombies direkt darauf zu und ließen uns aus dem Stand in die weichen Kissen fallen. Ich glaube, wir schliefen schon, bevor unsere Körper die Matratze überhaupt berührt hatten.

Als sich meine Augen wieder öffneten, schien die Sonne ins Zimmer. Es dauerte eine Weile bis ich mich daran erinnerte, wo ich mich befand. Die Elfe schlief noch immer tief und fest. Als ich sie ansah, musste ich lächeln, denn sie grunzte mal wieder ganz leise wie ein kleines Ferkelchen.

Ich streckte die Füße aus dem hohen Bett und ging zum Fenster, um zu sehen, ob es eventuell eine Orientierungshilfe gab, die uns zurück zu Danas Haus führte oder zumindest zu dem des kleinen Waldmännchens. Aber außer Bäumen war nichts zu erkennen. Ich hoffte insgeheim, Eulanda zu erspähen oder ihren berühmten Schrei zu hören. In dem Moment dachte ich an unseren Schamanenfreund und wie es ihm wohl inzwischen erging. Allerdings war ich davon überzeugt, dass er in seinem lädierten Zustand nirgendwo besser aufgehoben war, als bei der weißen Hexe.

Ein lautes Gähnen verkündete das Erwachen der Elfe und ich drehte mich lachend zu ihr um. Da wir beide sehr gut geschlafen hatten, waren wir wieder voller Energie und Tatendrang. Das heißt, noch nicht ganz. Denn der Magen rebellierte nach wie vor gegen seine Arbeitslosigkeit. Somit wurde es höchste Zeit, dass er endlich mal wieder Beschäftigung erhielt. Also machten wir uns frisch, soweit dies mit unserer kargen Schminkausstattung überhaupt möglich war, zupften unsere von der Nacht zerknitterten Kleider zurecht und stürmten anschließend wie kleine Kinder die Treppe des Hauses hinunter. Das Geländer dieses Aufgangs wäre ideal gewesen, um darauf herunterzurutschen. Dieses Kindheitserlebnis hätte ich in dem Augenblick liebend gerne nochmals zurückgeholt. Doch nachdem der Butler im Erdgeschoss bereits auf uns wartete, hielt ich es für besser, dies zu unterlassen. Statt einer Begrüßung schaute er uns wieder nur missbilligend an und öffnete wortlos die Tür zum Salon.

Also entweder machte dieser Spaßbremse der Job keinen Spaß oder er ärgerte sich darüber, dass wir sein pantomimisches

Gefuchtel falsch bzw. nicht schnell genug verstanden. Vielleicht wird man aber auch so seltsam, wenn man gemeinsam mit einem Magier in einem Herrenhaus lebt, das abseits jeglicher Zivilisation mitten im Wald steht.

Als wir in die Stube kamen, steuerte Sir Balduin mit einem strahlenden Lächeln auf uns zu und zeigte einladend auf den gigantischen Tisch, der mit allerlei Köstlichkeiten gedeckt war. Ich glaubte zu träumen und mein Magen hüpfte vor Freude, als ob er die Leckereien mit eigenen Augen gesehen hätte. Wir setzten uns alle drei an den Tisch und während Elfe und ich nach Herzenslust schlemmten, sprach der Zauberer zu uns: "Ich freue mich sehr darüber, eure unerwartete wie reizende Gesellschaft genießen zu dürfen. Es kommt nämlich höchst selten vor, dass jemand zu meinem bescheidenen Anwesen gelangt." Der hat vielleicht Humor. Bescheidenes Anwesen ist ja wohl stark untertrieben. Er fuhr mit der Frage fort: "Was machen zwei so charmante Ladies des Nachts allein im Wald?" Zwischen den einzelnen Bissen erzählten wir abwechselnd unsere Geschichte und ließen auch nicht den diebischen Spanner aus, der uns am Wasserfallsee die Schatulle geklaut hatte. Wir hofften sehr darauf, den Schurken schnellstens zu fassen und noch mehr hofften wir, dass er das Kästchen bis dahin nicht bereits gewaltsam geöffnet hatte. Damit wäre nämlich unsere gesamte Mission gescheitert, da ja laut Armella der Inhalt sofort zu Staub zerfällt, sofern die Schatulle nicht mit dem passenden Amulett aufgeschlossen wird.

Nachdem wir in groben Zügen all unsere Erlebnisse geschildert hatten, konzentrierten wir uns wieder ausschließlich auf die nicht enden wollenden Köstlichkeiten, die vor uns standen und darauf warteten, von uns verspeist zu werden. Während uns Sir Balduin - nebenbei bemerkt, ein selten bescheuerter Name, der noch dazu überhaupt nicht zu dem Typ Mann passte – zunächst noch amüsiert bei unserer Fressattacke zuschaute, wurde er im Verlauf unserer Geschichte immer nachdenklicher. Am Ende unserer Erzählungen erhob er sich aus seinem Stuhl, entschuldigte sich galant und verließ den Raum. Die Elfe und ich schauten uns mit vollgestopften Backen an, zuckten mit den Schultern und schlemmten unbeirrt weiter. Nach etlichen Kuchenstücken, Butterbroten sowie Obsthappen und einigen Tassen starken Kaffees ließen wir es dann endlich gut sein. Durch das viel zu üppige Mahl fühlten wir uns wie aufgeblasene Ballons und hielten unsere bleiernen Bäuche. Es widerspricht natürlich jeder Vernunft, sich so vollzustopfen. Doch wir waren regelrecht ausgehungert und wussten ja nicht, wann wir das nächste Mal solchen Köstlichkeiten nach Herzenslust frönen dürften.

Wo blieb denn nur der orientalische Zappa-Verschnitt, der

bereits vor geraumer Zeit das Zimmer verlassen hatte? Elfe und ich nutzten seine Abwesenheit, um über ihn und vor allem seine Gastfreundschaft zu sprechen. So sagte ich zu ihr: "Außer Dana war bisher niemand derart nett zu uns gewesen wie dieser Zauberer. Das ist zwar sehr erfreulich, kommt mir aber auch nicht weniger seltsam vor." Meine Freundin antwortete nachdenklich: "Glaubst du, er führt vielleicht etwas im Schilde?" Unsicher zuckte ich mit den Achseln und erwiderte: "Ach was. Wahrscheinlich sind wir aufgrund unserer Missgeschicke und mangelnder Vorsicht nun wieder zu skeptisch." Also dachten wir nicht weiter darüber nach und genossen einfach unsere Zeit in diesem besonderen Haus. Immerhin kam der Verwöhnfaktor dem Aufenthalt in einem 4-Sterne-Hotel gleich. Sofern man mal von der Kleinigkeit absah, dass wir uns im Jahr 1742 befanden. Unsere Verdauungsorgane schienen auf Hochtouren die viel zu schnell verschlungenen Speisen zu verarbeiten, denn wir fühlten uns bereits nach kurzer Zeit wieder um einiges leichter und beweglicher.

Plötzlich schritt Sir Balduin durch die Tür, die ihm vom Hauspinguin aufgehalten wurde. Mit einem verwegenen Grinsen und hinter seinem Rücken verschränkten Armen kam er auf uns zu. Neugierig schauten wir den Zauberer an und trauten unseren Augen kaum, als er seine linke Hand vorschnellen ließ, in der

sich die gestohlene Schatulle befand und platzierte sie trium-
phierend auf dem Tisch. Verwirrt und erleichtert zugleich starrten wir das – glücklicherweise noch verschlossene - Kästchen
an. Doch wie gelangte es in die Hände unseres smarten Gastge-
bers? Sollte er etwa der Dieb gewesen sein? Verblüfft glotzten
Elfe und ich in sein noch immer grinsendes Gesicht. Er klärte
uns darüber auf: "Eure verstörten Blicke sind gar zu köstlich,
wenn auch verständlich. Daher möchte ich euch nicht länger im
Unklaren lassen. Ich beherberge einen jungen Mann in meinem
Haus, den ich vor einiger Zeit im Wald aufgelesen habe. Er
machte auf mich zwar einen etwas verwirrten, jedoch harmlo-
sen Eindruck. Der arme Kerl wirkte hilflos wie ein junger Welpe
und so nahm ich ihn aus Mitleid bei mir auf." Da sowohl meine
Freundin als auch ich noch immer mit fragenden Blicken an Sir
Balduins Lippen klebten, fuhr er in seinen Ausführungen fort:
"Der Knabe mit dem Gemüt eines unbeschwerten Kindes hat
nichts Besseres im Sinn, als den lieben langen Tag irgend welchen Leuten Streiche zu spielen. Da sich Fremde selten im Wald
verlaufen, ist mein Diener John sein liebstes Opfer." Nun, das
erklärt auch, wieso dieser Butler stets so missmutig drein-
schaute und kaum ein Wort hervorbrachte. Irgendwie konnte
ich ihn nach den Erläuterungen des Magiers, ziemlich gut verstehen. Ständig auf der Suche nach entwendeten persönlichen

Dingen zu sein, würde mich auch total abnerven.

Wir lauschten weiter den Worten von Sir Balduin, der seine Aufklärung noch nicht beendet hatte. "Nachdem ihr mir von eurem Badeerlebnis und dem Verlust des Kästchens berichtet habt, kam mir unmittelbar der Gedanke, dass mein menschlicher Welpe namens Noel etwas damit zu tun haben könnte. Ich suchte den Jüngling auf, um ihn in strengem Tonfall zur Rede zu stellen. Kurz darauf übergab er, ertappt und schuldbewusst, die entwendete Schatulle ohne zu Zögern in meine Hände." Mit einem entschuldigenden - und wie ich zugeben muss - schier unwiderstehlichen Lächeln, beendete er damit seinen Redeschwall. Der Mann versprüht einen derartigen Charme, der beinah alles verzeihen würde.

Mir fiel ein Stein vom Herzen, dass der Diebstahl eine solch harmlose Bewandtnis hatte und nicht etwa unser Gastgeber selbst der Übeltäter war.

Sir Balduin schien in der Tat ein gutes Herz zu haben. Nicht nur, dass er einen fremden Mann bei sich aufnahm, er strafte diesen nicht mal für den Schabernack, den er anstellte. Das nenne ich wahren Großmut. Seine Gastfreundlichkeit reihte sich mit Großzügigkeit und Hilfsbereitschaft in die Riege der Tugenden nahtlos ein.

Ich mochte ihn auf unerklärliche Weise, obwohl er als Mann so gar nicht mein Typ war. Während ich den Zauberer eingehend musterte, fiel mir plötzlich auf, wie lüstern er meine Freundin betrachtete. Lüstern ist vielleicht gar nicht mal der richtige Ausdruck. Er schmachtete sie regelrecht an und seine Augen leuchteten dabei mehr als verdächtig. Er wird sich doch nicht etwa in die Elfe verliebt haben? Fehlte ja nur noch, dass er anfing zu sabbern wie ein Bernhardiner, dem man ein Leckerli vor die Schnauze hält.

Ich hoffte, mich zu irren. Solch ein Gefühlswirrwarr würde zu Komplikationen führen, die die Welt nicht braucht und wir schon gar nicht. Probleme umkreisten uns bereits wie Motten das Licht, da konnten wir auf ein weiteres gut und gern verzichten. Womöglich machte ich mir aber nur zu viele Gedanken und hörte Flöhe husten, wo gar keine waren. Also stellte ich meine Gehirnfestplatte auf "Stand-by" und konzentrierte mich stattdessen voll und ganz darauf, gemeinsam mit meiner Freundin unseren Aufenthalt in dem eindrucksvollen Herrenhaus samt seinem smarten Gastgeber unbekümmert zu genießen.

Sir Balduin machte uns im nächsten Augenblick den Vorschlag: "Was würden die Damen davon halten, noch für einen weiteren Tag meine Gäste zu bleiben? Ihr könntet ein ausgiebiges Bad nehmen, während ich eure Kleidung reinigen lasse." Sein Angebot klang wie Musik in meinen Ohren. Da wir das Tagebuch bereits wieder in Händen hielten, der Schamane sicherlich noch nicht 100% Herr seiner gesunden Kräfte sein würde und wir Mädels so wunderbar harmonierten, nahmen wir seine Einladung an und antworteten wie aus einem Mund: "Ja gerne, vielen Dank!"

Die Zeit verging wie im Fluge. Nachdem wir uns den Schmutz der letzten Tage abgewaschen und in unsere frisch gereinigten Kleidungsstücke geschlüpft waren, fühlten wir uns beinah wie neu geboren. Dabei wurde mir erstmals so richtig bewusst, dass wir täglichen Aktivitäten wie z. B. Duschen, Baden oder Wäsche waschen in der Gegenwart keinerlei Aufmerksamkeit schenken, da all dies ganz selbstverständlich zum Alltag gehört. In der Vergangenheit hingegen lernt man diese "Selbstverständlichkeiten" erst zu schätzen, da regelmäßige Körperreinigung bzw. saubere Kleidung seinerzeit eben alles andere als selbstverständlich war. Diese Privilegien blieben vorwiegend dem Adelsgeschlecht bzw. der reichen Oberschicht vorbehalten. Das gemeine Volk hingegen kam selten in den Genuss körperlicher oder textiler Sauberkeit. Zu vergleichen wäre dies in unserer Zeit wohl mit auf der Straße lebenden Bettlern, die es ja leider selbst im 21. Jahrhundert noch zu beklagen gibt.

Doch das steht auf einem anderen Blatt. Für uns galt es, eine Mission zu erfüllen und es wurde höchste Zeit, sich auf die

Suche nach dem Medaillon und vor allem, dem unehelichen Sohn der ermordeten Prinzessin zu begeben. Wo das Amulett versteckt lag, hatte Elfe ja bereits aus ihren Gedanken gefischt. Was das Aufspüren des rechtmäßigen Thronfolgers betraf, so fehlte uns bislang jeglicher Anhaltspunkt. Mit unserem unverwechselbaren Optimismus vertrauten wir allerdings darauf, dass sich alles finden wird.

Es brach bereits die Dämmerung herein, als wir aus unserem Zimmer traten, um den gemütlichen Wohnraum des Zauberers aufzusuchen. Wir wollten gerade die Treppe hinunter schreiten, als ich abrupt stehen blieb und zum Geländer schielte, das mich wortlos zum Rutschen aufforderte. Ich flüsterte Elfe zu: "Die Gelegenheit ist günstig, denn der dienende Hauspinguin ist nirgends zu sehen." Ein kurzer Blicktausch zwischen Elfe und mir genügte und wir schwangen uns auf den breiten Handlauf. Nacheinander sausten wir darauf ins Erdgeschoss und kamen quiekend vor Vergnügen unten an. Mit allem hätten wir gerechnet, doch nicht damit, dass uns jemand applaudierte. Beschämt blickten wir zum geöffneten Salon. Sir Balduin lehnte lässig im Türrahmen und klatschte mit einem spitzbübischen Grinsen in die Hände. Zwar hatte ich keinen Spiegel zur Hand, doch wenn ich genauso aussah wie meine Freundin, dann waren wir beide wohl knallrot angelaufen. Da der Magier allem Anschein nach

Gefallen an unserer Rutschpartie fand, fingen wir an zu lachen. Fröhlich folgten wir ihm ins Innere des Raumes. Der ellenlange Tisch war abermals mit den erlesensten Speisen gedeckt und wir setzten uns mit großen Augen an die festliche Tafel. Sir Balduin erzählte uns beim Essen: "Ihr werdet euch vielleicht wundern, dass ich so abgeschieden mitten im Wald lebe. Doch ihr sollt wissen, dass ich diesen einsamen Standort für mein Domizil gewählt habe, da mir Menschen im Allgemeinen auf die Nerven gehen." Nachdem wir aufgrund unserer vollen Münder keine Antwort geben konnten und ihn daher nur betroffen anschauten, fügte er schnell hinzu: "Euer Besuch hingegen bedeutet für mich eine mehr als willkommene Abwechslung meines Eremitendaseins und eure Anwesenheit wirkt auf mich wie ein Jungbrunnen." Elfe, die bereits fertig gegessen hatte, erwiderte darauf: "Eure Worte schmeicheln uns sehr, Sir Balduin. Wir sind ja selbst längst keine zwanzig mehr, haben jedoch glücklicherweise hin und wieder das Gemüt eines unbeschwerten Kindes, wie euch das Herunterrutschen des Treppengeländers eindrucksvoll bewiesen haben dürfte." Sie fing an zu lachen und sowohl der Zauberer als auch ich, lachten aus vollem Herzen mit. Sein Kompliment gab uns das gute Gefühl, ihm für seine freundliche Aufnahme etwas zurückgeben zu können.

Der weitere Abend verlief aufgrund von Erzählungen, witziger

Anekdoten, viel gutem Wein und noch mehr Gelächter in unbeschwerter Fröhlichkeit.

Je mehr Alkohol die Runde machte, desto redseliger wurde Sir Balduin. Wieder fiel mir auf, dass er der Elfe schöne Augen machte und seinen Blick kaum von ihr lassen konnte. Ich war allerdings schon viel zu beschwipst, um mir über meine Beobachtungen intensivere Gedanken zu machen oder gar Eifersucht aufkommen zu lassen. Seine Worte drangen immer gedämpfter an mein Ohr und ich wusste, mein Alkoholpegel war erreicht. Noch mehr Wein und ich sank garantiert unter den Tisch. Allerdings horchte ich doch noch einmal auf, als er meiner Freundin ohne Vorwarnung seine Liebe gestand. So vernahm ich seine hauchenden Worte: "Bitte verzeiht meine Offenheit, doch ich muss Euch gestehen, dass ich mich vom ersten Augenblick an in Euer zartes Wesen verliebt habe." Daraufhin fragte er sie allen Ernstes: "Könntet Ihr Euch ein Leben an meiner Seite vorstellen? Ich würde Euch mit Zärtlichkeiten und Geschenken überhäufen, jeden Wunsch von den Augen ablesen und Euch auf Händen tragen, würdet Ihr nur bei mir bleiben." Nun war ich aber sehr gespannt auf die Antwort zu einem derartig verlockenden Angebot. Ich sah mit einem Blick zu Elfe hinüber, der aufgrund meines erreichten Alkoholpegels ziemlich glasig wie bescheuert gewirkt haben musste. Eine Warnung oder ähnliches konnte meine Freundin daraus sicherlich nicht mehr lesen. Ich registrierte, dass sie leicht errötete und sichtlich angetan war von seinem Gesäusel. Dennoch gab sie ihm einen Korb. Ehrlich und charakterstark wie meine Elfe nun mal ist, hatte ich nichts anderes von ihr erwartet. Freundlich aber bestimmt machte sie Sir Balduin klar: "Eure Worte schmeicheln mir sehr, doch kann ich Euer Angebot nicht annehmen. Mein Herz gehört bereits einem anderen Mann, mit dem ich vermählt bin und den ich über alles liebe. Es tut mir sehr leid für euch!" Grinsend dachte ich bei mir: "Braves Mädchen!"

Irgendwie kam es mir bei diesem tête-à-tête ziemlich fehl am Platze vor und stand entschlossen von meinem Stuhl auf. Nachdem der Wein dafür gesorgt hatte, dass ich nicht mehr ganz so sicher auf meinen Beinen stand, hielt ich mich an dessen Lehne fest und verabschiedete mich mit den Worten: "Ich werde mich nun in unser Zimmer zurückziehen, da ich müde bin. Sir Balduin, ich danke euch für das exquisite Mahl und wünsche euch eine angenehme Nachtruhe!" Zumindest der Zauberer schien erfreut über meinen plötzlichen Aufbruch und nickte mir lächelnd zu. Als Elfe jedoch ebenfalls aufsprang, um sich mir anzuschließen, hielt er sie sanft am Arm zurück und bat sie, ihm nur noch für ein weiteres Gläschen Wein Gesellschaft zu leisten. Sie ließ sich nach kurzer Überlegung überreden und sagte zu mir:

"Mach dir keine Gedanken, ich komme gleich nach." Dass es unvorsichtig und ein Fehler war, sie mit dem Magier alleine zu lassen, konnte ich beim besten Willen nicht ahnen. Schon gar nicht mit viel zu viel Alkohol im Blut und somit auch im Kopf.

Ich stolperte die Treppe hinauf, peilte unser Schlafgemach an und legte mich aufs Bett. Während ich geduldig auf das Eintreffen meiner Freundin wartete, vermied ich es tunlichst, die Augen zu schließen. Mir war schwindelig und ich musste zu meinem Leidwesen feststellen, dass sich ein Rausch im 18. Jahrhundert genauso fies anfühlte wie im 21. Jahrhundert. Gerade als ich mit mir haderte, ob ich den Nachttopf unterm Bett hervorziehen sollte, um mich des Weines wieder zu entledigen, kam Elfe zur Tür hereinspaziert. Nein diese Beschreibung traf es nicht ganz. Sie schwebte eher über die Schwelle und ein bedenkliches Grinsen spielte um ihre Mundwinkel. Doch ehrlich gesagt war ich viel zu sehr mit mir und meinem aufkeimenden Brechreiz beschäftigt, als dass ich mich mit ihrem seltsamen Auftritt näher auseinandergesetzt hätte. Sie legte sich neben mich, flötete mir mit singenden Worten: "Gute Nacht" entgegen und schlief sofort ein, was mir ihr leises Grunzen verriet, das kurz darauf ertönte. Ich kämpfte hingegen weiterhin gegen die Übelkeit an, bis es mir - wider Erwarten - tatsächlich gelang, einzuschlafen ohne den Nachttopf in Anspruch nehmen zu müssen.

Der Wein, mit dem uns Sir Balduin des Abends zuvor verköstigt hatte, war anscheinend von erlesener Qualität, denn als ich am nächsten Morgen aufwachte, ging es mir erstaunlich gut. Ich verspürte weder Schwindel noch Kopfweh. Die Sonne blinzelte durch die Baumwipfel, die das alte Haus umzingelten. Ich sprang aus dem Bett und begab mich zum Fenster, um die frische Morgenluft tief in mir aufzunehmen.

Erst nachdem ich mich bereits gewaschen und angezogen hatte, kam endlich auch Elfe, das Schlafmützchen, zu sich. Der Tag des Abschieds war gekommen. Nach dem Frühstück würden wir aufbrechen und versuchen, den Weg zurück zu finden. Da sich Eulanda bis jetzt nicht gezeigt hatte, konnten wir diesmal wohl auch weiterhin nicht auf ihre Hilfe hoffen.

Ich wandte mich an meine Freundin und wünschte ihr einen guten Morgen. Da es auf mich den Eindruck machte, dass sie mich gar nicht richtig wahr nahm, folgte sicherheitshalber meine Frage: "Bist du damit einverstanden, dass wir gleich nach dem Frühstück aufbrechen, um Danas Hütte zu suchen?"

Nachdem ich auch darauf keine Antwort erhielt, drehte ich mich zu ihr um und schaute geradewegs in ihr seltsam selig lächelndes Gesicht. Als sie den Mund öffnete, glaubte ich meinen Ohren nicht zu trauen. Sie verkündete mir allen Ernstes: "Ich werde nicht mit dir gehen, sondern hier bei Sir Balduin bleiben. Es tut mir leid, doch du wirst den Weg ohne mich finden müssen!" Ich glotzte sie an, als ob sie den Verstand verloren hätte. Meine Stimme überschlug sich beinah vor lauter Aufregung als ich von ihr wissen wollte: "Spinnst du, ich glaub es hackt? Was ist denn plötzlich in dich gefahren? Hast du vergessen, dass du verheiratet bist und vor allem, dass wir einen Auftrag zu erfüllen haben?" Sie erwiderte in Form einer schwärmerischen Litanei: "Du verstehst das nicht. Gefühle lassen sich nicht kontrollieren, liebste Freundin. Ich habe mich unsterblich verliebt und es ist mein innigster Wunsch, bei Sir Balduin bleiben zu dürfen." Dieses wunderliche Verhalten und ihr Liebesgeplapper passten ganz und gar nicht zu meiner Elfe. Ein Blick in ihre Augen sagte mir, dass nur ein fauler Zauber seitens dieses orientalischen Frank-Zappa-Doubles eine derartige Verwandlung bewirkt haben konnte.

Wutentbrannt verließ ich den Raum, rannte die Treppe hinunter und schoss wie ein Blitz in den Salon. Wie ich vermutet hatte, war der Hausherr bereits anwesend. Er saß am Kamin und las Zeitung. Wo bitte schön bekam er die denn her? Immerhin wohnte er fernab jeglicher Zivilisation. Wahrscheinlich wurde sie vom Taubenkurier in den Wald geflogen. Gab es vor 300 Jahren überhaupt schon Zeitungen? War ja eigentlich auch völlig egal. Ich sollte endlich mal aufhören, mir ständig über derart unwichtige Dinge Gedanken zu machen.

Von meinem Gepolter aufgeschreckt, sprang Sir Balduin aus seinem Ohrensessel und schaute mich überrascht an. Ich ließ meiner Entrüstung freien Lauf und wollte mit Hilfe eines ziemlich scharfen Tonfalls, den ich so gar nicht von mir kannte, von ihm wissen: "Mein Herr, ich erwarte augenblicklich eine plausible Erklärung für den absurden Sinneswandel meiner Freundin!" Er schaute daraufhin zwar etwas betreten aber dennoch äußerst glücklich aus seinen funkelnden dunklen Augen und ließ verlauten: "Ich bitte euch um Verzeihung für meinen Egoismus und gebe zu, eurer Freundin ein Liebeselixier in den Wein geträufelt zu haben. Nur so konnte ich erreichen, dass sie sich auch in mich verliebt und bei mir bleibt, da ich ohne sie nicht mehr leben will".

Na bravo! Der Magier war so unverhofft ehrlich, dass mir doch tatsächlich die Spucke wegblieb. Da ich über die Geschehnisse, die unser weiteres Vorgehen über den Haufen schmissen, erst einmal intensiv nachdenken musste, machte ich auf dem Absatz kehrt und wollte in unser Zimmer zurück spurten. Dabei wäre ich beinah mit Elfe zusammengestoßen, die bereits hinter mir im Türrahmen stand. Sie huschte an mir vorbei und warf sich in die Arme dieses verliebten Gockels, der sie mit Hilfe eines Zaubertranks erfolgreich gefügig gemacht hatte. Ohne entsprechendes Gegenmittel war ich chancenlos, den Bann zu brechen. Was, wenn er meiner Freundin auch noch mit seinem Zauberstab die Liebe zeigen würde? Dies zu verhindern, war ich nicht nur ihr, sondern vor allem ihrem Ehemann schuldig.

Den Anblick, den die beiden boten, war definitiv zu viel für mich. Ich eilte zurück in unser Zimmer, warf mich aufs Bett und vergoss zum ersten Mal seit Beginn unseres Abenteuers bittere Tränen der Verzweiflung.

Nachdem ich mich wieder beruhigt hatte, trat ich erneut ans Fenster und schaute dem Lichtspiel der Sonnenstrahlen zu, die zwischen den sich im Wind wiegenden Ästen hin und her tanzten.

Es machte wenig Sinn, den Zauberer mit Hilfe meines Ringes schlafen zu legen. Dadurch hätte ich nichts gewonnen, da die Elfe bereits verzaubert war. Sie wäre höchstens verärgert darüber, würde ich ihren vermeintlichen Liebsten ins Land der Träume schicken. Mit an Sicherheit grenzender Wahrscheinlichkeit wäre sie zudem nicht bereit, gemeinsam mit mir Sir Balduins Haus für immer zu verlassen. Mit einer wütend um sich schlagenden Furie durch den Wald zu irren, war alles andere als sinnvoll und würde mich zudem viel zu viel Zeit wie Kraft kosten.

Nach reiflicher Überlegung kam ich zu dem Schluss, dass ich tatsächlich erst mal alleine losziehen und die verzauberte Elfe hier zurücklassen musste. Da mir völlig schleierhaft war, in welchem Teil des Waldes ich mich befand, blieb mir keine andere Wahl, als zu laufen so weit mich meine Füße trugen, in der Hoffnung, rein zufällig auf Danas Hütte zu stoßen. Die weiße Hexe hatte garantiert ein Mittel, das diesen fatalen Liebeszauber, dem die Elfe zum Opfer gefallen war, wieder aufzulösen vermag. In Begleitung des Schamanen würde ich unsere Freundin wieder in die Realität und somit an unsere Seite zurückholen.

Der auf die Schnelle ausgedachte Plan ließ mich lächeln und neue Hoffnung schöpfen, dass alles gut wird und wir uns dann endlich wieder voll konzentriert der eigentlichen Mission widmen können.

Bevor ich zu dem vermeintlichen Liebespaar in den Salon zurückkehrte, wusch ich mein verheultes Gesicht und tupfte ein wenig Puder darauf.

Mit einem strahlenden Lächeln, das mein Einverständnis für ihre Liebe vortäuschen sollte, ging ich auf die beiden zu und ignorierte so gut es ging, deren eng umschlungene Pose.

Schließlich wollte ich keinen Verdacht aufkommen lassen, dass ich mich alles andere als geschlagen geben würde. So ließ ich den Zauberer gerne in dem Glauben, dieser absurden "Liebe" quasi meinen Segen zu geben, indem ich sagte: "Sir Balduin, es war mir eine Freude, euch kennengelernt zu haben. Ich möchte mich ganz herzlich für eure großzügige Gastfreundschaft bedanken und wünsche euch beiden alles Gute für die gemeinsame Zukunft." Nach meinen Abschiedsworten umarmte ich Elfe innig, drehte mich auf dem Absatz um und verließ den Salon.

Der dienende Pinguin in Menschengestalt hielt mir bereits die Eingangstür auf und ich trat hinaus an die frische Luft. Wie reizend, dass der Butler seinem Verhalten treu blieb und selbst beim Abschied keinerlei Regungen zeigte. Vielmehr schloss er wort- und emotionslos hinter mir die Tür.

KAPITEL XI
RETTUNG DER ELFE

Bevor ich mich auf den Weg machte, überlegte ich mir, in welche Richtung ich losziehen sollte. Mit den Himmelsrichtungen kannte ich mich nicht sonderlich gut aus und selbst wenn ich einen guten Orientierungssinn besäße, was nicht der Fall ist, würde er mir in meiner Situation herzlich wenig nutzen, da überall Bäume standen und eigentlich alles gleich aussah. Sollte ich den Weg nach dem Prinzip eines Auszählreims wählen? So wie wir es in Kindheitstagen stets getan haben, wenn beim Verstecken spielen der Suchende ausgewählt wurde. Gedacht, getan! Ich tippte mit dem Finger in die jeweiligen Himmelsrichtungen und sprach 3 x folgende Worte laut aus: "Ene mene Miste, es rappelt in der Kiste, ene mene meck und du bist weg". Letztendlich blieb eine Richtung übrig, die ich als Norden bezeichnete und marschierte los. Die Bäume wollten kein Ende nehmen und ich stolperte stundenlang über Steinchen und hervorstehende Wurzeln. Die Hoffnung, doch irgendwann auf eine Lichtung zu gelangen, überbrückte meine immer stärker werdende Müdigkeit. Allerdings wurde mein Hunger immer größer und mein Magen meldete sich in Form eines lauten Knurrens deutlich zu Wort. Erst aufgrund einer Beschwerde meines

Verdauungsorgans wurde mir bewusst, dass ich den ganzen Tag noch nichts gegessen hatte. Bevor ich das Haus des Liebeszauberers verließ, war ich so in Rage bzw. in Gedanken versunken, dass ich an Frühstück gar nicht gedacht hatte. Der Appetit war mir eh restlos vergangen. Nach einigen Stunden des planlosen Waldlaufs hingegen wäre ich für etwas Essbares dankbar gewesen. Ich wusste nicht mal genau, wie lange ich schon durch das Gehölz wanderte. Da allerdings das Tageslicht bereits schwächer wurde, musste es wohl später Nachmittag sein. Um meinem Verdauungstrakt ein versöhnliches Angebot zu machen, hielt ich nach Beeren Ausschau und pflückte mir welche, sofern sie mir bekannt vorkamen und dadurch genießbar erschienen. Zum Verzehr setzte ich mich auf einen Baumstumpf, um kurz zu rasten.

Es wurde kontinuierlich dunkler und unheimliche Geräusche häuften sich. Damit mich der Mut, weiter nach Danas Hütte zu suchen, nicht ganz verließ, kramte ich meinen Flachmann aus der Rocktasche hervor und gönnte mir das letzte Schlückchen Heldenwasser. Erschöpft rutschte ich vom Baumstumpf und ließ mich auf dem weichen Waldboden nieder, um die Umgebung zu betrachten. Das Umfeld sah noch immer genauso aus, wie zu dem Zeitpunkt, als ich losgelaufen war. Der Unterschied lag höchstens darin, dass das Herrenhaus wahrscheinlich inzwischen weit weg war und die Dunkelheit dafür immer schneller hereinbrach. Ich hatte mich total verirrt, saß allein im tiefen Wald ohne Freunde, ohne Taschenlampe und mit einem leeren Flachmann. Die Vorstellung, meine Nacht im Freien verbringen zu müssen, gefiel mir gar nicht und entsprechendes Unbehagen machte sich in mir breit. Um den seltsamen Geräuschen nicht in völliger Finsternis ausgeliefert zu sein, raffte ich mich auf, Feuerholz zu sammeln. Immerhin begleitete mich ja noch ein Feuerzeug. Als ich bereits ein kleines Bündel Reisig in meinen Händen hielt, vernahm ich Eulandas Schrei. Fiel ich etwa einer akustischen Fata Morgana zum Opfer oder war es tatsächlich meine fliegende Retterin? Überglücklich schaute ich gen Himmel, ließ mir das Holz augenblicklich auf die Füße fallen und winkte ihr wie wild zu, als ich sie über mir kreisend entdeckte. In dem Moment konnte ich Robinson Crusoe nachempfinden, wie er sich auf seiner einsamen Insel gefühlt haben musste, als er nach Jahrzehnten endlich ein Schiff erspähte, das auf ihn aufmerksam wurde und zurück in die Zivilisation brachte.

Nachdem die Eule gelandet war, überlegte ich in meiner Freude nicht lange, sondern ging sogleich auf sie zu, um voller Dankbarkeit liebevoll über ihr Gefieder zu streicheln. Mein Herz machte einen weiteren Freudensprung, da Eulanda meinen

Zärtlichkeitsausbruch sichtlich genoss. Nie zuvor war ich einem solch majestätischen Tier derart nah gekommen. Dieses überwältigende Gefühl erfüllte mich mit Wärme, die ausnahmsweise nicht mit den lästigen Hitzewallungen der sogenannten Wechseljahre zusammenhing.

Wie immer verweilte der Vogel nicht lange, sondern breitete seine Schwingen aus, die ihn gleich darauf in die Lüfte hoben. Sofort begab ich mich in Startposition, um ihm so schnell als möglich zu folgen.

Zwischendurch musste ich jedoch mehrmals keuchend an einen Baum gelehnt wieder zu Atem kommen. Der Rückweg war doch wesentlich weiter, als von mir angenommen. Die weiße Eule bemerkte meine kurzen Schwächeanfälle stets rechtzeitig und ließ sich geduldig auf einem Ast nieder, bis ich wieder genug Puste hatte, weiter durch den Wald zu springen.

Rechtzeitig, bevor die Nacht vollends hereinbrach, kam ich bei der Lichtung an, auf der Danas Häuschen stand. Die beleuchtenden Fenster und den rauchenden Kamin nahm ich jedoch nur mehr verschwommen war. Da ich während meines Marsches den ganzen Tag nichts getrunken und nur wenig gegessen hatte, verließen mich kurz vor dem Ziel dann doch noch die Kräfte. Meine Beine, die urplötzlich aus Gummi zu bestehen schienen, gaben nach, mir wurde schwarz vor Augen und ich sackte stumm ins weiche Gras.

Gerade als ich in den Armen meines Mannes lag und er mich zärtlich küsste, spürte ich eine bittere Flüssigkeit meine Speiseröhre entlanglaufen. Ich schlug abrupt die Augen auf und verzog das Gesicht. Anstatt jedoch meinen Liebsten vor mir zu sehen, von dem ich offensichtlich nur geträumt hatte, schaute ich überrascht und angewidert von dem ekligen Geschmack, direkt in das Antlitz des Schamanen. Während einer seiner Hände unter meinem Kopf positioniert war, hielt er in der anderen einen Becher, den er mir erneut an die Lippen setzen wollte. Ich stieß das Gebräu zur Seite, setzte mich auf und fragte ihn: "Willst du mich vergiften?" Da fing er an zu lachen, drehte sich in Richtung der weißen Hexe mit den Worten: "Das ist unsere Heldin, sie ist wieder da!"

Leicht genervt gab ich zur Antwort: "Natürlich bin ich da, wo sollte ich denn sonst sein?" Mein fragender Blick veranlasste Dana dazu, mich über den Grund des verabreichten Tranks aufzuklären: "Beruhige dich, Schätzchen! Du lagst bewusstlos und völlig entkräftet auf der Wiese vor der Hütte. Um dich wieder auf die Beine zu stellen, hab ich ein Stärkungsmittel gebraut, das dir dein guter Freund soeben eingeflößt hat." So weit so gut. Da ich mich bestens fühlte, weigerte ich mich vehement, auch nur einen einzigen weiteren Schluck davon zu trinken. Ich wollte gar nicht wissen, welche abartigen Zutaten sich in der widerlichen Flüssigkeit befanden. Meine Phantasie dahingehend genügte mir völlig.

Jedenfalls fiel mir sogleich wieder meine Solotour quer durch das Gehölz ein und dass ich mich in dem riesigen Grüngelände hoffnungslos verfranzt hatte, bis Eulanda kam und mich aus diesem Irrwald herauslotste.

Der Schamane wollte von mir wissen: "Sag, warum bist du alleine durch den Tann gelaufen? Was ist mit Elfe passiert und wo ist sie?" Noch bevor ich darauf antworten konnte, entschied die weiße Hexe: "Du kannst uns später erzählen, was geschehen ist. Zuvor solltest du erst einmal etwas essen und trinken." Diese Idee fand ich hervorragend, vor allem war für Elfe ja keine Gefahr in Verzug. Sie turtelte höchstens ein paar Stunden länger mit einem Kerl, der aussah wie Frank Zappa in seinen besten Jahren, nur eben in orientalischer Version. Immerhin hätte sie es weitaus schlimmer treffen können. Wäre Sir Balduin etwa mit dem sadistischen Marquis de Sade zu vergleichen gewesen oder einem kannibalischen Hannibal Lecter, hätte ich mich zweifelsohne mit weitaus weniger bis gar keiner Gelassenheit auf das Essen gestürzt, das Dana in Form von Brot, Wurst und Käse freundlicherweise für mich auf den Tisch gestellt hatte. Dazu reichte sie mir frisches Quellwasser.

Im Vergleich zu der üppig gedeckten Tafel bei Sir Balduin war dies ein karger Anblick. Doch ich hatte solch einen Bärenhunger, dass mir diese einfachen Speisen tausend Mal besser schmeckten, als jedes ausgefallene kulinarische Schmankerl.

Mein Magen musste während unseres Aufenthalts in der Vergangenheit wahrlich einiges aushalten. Die meiste Zeit über bekam er entweder überhaupt keine Arbeit oder er musste die Verdauung im Akkord bewerkstelligen.

Mit Rücksicht auf meine Organe beendete ich meine Fressattacke, bevor mich das Gefühl überkam, jeden Moment mit einem lauten Knall zu zerplatzen.

Den leeren Teller zur Seite schiebend bedankte ich mich bei Dana für das köstliche Mahl und erzählte dem vor Neugier - anstatt von zu viel Essen - schier platzenden Schamanen, der, wie ich im übrigen erfreut feststellte, wieder völlig gesund und kraftvoll aussah, von unseren Erlebnissen. Angefangen bei dem Besuch des Waldmännchens bis zu unserem Aufenthalt bei Sir Balduin, dem Zauberer.

Als ich dessen Namen erwähnte, schmunzelte die weiße Hexe belustigt und meinte: Der gute alte "Baldi" lässt wirklich keine Gelegenheit aus, um eine Frau für sich zu gewinnen, ganz gleich mit welchen Mitteln." Verwundert fragte ich Dana: "Wieso nennst du den Magier Baldi? Kennst du ihn etwa?" Sie lächelte weiter und gab zur Antwort: "Sir Balduin und ich waren vor langer Zeit einmal ein Liebespaar. Allerdings praktizierten wir schon seinerzeit unterschiedliche Formen der Magie und allein aus diesem Grund gab es für uns keine gemeinsame Zukunft. Da jedoch noch immer ein freundschaftliches Verhältnis zwischen uns besteht, nenne ich ihn liebevoll Baldi und ich bin seine Bella." Ihre Geschichte überraschte und rührte mich. Dana kannte den Verzauberungskünstler also gut genug, um zu wissen, dass dieser in Liebesdingen sehr hartnäckig war und unsere Freundin keinesfalls freiwillig wieder gehen lassen würde. Ich ließ verlauten: "Meiner Meinung nach gibt es nur eine Möglichkeit zur Rettung der Elfe. Du Dana, braust ein wirksames Gegenmittel, mit dem der Schamane und ich zum Haus des Magiers gehen und eine passende Gelegenheit suchen, ihr dein Gebräu zu verabreichen." Die weiße Hexe ergänzte meinen Plan: "Am ehesten dürfte dies wohl im Schlaf möglich sein, denn ich bin mir ziemlich sicher, dass eure Freundin mein Elixier zur Entzauberung nicht freiwillig trinken wird." "Na fein. Diese Nummer fällt dann ja wohl in das Aufgabengebiet des Schamanen. Schließlich kann er bereits auf einschlägige Erfahrungen im Einflössen grausig schmeckender Getränke zurückgreifen." Mit diesen Worten schaute ich ihn frech grinsend an und zwinkerte ihm freundschaftlich zu.

Während die weiße Hexe sich aufmachte, den Wald zwecks der für den Trank erforderlichen Kräuter zu durchforsten, nutzten der Schamane und ich die Gelegenheit darüber zu sprechen, was uns während unseres Abenteuers wohl noch alles bevorstehen würde. Dazu setzten wir uns auf die Lichtung ins Gras und genossen die Sonnenstrahlen, die ich aufgrund der herbstlichen Frische sogar als wohltuend empfand. Obwohl ich mich in einem Stadium meines Lebens befinde, in dem die Wechseljahre nicht nur anklopfen, sondern bereits ungebeten über die Altersschwelle getreten sind, hatte ich seltsamerweise während unseres Aufenthalts in der Vergangenheit keinerlei Probleme mit unkontrollierten Schweißausbrüchen. Allein diese Tatsache ließ mich mit wesentlich mehr Elan an die Erledigung unserer Aufgabe herangehen, als es in der Gegenwart je möglich gewesen wäre. Sehr erfreut war ich auch darüber, dass unsere Kleidung u. a. aus einer langärmligen Bluse bestand. Sie verdeckte nämlich meine schlaffen und daher eher breit wirkenden Oberarme sehr vorteilhaft. Als eitles Wesen, wie es von je her nun mal war und immer noch bin, genügte mir bereits das Wissen darum. Wem gefällt es schon, wenn durch einen Winkgruß die Oberarme gefühlte drei Wochen nachschwingen? Es war frustrierend, das Elend des schleichenden körperlichen Welkprozesses selbst erfahren zu müssen. Natürlich gibt es weitaus schlimmeres auf der Welt, dennoch wollte ich es einfach mal erwähnt haben.

Während die Elfe in ihrer zauberhaften Verliebtheit mit dem orientalischen Frank Zappa-Double turtelte, mussten wir beide wenigstens einen kühlen Kopf bewahren, um den ihren als solchen wieder zurückzugewinnen.

Der Schamane und ich witzelten gerade darüber, wie peinlich berührt unsere Freundin reagieren wird, sobald sie durch uns erfährt, in welchen Schlamassel sie da wieder gestolpert war, als Dana mit einem Korb voller Grünzeug auf der Lichtung erschien. Sie winkte uns zu sich in die Hütte und während sie das Gegenmittel für den Liebestrank braute, gab sie ihre Bedenken kund.

Die weiße Hexe war sich nämlich ziemlich sicher: "Baldi ist nicht so blauäugig, zu glauben, ihr lasst eure Freundin einfach so bei ihm zurück. Er wird zwischenzeitlich entsprechende Sicherheitsvorkehrungen getroffen haben, die euch von seinem Haus bzw. ihm und seiner Liebsten fernhalten". Der Schamane und ich blickten uns nur stumm an. Nachdem Dana das Gebräu, welches im Übrigen einen bestialischen Gestank verbreitete, in eine kleine Flasche abgefüllt hatte, ging sie an einen ziemlich antik wirkenden Schrank und holte einen extrem weiten braunen, verfilzten Mantel hervor.

Sie reichte dem Schamanen zuerst die K.O. Tropfen, die in unserem Fall eher als O.K. Tropfen anzusehen waren und gleich darauf den modrigen, sehr schmuddelig wirkenden Mantel, Größe XXXL!

Mir war nicht ganz klar, weshalb uns die weiße Hexe mit diesem Stoffungetüm belud. Wir wollten an einem Spätsommertag lediglich unsere Freundin retten und nicht nach Sibirien auswandern.

Erst nachdem unsere Hexenfreundin die Eigenschaft dieses Mantels preisgab, war ich über den "Ballast" dann doch wieder sehr froh. Der modrige Filzmopp besaß nämlich tatsächlich die Eigenschaft, uns unsichtbar werden zu lassen. Genau in dem Moment, als sie uns dieses Geheimnis verriet, musste ich an eine meiner früheren Lieblingssendungen im Fernsehen denken. Ein tschechischer Märchenfilm, in dem ein sehr ähnlicher Mantel vorkam. Allerdings war der Filmmantel noch mehr getunt, denn er konnte Menschen aus der Märchenwelt in die Realität befördern und wieder zurück.

Dana war überzeugt, dass wir in eine Situation geraten würden, in der die Unsichtbarkeit unsere Lebensrettung sei.

Nach allem, was sie mit uns bereits erleben musste, konnte ich sehr gut verstehen, dass sie kein allzu großes Vertrauen in unsere Selbsthilfefähigkeiten hatte. Als ob sie einmal mehr meine

Gedanken lesen konnte, schaute sie mich an und grinste. Mit weicher Stimme sagte sie zu meiner Überraschung: "Ihr drei habt euch bisher ganz wacker geschlagen und es bereitet mir große Freude, euch ein wenig zu unterstützen." Verlegen schaute ich zu Boden und mein Gesicht sah in dem Moment sicherlich aus wie ein Streichholzkopf, bevor er in Flammen aufging.

Der Tag neigte sich bereits dem Ende zu, als wir uns von Dana verabschiedeten und zu Sir Balduins Herrenhaus aufbrachen. Da auch dies ohne entsprechende Hilfe zu einem hoffnungslosen Unterfangen geworden wäre, mimte Eulanda ein weiteres Mal das fliegende Navi und wartete bereits auf der Lichtung.

Die weiße Eule flog voraus und wir stolperten hinter ihr her immer tiefer in den Wald hinein.

Eulanda verschwand genau in dem Moment, als sich in weiter Ferne die Lichter des Hauses abzeichneten.

Bevor wir darauf zustürmten, nahmen wir uns Danas Warnung zu Herzen und hielten kurz inne. Um nicht in eine Falle zu laufen, schauten wir uns erst mal aufmerksam um, konnten allerdings keine akute Gefahr erkennen. Es gab nicht den geringsten Anlass dafür, uns den verstaubten Fetzen überzuwerfen. Was bezweckte Dana mit ihren Andeutungen? Wollte sie unseren Mut prüfen oder war es für sie eine einfache Möglichkeit, den modrigen Mantel zu entsorgen? Immerhin gab es zur damaligen Zeit ja weder eine Altkleidersammlung noch eine Müllabfuhr.

Wir setzten uns also wieder in Bewegung und hielten auf die Lichter zu, als plötzlich die Erde anfing zu beben. Erschrocken blieben wir wie angewurzelt stehen und versuchten zu analysieren, was da gerade geschah. Um uns herum wurde es blitzartig dunkel, als ob ein gigantisch großer Schatten auf uns fiele. Nachdem sich unsere Augen an die Finsternis gewöhnt hatten, war vor uns alles schwarz. Die Lichter des Herrenhauses waren verschwunden und unser Blick richtete sich gen Himmel. Als wir erkannten, was uns das eh schon schwache Tageslicht genommen hatte und gleichzeitig den Weg versperrte, stockte uns beiden der Atem.

Es war krass, einfach nur total krass. Mit diesem gewaltigen Drachen, der nicht nur einen, sondern gleich drei Köpfe sein Eigen nannte und mit blutunterlaufenen Augen den Waldboden absuchte, hatten wir wohl die Klischees der Märchen- und Phantasiewelt komplettiert. Mich überkam ein Gefühl, als hätte man uns in die Dreharbeiten zur Fortsetzung von "Jurassic Park" gebeamt. Darin waren die Hauptdarsteller zwar Dinosaurier, aber ich sah zu dem Ungetüm, das vor uns stand, ehrlich gesagt keinen nennenswerten Unterschied. Außer vielleicht der

Tatsache, dass er eben statt einem drei Köpfe besaß. Die Erklärung dafür fand sich vielleicht in einem Gendefekt. Vermutlich wurde er aufgrund dieser Behinderung von seiner Mutter verstoßen und arbeitete aus Verzweiflung für Sir Balduin als Türsteher oder besser gesagt als Waldaufseher. Nachdem sich gleich drei Hälse in unsere Richtung bewegten und sechs Augen uns wütend anblitzten, breitete der Schamane in Windeseile den modrigen Mantel über uns aus. Am ganzen Leib zitternd hoffte ich inständig, dass diese alte Klamotte ihren Zweck erfüllte und uns nicht wirklich von der weißen Hexe nur zur Entsorgung überlassen wurde. Doch kaum lag das schwere Mottenteil auf unseren Schultern, schaute der Drache ziemlich dämlich aus seinen drei Gesichtern. Die Hälse schnellten zurück in ihre Ausgangsposition und die Köpfe schauten sich suchend um. Die Unsichtbarkeitstaktik schien tatsächlich funktioniert zu haben.

Die Fortbewegung unter dem alten Stoff gestaltete sich etwas schwierig, da unsere Körper quasi aneinanderklebten. Wir durften nicht riskieren, dass einer von uns versehentlich aus der Deckung trat und dadurch wieder sichtbar wurde. Also mussten wir zum einen im Gleichschritt nebeneinander herlaufen und dazu noch aufpassen, dass wir nicht über knackende Äste liefen oder einer von uns - schlimmstenfalls gar beide - über

Wurzelwerk stolperten und der Länge nach hinfielen. Die Köpfe des Drachen suchten nämlich noch immer nach uns und wenn seine drei Nasen uns vielleicht auch riechen konnten, würde er uns nicht zu Gesicht bekommen.

Vorsichtig tasteten wir uns voran und schlichen so geräuschlos wie möglich dem Herrenhaus entgegen, dessen Lichter wieder sichtbar waren, nachdem wir das Monster umgangen hatten.

Ob noch weitere Abwehrspieler auf ihren Einsatz lauerten oder irgendwelche Fallen auf uns warteten, wollten wir eigentlich gar nicht wissen. Das heißt, wir konzentrierten uns derart auf unseren synchron gehaltenen unsichtbaren Waldlauf, dass wir gar keinen Gedanken daran verschwendeten.

Als wir endlich vor der Haustür des orientalischen Magiers a la Zappa ankamen, war es bereits weit nach Mitternacht. Im Haus selbst brannte kein Licht mehr, was uns zu der Annahme führte, dass sowohl der Zauberer sowie auch die Elfe schliefen. Wir hofften, dass der dienende Pinguin und der verwirrte junge Mann es ihnen gleichtaten.

Nachdem wir das Haus unbeschadet erreicht hatten und uns vor dem Drachen in Sicherheit wiegten, da er uns nicht gefolgt war, nahm der Schamane den Mantel wieder herunter. Ich war heilfroh, dass mir der miefende, schwere Stoff von den Schultern genommen wurde und ich mich wieder frei bewegen konnte. Dem Schamanen war anzusehen, dass es ihm ähnlich erging. Allerdings war er dazu auserkoren, das Teil weiterhin mit sich herumzuschleppen.

Die Dummheit der Riesenechse aus der Familie der Dinosaurier bewies wieder einmal, dass drei Gehirne nicht zwangsläufig schlauer sein müssen, als eins.

Diese Feststellung bezog sich natürlich ausschließlich auf den Drachen und nicht etwa unser Helden-Trio.

Wie erwartet, war die Eingangstüre des Herrenhauses verschlossen und wir mussten uns einen anderen Weg suchen, um ins Innere zu gelangen.

So schlichen wir in der Hoffnung um das Gebäude herum, eventuell ein offenes Fenster zu entdecken. Es herrschte beinah völlige Dunkelheit, was die Suche nach einem Schlupfloch nicht gerade vereinfachte. Allerdings konnten wir auch nicht erwarten, dass der Mond uns zuliebe Vollmondsonderschichten einlegte und wochenlang ununterbrochen hell am Himmel stand.

Irgend etwas kitzelte mich am Bein, doch versuchte ich, es so gut es ging zu ignorieren. Ich hasse es, wenn ich zwecks nächtlicher Dunkelheit nichts sehen konnte und noch mehr hasse ich es, wenn meine Phantasie dann auch noch mit mir durchgeht und die Vorstellung in meinem Hirn ungewollt mehr und mehr Gestalt annimmt, dass eine dicke fette Spinne gerade dabei war, meine Gliedmaßen als Klettergerüst zu missbrauchen. Ich musste meine Gedanken - wie auch immer ich das anstellte - umlenken, bevor ich schreiend ohne Zwischenstopp voll panischer Hysterie ums Haus herumrennen würde.

Als wir etwa die Hälfte des Anwesens umrundet hatten, vernahmen wir ein Geräusch. Wir hielten abrupt inne und lauschten. Es hörte sich ganz danach an, als ob jemand "pst pst pst" machte. Allerdings konnten wir in der Finsternis nicht mal die eigene Hand vor Augen erkennen, geschweige denn eine weiter entfernt stehende Person, die "pst pst pst" von sich gab. Gebannt schauten wir in die Richtung dieses Geräuschs und ich verfluchte zum x-ten Mal meinen leeren Flachmann, der nutzlos in meiner Rocktasche lag. Der Schamane riss sich den muffelnden Lumpen von der Schulter und wollte uns gerade wieder darunter verschwinden lassen, als vor uns ein Laternenlicht aufflackerte, das langsam auf uns zukam. Ein junger Mann grinste uns im Schein seiner Lampe an und winkte uns zu sich. Es freute ihn wohl, uns erschreckt zu haben. Was hatte dessen Auftritt mitten in der Nacht nun wieder zu bedeuten? War es eine Falle oder wollte er uns tatsächlich helfen? Da ich diesem jungen Burschen während meines Aufenthalts im Zauberhaus nie persönlich begegnet war, er sich jedoch auf dem Grundstück gut auszukennen schien, mutmaßte ich, dass es sich um den verwirrten Knaben handelte, von dem Sir Balduin der Elfe und mir erzählte. Jener unsichtbare Beobachter, der uns am See die Schatulle geklaut hatte und der auf den schönen Namen Noel hört.

Da wir schnellstens in das Innere des Hauses gelangen mussten, hatten wir keine andere Wahl, als dem winkenden Laternenbürschchen zu folgen. Sollte es eine Falle sein, würde ich meine Schmuckwaffe einsetzen und das Glühwürmchen auf zwei Beinen schlafen legen. Also was hatten wir schon zu verlieren? Wir gingen dem merkwürdigen Knaben zögerlich und mit gemischten Gefühlen durch die Hintertür in das herrschaftliche Gebäude nach. Alles blieb still. Kein Zauberer sprang uns entgegen, um uns sogleich in von Warzen übersäte Kröten oder sonstiges Getier zu verwandeln. Auch kein Pinguin stürzte aus einer dunklen Ecke hervor, um uns vielleicht mit einem Seil oder ähnlichem zu knebeln. Stattdessen stellte Noel seine Laterne ab und verschwand wortlos in der Dunkelheit. Ich wurde aus der Hilfsaktion des Jünglings nicht recht schlau und wunderte mich darüber, dass er seinen Mentor quasi ans Messer lieferte. Ob er eifersüchtig auf Elfe war, weil Sir Balduin nun ihr statt ihm seine ganze Aufmerksamkeit schenkte? In dem Fall wäre es verständlich, dass er unsere Freundin so rasch als möglich wieder los werden wollte. Vielleicht hatte er uns aber auch belauscht, als wir dem Zauberer von unserem Auftrag erzählten und was es mit der Schatulle auf sich hatte. Könnte ja sein, dass er seine Missetat am See inzwischen bereute und es durch diese Unterstützungstat wieder gut machen wollte. Wir konnten ihn zu seinen Beweggründen allerdings nicht befragen, da er ebenso schnell wieder verschwand, wie er aufgetaucht war. Versteh einer die Männer! Anstatt weiter über die Belange des jungen Bürschleins zu sinnieren, lenkte ich meine Gedanken wieder auf die geplante Entzauberungsaktion.

Oberste Priorität hatte schließlich unser Vorhaben, die Elfe so schnell als möglich zu finden, ihr das Elixier zu verabreichen und zu dritt das vermeintliche Liebesnest noch schneller wieder zu verlassen. Um die Theorie in die Praxis umzusetzen, versuchte ich mich hinsichtlich der Räumlichkeiten zu orientieren und dazu den Aufenthalt vor einigen Tagen in mein Gedächtnis zurückzuholen.

Im Schein der Lampe konnte ich erkennen, dass wir uns in der Küche befanden. Es galt nun, den Flur und die Treppe zu finden, die ins Obergeschoss führte. Da dieses Gebäude im Vergleich zu meinem Schloss mit verhältnismäßig geringer Anzahl von Zimmern ausgestattet war, dürfte das ja zu keinem allzu großen Problem werden.

Der Schamane griff entschlossen nach der Laterne, die ich ihm jedoch gleich wieder aus der Hand nahm. Wenn einer von uns wusste wohin, dann ja wohl am ehesten ich. Deshalb machte es wenig bis überhaupt keinen Sinn, dass ich im Dunkeln voraustrippelte, während der Schamane mir hinterher leuchtete.

Ich ergriff also die Laterne und er durfte den vermoderten Mantel sowie das Entliebungselixier mit sich herumschleppen. So schlichen wir wie zwei der sieben Zwerge auf der Suche nach Schneewittchen in gebückter Haltung durch die Küchentür direkt auf den Flur mit der Rutschgeländertreppe und befanden uns bereits nach wenigen Augenblicken im oberen Stockwerk.

Im Gegensatz zum Erdgeschoss brannten hier Fackeln vor jeder Zimmertür, sodass wir unsere weitere Suche ohne Laterne fortsetzen konnten. Beide Hände wieder frei zu haben vermittelte mir ein Gefühl der Sicherheit für den Fall, dass wir entdeckt wurden und ich meine Schmuckwaffe zum Einsatz bringen musste.

Sofort erkannte ich die Tür zu unserem Gästezimmer wieder und schlich darauf zu, während der Schamane mir auf leisen Sohlen folgte. Es könnte ja immerhin möglich sein, dass der orientalische Frank Zappa-Verschnitt seine Hormone wenigstens so weit im Griff hatte, dass er vor der beabsichtigten Vermählung mit seiner Traumfrau tugendhaft die Finger von unserer Freundin ließ. Doch ehrlich gesagt, glaubte ich selbst nicht daran und es verwunderte mich daher auch kein bisschen, dass ich das Zimmer leer vorfand.

Wenngleich sich die Menschheit im Laufe der Evolution auch immer wieder veränderte, so befand sich der sexuelle Jagdinstinkt des Mannes mit Sicherheit seit des vermeintlich paradiesischen Aufenthalts von Adam und Eva im Garten Eden stets auf dem gleichen primitiven Level. Sobald es nämlich um eine für ihn attraktive Frau geht, rutscht das Hirn im Eiltempo vom Kopf direkt zwischen seine Beine. Ich wage zu behaupten, dass es bei einer Vielzahl von Männern seinen Platz am Glockenspiel gegen den im Kopf am liebsten gar nicht wieder eintauschen würde. Klingt männerfeindlich? Mit Nichten, denn auch ich gehöre zu den Frauen, die Kerle mit animalischer, verwegener Ausstrahlung unglaublich sexy und anziehend finden. Ich bin sicher, mit meinem "Outing" vielen meiner Geschlechtsgenossinnen aus der Seele zu sprechen. Was die Elfe betraf, wünschte ich allerdings, Sir Balduin wäre ein Nerd. Alles klar?!

Im Zusammenhang mit dem animalischen Charisma stellte ich mir für den Bruchteil von Sekunden die Frage, ob der dreiköpfige Waldaufsichtsdrache wohl auch mit drei Geschlechtsteilen ausgestattet war. Kaum gedacht ermahnte ich mich jedoch selbst, bevor ich der Versuchung nachgab, diesen Gedanken weiterzuspinnen, wie viele Drachendamen er dadurch gleichzeitig glücklich machen könnte und konzentrierte mich schnell wieder auf die Suche nach unserer Freundin. Immerhin befanden sich in dem Stockwerk noch vier weitere Türen, die es zu erkunden galt.

Mit einem lässigen Blick auf meine Ringwaffe öffnete ich geräuschlos die erste der uns noch unbekannten Räume. Fehlanzeige! Dieses Zimmer diente wohl als eine Art Abstell- oder Wäschekammer. Außer einigen Regalen, einem Waschbrett sowie einem großen Bottich und diversem Putzzeug befand sich darin nichts Aufregendes.

Ob der Diener mit dem regungslosen Gesichtsausdruck für den Zauberer auch die Putze mimte? Da der menschliche Pinguin eh ein seltsamer Zeitgenosse war, würde ich ihm auch diese Tätigkeiten ohne Verwunderung zutrauen. Wortkarg verrichtete er seine Dienste, wie auch immer diese geartet sein mögen. In diesem Haus wurde wohl allgemein mehr geschwiegen als gesprochen. Noel, der merkwürdige Bursche, brachte seine Zähne ja auch nicht auseinander. Doch der konnte im Gegensatz zum stummen Diener wenigstens sein Gesicht zu einem Grinsen verziehen. Vielleicht gab es bereits im 18. Jahrhundert eine Art Nervengift, das ähnlich wie Botox zwar Falten glättete, dafür aber die Gesichtsmuskeln lahmlegte und die Mimik einfrieren ließ.

Genau genommen, kümmerte mich das alles ziemlich wenig und es ärgerte mich mal wieder, welche unnützen Gedanken sich permanent in meinem Hirn ungewollt zusammenbrauen. Wir waren gekommen, um die Elfe zu entzaubern und – wenn alles gut ginge – auf nimmer Wiedersehen zu verschwinden.

Beim nächsten Zimmer angekommen drückte ich erneut die Klinke, doch die Tür blieb verschlossen. Das bedeutete Komplikationen in Verbindung mit Zeitverlust, was wir beides nicht brauchen konnten. Aber vielleicht klemmte sie ja nur und so versuchte es der Schamane ein zweites Mal mit mehr Kraft. Auch seine männliche Stärke konnte die Tür leider nicht dazu animieren, sich zu öffnen. Ich beugte mich zum Schlüsselloch und blinzelte hindurch. Dabei hoffte ich inständig, dass sie nicht gerade in dem Moment von innen geöffnet werden würde. Diese mehr als peinliche Situation kannte man ja zur genüge aus diversen Kinofilmen und ich wollte eine solch beschämende Szene hier nicht unbedingt nachspielen. Glücklicherweise blieb sie verschlossen und mir fiel auf, dass der Schlüssel im Schloss steckte. Aufgrund des eingeschränkten Blickfeldes konnte ich lediglich ein flackerndes Kerzenlicht sowie vom Winde verwehte Vorhänge erkennen.

Was ich sah, genügte jedoch, um sicher zu sein, dass es sich um das Schlafgemach des Zauberers handeln musste. Nun stellte sich uns berechtigterweise die Frage, wie wir lautlos und unbemerkt in diesen Raum kommen würden. Die Tür war aus massivem Holz gefertigt und wird hatten keinen Schraubenzieher zur Hand. Mit einem solchen Werkzeug wäre es ein leichtes gewesen, das Schloss zu demontieren.

Eine Axt führten wir erst recht nicht mit uns, um das Holz zerschlagen zu können. Außerdem wäre ein solcher Akt nicht unbedingt geräuscharm verlaufen. Der Moderfetzen, den der Schamane mit sich herumschleppte, ließ unsere Körper zwar unsichtbar werden, löste diese jedoch nicht auf. Somit sahen wir uns außer Stande, durch geschlossene Türen oder Wände zu spazieren.

Letztendlich gab es nur eine Möglichkeit, so leise und unbemerkt wie möglich in das Schlafzimmer von Sir Balduin zu gelangen. Durch einen daneben liegenden Raum über dessen Balkon oder Fenster. Nachdem ich durch das Schlüsselloch wehende Vorhänge erkennen konnte, stand wohl ein Fenster oder sogar die Balkontür offen. Ich fühlte mich schon beinah wie ein kleiner Sherlock Holmes und war stolz auf meine Beobachtungsgabe in Verbindung mit der daraus resultierenden Schlussfolgerung. Für eine Rechtsanwaltsgehilfin, die ansonsten meist nur hinter dem Schreibtisch am Computer sitzt, gar nicht mal so übel, befand ich stolz.

Als ich die Türklinke des Nachbarraumes herunterdrückte, wünschte ich mir, dahinter einen weiteren Abstellraum oder von mir aus auch das Zauberlabor des Magiers vorzufinden. Auf keinen Fall aber wollte ich den stummen Diener mit dem eingefrorenen Gesicht vorfinden.

Zu meiner Erleichterung war sie nicht verschlossen. Ich hatte diese jedoch noch nicht mal so weit geöffnet, um in Erfahrung bringen zu können, was dieser Raum in seinem Inneren verbarg, als die Tür mit einem blitzartigen Ruck aufgerissen wurde. Darüber erschrak ich dermaßen, dass ich beinah laut aufgeschrien hätte. Doch eben nur beinahe. Nachdem ich erkannte, wer die Tür von schneller Hand geöffnet hatte, war ich mir nicht mehr sicher, ob ich über die abrupte Handlung erschrockener sein sollte als über den Anblick, der sich mir bot. Der Hausdiener stand nämlich in voller Pracht vor mir. Seine große hagere Gestalt, die statt im Livree zu nächtlicher Stunde in einem weißen langen Nachthemd steckte und seine ebenfalls vor Schreck weit aufgerissenen Augen ließen ihn eher wie einen Geist aussehen. Mit dem einzigen Unterschied, dass Gespenster wohl keine großväterlichen Filzpantoffel trugen. Zum Glück hielt der stumme Diener auch in dieser bizarren Situation was er versprach, denn es kam kein Laut über seine Lippen. Geistesgegenwärtig befreite ich mich als Erste aus der Schockstarre und nutzte die Gunst der Sekunde, um meine Ringwaffe zu mobilisieren. Bei dem ausgemergelten Kerlchen genügte bereits eine kleine Nadel, um ihn ins Land der Träume zu verabschieden. Sein Nachtgewand trug er passender Weise ja schon. Während er zugegebenermaßen nicht ganz freiwillig auf dem Fußboden anstatt im warmen Bettchen seine Nachtruhe fortsetzte, stiegen der Schamane und ich vorsichtig über ihn hinweg in Richtung Balkon. Wir hatten weder Lust noch Zeit, den guten Mann zuvor auf sein Nachtlager zu hieven. Als wir in die frische Nachtluft hinaustraten, schauten wir ohne Umschweife direkt zum Nebenzimmer. Nachdem beide Räume über ein Balkönchen a la Romeo & Julia verfügten, konnten wir ohne akrobatisches Geschick hinüberklettern. Die Tür stand offen und der Vorhang wehte filmreif ins Zimmer. Da noch immer Kerzenlicht den Raum erhellte, erblickten wir die beiden Turteltäubchen in einem gigantischen Himmelbett eng umschlungen und tief schlafend. Ich wandte mich an unseren Freund und flüsterte ihm ins Ohr:"Es wird wahrlich höchste Zeit, die Elfe aus ihrem vermeintlichen Liebesrausch in die Realität zurückzuholen."

Der Schamane zwinkerte mir grinsend zu und während er vorsichtig das muffelnde Stofffosil zur Seite legte, um sodann das Entliebungselixier unter seinem Hemd hervorzuholen, drehte ich schon mal meinen Ring zurecht. Wir schlichen auf

Zehenspitzen ins Innere des Schlafgemachs und steuerten auf das riesige Bett zu. Es durfte uns kein Fehler unterlaufen, denn wir hatten nur einen Versuch. Der Schamane drehte die Elfe zu sich, öffnete mit einer Hand ihren Mund und träufelte mit der anderen die grausige Mixtur hinein, die Dana gebraut hatte. Derweil kümmerte ich mich um den Zauberer und verabreichte ihm mithilfe vieler kleiner Nadeln eine Art Schlafakupunktur. Je länger er schlief, desto besser für uns. Plötzlich erwachte die Elfe und spuckte die ihr verabreichte Flüssigkeit in hohem Bogen aus. Diese Reaktion konnte ich ihr beim besten Willen nicht verdenken. Als sie dann unseren Freund auch noch anpflaumte: "Sag mal, willst du mich vergiften?", konnte ich mir das Lachen nicht länger verkneifen. Der smarte Magier blieb trotz des von uns veranstalteten Lärms regungslos liegen. Er gab keinen Mucks von sich und ich freute mich einmal mehr über die zuverlässige Wirkung meiner Waffe. Während ich das entspannte Gesicht Sir Balduins betrachtete, fielen mir erstmals seine markanten und dennoch weichen Züge auf. "Irgendwie schon ein interessanter Mann" dachte ich mir im Stillen und er tat mir fast ein bisschen leid, dass er weiterhin alleine durchs Leben zaubern musste. C'est la vie!

Der Trank tat bereits seine Wirkung und infolgedessen schimpfte die Elfe wie ein Rohrspatz: "Was machen wir hier überhaupt und wieso liege ich neben diesem Typen im Bett?" Der Schamane hatte alle Hände voll zu tun, sie zu beruhigen und ich kam ihm mit den Worten zu Hilfe: "Hey Elfe, beruhige dich wieder. Wir werden dir alles erklären, sobald wir uns in Sicherheit befinden. Da wir das aber längst noch nicht sind, müssen wir erst mal so schnell als möglich aus diesem Herrenhaus sowie den Wäldern, die zu den Besitztümern Sir Balduins zählen, verschwinden!". Sie schnaubte noch kurz, gab sich mit meiner Ermahnung dann aber zufrieden. Das Anwesen zu verlassen, dürfte wesentlich einfacher sein, als an der dreiköpfigen Riesenechse vorbeizuschleichen. Nachdem das überhitzte Temperament der Elfe wieder auf Normaltemperatur abgekühlt und sie in ihre Kleider geschlüpft war, schlossen wir die Zimmertür auf, um auf den Flur mit der Rutschgeländertreppe zu huschen und von dort aus die Haustür im Erdgeschoss anzupeilen. Kurz bevor wir diese erreicht hatten, schlug sich der Schamane plötzlich an den Kopf, als ob er eine Mücke platt machen wollte und sprang noch einmal zurück. Die Elfe und ich schauten uns nur stumm an und zuckten mit den Schultern. Wenigstens rührte sich in dem Haus nichts und es kam kein weiterer Störenfried aus einem der zahlreichen Zimmer gelaufen.

Als wir gleich darauf Schritte vernahmen, ordnete ich diese ohne weitere Überlegung dem Schamanen zu. Denn der umwerfende "Duft" des antiken Mäntelchens eilte ihm voraus und machte sich in unseren Nasen breit, noch bevor er selbst zu uns stieß. Der üble Geruch erklärte sofort, wieso unser Freund noch einmal zurückgegangen war. Er hatte den Tarnumhang auf dem Balkon vergessen.

Wenn auch sein Gestank schier unerträglich schien, so leistete der Unsichtbarkeitsmantel überlebensnotwendige Dienste im Einsatz gegen das Waldaufsichtsmonster, auf das wir bald ein zweites Mal stoßen werden und mit dem die Elfe ja noch keine Bekanntschaft gemacht hatte.

Kaum aus dem Haus getreten, schlug unsere Freundin – ihr Näschen rümpfend - dem Schamanen doch allen Ernstes vor: "Meinst du nicht, es wäre höchste Zeit, dich mal wieder zu waschen? So streng wie heute hast du zuvor noch nie gerochen!" Während ich über diesen Ausspruch gluckste wie ein Ferkel, bewies die finstere Miene unseres Freundes wenig Humor und die Elfe schaute aufgrund unserer unterschiedlichen Reaktionen etwas dümmlich drein.

Wie würde sie aber erst gucken, wenn sie dem Drachen gegenüberstand und ihr ohne Vorwarnung der modrige Stoff der Unsichtbarkeit übergeworfen wird? Welch peinlich berührte Mimik käme ihrerseits zum Vorschein, sobald sie feststellte, dass nicht der Schamane, sondern der Umhang diesen widerlichen

Gestank absonderte? Ich konnte es kaum erwarten, ihren Gesichtsausdruck zu sehen und fand es in diesem Zusammenhang mehr als schade, keinen Fotoapparat greifbar zu haben. Während wir vorsichtig einen Fuß vor den anderen setzten, um das dreiköpfige Monster nicht schon von weitem auf uns aufmerksam zu machen, flüsterten wir der Elfe zu, mit welchem Ungetüm sie in wenigen Augenblicken konfrontiert werden würde. Allerdings hatte ich den Anschein, sie nahm unsere Worte gar nicht ernst und war vielmehr der irrigen Meinung, wir wollten sie veräppeln.

Da inzwischen bereits der Morgen angebrochen war, brauchten wir keine Lampe, die uns davor schützte, über die eigenen Füße zu stolpern. Während der Schamane und ich uns immer wieder in alle Richtungen panisch umschauten, schläppelte die Elfe sorglos vor sich hin. Dabei fiel mir ein, dass wir in der Aufregung um die auf uns lauernde Riesenechse völlig vergessen hatten, unsere Freundin über die Fähigkeiten des Mantels zu informieren. Gerade als ich dazu ansetzen wollte, begann die Erde zu beben und die Stille wurde durch ein gewaltig lautes Brüllen unterbrochen, das eine Zerreißprobe für jedes Trommelfell darstellte. Die Elfe blieb wie angewurzelt stehen und bewegte sich keinen Meter mehr weiter, während der Schamane flink und geschickt besagten Mantel über uns ausbreitete, damit keiner der drei Monsterköpfe uns ins Visier nehmen konnte. Sobald wir unsichtbar waren, hörte das Brüllen schlagartig wieder auf. Wir lugten vorsichtig unter dem Mantel hervor und beobachteten, wie sich die Drachenköpfe suchend in alle Richtungen bewegten. Völlig verstört schaute die Elfe abwechselnd fassungslos zu dem gigantischen Feuerspeier auf und dann wieder zu uns. Da wir in der Nähe dieses Ungetüms nicht länger als notwendig verweilen wollten, stupste ich unsere Freundin in die Seite und flüsterte ihr zu: "Lauf!". Wir setzten uns alle drei in Bewegung und versuchten Gleichschritt zu halten, damit wir unsere Deckung nicht verloren. Doch wer von uns drei Helden würde es wohl am ehesten fertig bringen, auch ohne Dunkelheit über die eigenen Füße oder hervorstehendes Wurzelwerk zu stolpern, wenn nicht unsere anmutige, gazellenhafte Elfe! Wir liefen so schnell wir konnten und befanden uns beinah schon außerhalb der Gefahrenzone, als sie statt auf den unwegsamen Waldboden zu der übergroßen Echse aufblickte, im selben Moment strauchelte und der Länge nach hinfiel. Nicht nur, dass sie dadurch den Schutz des Mantels verlor und sichtbar wurde. Nein, sie ließ zu allem Übel auch noch einen grellen Schrei aus ihrer Kehle. Dies genügte vollkommen, um gleich alle drei Drachenköpfe auf uns aufmerksam zu machen und so steuerte das Untier wütend auf uns zu. Statt so schnell als möglich wieder aufzustehen, blieb sie am Boden liegen und starrte voller Angst zu der auf uns zu stampfenden Echse. Ich lief zu ihr hin, packte sie ziemlich unsanft am Arm und riss sie hoch. Während ich sie neben mir herzog, zischte ich ihr zu:"Reiß dich jetzt zusammen und lauf, so schnell du kannst. Wenn du das nämlich nicht tust, werden wir nicht nur in Stücke gerissen, sondern auch noch flambiert!". Der Schamane warf uns von hinten erneut den Tarnmantel über und so gut es eben ging, zu dritt nebeneinander herzuspringen, rannten wir im Zickzack durch den Wald. Da wir in dieser Formation noch breiter waren als eine Adlige in modischem Snowboardkleid, mussten wir höllisch aufpassen, dass keiner von uns an einen Baum rannte, während die anderen zwei daran vorbei liefen.

Irgendwie schafften wir es tatsächlich, der Bestie zu entkommen, verlangsamten unsere Schritte allerdings erst, als das Beben verebbte und wir uns sicher sein konnten, dass sie uns nicht folgte.

Völlig außer Atem ließen wir uns einfach fallen, um zu verschnaufen. Mit letzter Kraft stieß ich den modrigen Mantel von mir und sank auf den Waldboden. Meine Lunge brannte und das schmerzende Stechen unterhalb des letzten Rippenbogens wollte mir wahrscheinlich klarmachen, dass ich mich nicht zur Sprinterin eigne. Während ich damit beschäftigt war, meine

Atmung zu normalisieren, fragte ich mich, wieso dieser 3-Kopf-Schlappi uns nicht wittern konnte? Jedes Tier, das etwas auf sich hält, kann eine Spur erschnüffeln. Er hätte uns doch am Geruch ausmachen müssen, selbst wenn er uns aufgrund der Unsichtbarkeit nicht erblicken konnte. Entweder war der modrige Gestank des antiken Stofffetzens so dominant, dass er uns neutralisierte oder der Drache hatte Schnupfen. Bei dieser Überlegung drängte sich gleich die nächste Frage auf. Wenn eine Nase verschnupft war, waren es dann die beiden anderen zwangsläufig auch? Bei all den irren Gedanken stellte ich mir erneut die Frage, wieso ich mir eigentlich permanent solch dämliche wie überflüssige Fragen stellte? Ich schüttelte den Kopf und rappelte mich auf, nachdem sich meine Atemzüge von kurzen, unregelmäßigen Röchellauten - für die wohl jeder Arzt die sofortige Anwendung eines Sauerstoffzeltes verordnet hätte - wieder auf eine unbedenkliche Gleichmäßigkeit reduziert hatten. Der Schamane und die Elfe schauten mich besorgt an, während ich in gereiztem Ton fragte: "Was gibt's denn zu glotzen hä?" Daraufhin fingen die beiden an zu lachen und ich stimmte in das Gelächter munter mit ein.

Während wir die nicht vorhandenen Bäuche hielten und uns Tränen wegen des Lachanfalls über die Wangen liefen, verstummten wir zeitgleich in dem Moment, als wir den lauten durchdringenden Schrei unserer Eulenfreundin vernahmen. Eulanda kam, um uns einmal mehr aus dem Labyrinth des Waldes zu retten. Selig über ihren Anblick, schlossen wir uns dem fliegenden Navi an und kamen nach gar nicht mal so langem Weg zu der Lichtung, auf der Danas Hütte stand. Gerade noch liefen wir um unser Leben und nun standen wir auf einer idyllischen Waldwiese mit freiem Blick auf ein kleines Häuschen, aus dem der Kaminrauch friedlich emporstieg und die geöffnete Tür uns signalisierte, dass wir willkommen sind.

KAPITEL XII
DAS GEHEIMNIS AM SEE

Nachdem wir die einladende Schwelle betreten hatten, begrüßten wir die weiße Hexe freudig, die hinter ihrem riesigen Braukessel stand und wie besessen darin herum rührte. Sie schien sehr beschäftigt mit ihrem Gebräu, denn sie schaute nur kurz zu uns auf, lächelte und deutete wortlos mit ihrem überaus schlanken Finger zum Küchentisch, der mit allerlei Köstlichkeiten gedeckt war. Sofort nahmen wir Platz und ließen es uns schmecken. Während wir aßen, wanderte mein Blick einmal mehr zu Dana, dieser wunderschönen Frau mit der gewaltigen Struwwelmähne. Ihre Haarpracht war einfach beneidenswert. Also wenn ich ein Mann wäre, könnte ich bei dieser göttlichen Gestalt sicherlich keinen klaren Gedanken mehr fassen, geschweigedenn still sitzen. Unwillkürlich schaute ich zum Schamanen, den unsere Hexenfreundin jedoch ziemlich kalt zu lassen schien. Er war wohl heißer auf die Leckereien, die auf vier Holzbeinen serviert standen als auf Verlockungen mit zwei Beinen aus Fleisch und Blut. Bekanntlich sind Geschmäcker verschieden und außerdem war der Gute in unserer Zeit frisch verliebt. Wie konnte ich das nur vergessen. Genau genommen war ich sehr froh, dass er als anständiger Kerl und nicht etwa als

247

Casanova durch die Vergangenheit reiste. Das ersparte uns eventuellen zusätzlichen Ärger, auf den wir locker verzichten konnten. Was so ein Liebesgedusel anzurichten vermag, hatten wir ja bereits bei der Elfe gesehen. Wenngleich sie nichts für die linke Zaubernummer von Zappaboy und seinem verabreichten Aphrodisiakum konnte. Durch die Rettungsaktion mit Hilfe des Entliebungselixiers wären wir um Haares Breite als Grillhäppchen für den Drachen in jeweils einem seiner drei Mäuler verschwunden. Einzig und allein war es dem antiken Moderfetzen zu verdanken, dass wir lebend aus der Sache herausgekommen sind.

Nachdem Dana ihre Arbeit erledigt hatte, setzte sie sich zu uns an den Tisch. Bei einer vergnügten Unterhaltung ließen wir nochmals die letzten Tage Revue passieren. Auf einmal wurde die Elfe ganz kleinlaut und mit rötlich gefärbtem Antlitz entschuldigte sie sich beim Schamanen für ihre peinliche Äußerung im Haus des Zauberers: "Tut mir echt leid, dass ich dir unhygienisches Gebaren unterstellt habe und ich hoffe, du kannst mir verzeihen." Als sie diese Worte aussprach, wurde der Schluck Wasser, der sich gerade in meinem Mund befand, reflexartig in hohem Bogen über den Tisch katapultiert. Meine Mutter wäre entsetzt über derart unflätige Tischmanieren, doch in dem Moment ließ es sich nicht verhindern. Die drei schauten mich erst etwas irritiert an, um gleich darauf in lautes Gelächter auszu-brechen. Unsere Stimmung wurde Stunde um Stunde ausgelas-sener und fröhlicher, bis wir uns todmüde ins Heu der Scheune legten und sofort einschliefen.

Am nächsten Morgen verabschiedeten wir uns von Dana, um den Weg zum Wasserfall anzutreten. Wir waren froh, dass wir den Tarnumhang bei der Hexe zurücklassen durften und vor al-lem der Schamane war wohl mehr als erleichtert, diesen schwe-ren miefenden Mantel nicht länger mit sich herumtragen zu müssen.

Da Elfe und ich bereits im See gebadet hatten und sie im Ge-gensatz zu mir über einen ziemlich guten Orientierungssinn ver-fügte, mussten wir Eulanda ausnahmsweise nicht bemühen, uns dorthin zu geleiten.

Nach einer guten Stunde hatten wir das Gewässer erreicht und der Anblick war ebenso atemberaubend wie bereits beim ers-ten Mal. Die Sonne schien und in der Gischt des Wasserfalles zeigte sich ein wunderschöner Regenbogen. Daher wohl auch die Bezeichnung der Königin für dieses Versteck. Wie nannte sie es doch gleich? Den nie versiegenden Regenbogenvorhang. Das klang sehr poetisch.

Wir standen eine Weile am Ufer des Sees und ließen dieses un-berührte Fleckchen Natur auf uns wirken. Der Schamane wäre kein Schamane, hätte dieses Stückchen Erde keine besondere Wirkung auf ihn gehabt. Er ließ sich schweigend am Rande des Wassers nieder und begann zu meditieren. Da wir ihn dabei nicht stören wollten, nutzten wir die Gelegenheit, um ein weiteres Mal in das klare, erfrischende Wasser zu hüpfen. Wie schon erwähnt, bin ich eigentlich keine Freundin von Badeeinlagen, doch da unser Aufenthalt in der Vergangenheit alles andere als normal war, wunderte ich mich auch nicht über meine neu geborene Vorliebe fürs Schwimmen. Elfe und ich plantschten vergnügt und ausgelassen wie kleine Kinder, spritzten uns gegenseitig nass und tunkten uns abwechselnd unter. Dieses leichte Gefühl der Unbeschwertheit war mit Worten gar nicht zu beschreiben. Musste es auch nicht. Wichtig war, dass es uns sehr gut tat und unsere Seelenbatterien aufgeladen wurden. Wir fühlten uns so frei und voller Energie wie schon Jahrzehnte nicht mehr oder sollte ich besser sagen Jahrhunderte?

Während unseres Geplänkels inmitten des Sees erhielten wir einen gewaltigen Adrenalinschub, als neben uns völlig unvermittelt ein Kopf aus dem Wasser schoss. Wie aus einem Mund stießen wir erschrocken einen spitzen Schrei aus. Der urplötzlich aufgetauchte Schamane hingegen grinste übers ganze Gesicht. Von uns völlig unbemerkt, hatte er seine Meditation beendet und war ins Wasser getaucht, der Schlingel. So alberten wir noch einige Augenblicke zu dritt weiter, bevor wir zum Wasserfall schwammen, um das Amulett zum Öffnen des Tagebuchs zu suchen.

Je näher wir dem tosenden nassen Vorhang kamen, desto mulmiger wurde mir. Da er mit einer ziemlichen Wucht in den See klatschte, gab es nach Meinung unseres Kameraden nur eine Möglichkeit, um dahinter zu gelangen. Wir mussten abtauchen und unter Wasser weiter schwimmen. Na bravo! Im Tauchen war ich von jeher eine absolute Niete. Das konnte ja heiter werden. Natürlich hätte ich sagen können, dass ich im See auf die Rückkehr meiner beiden Freunde warte, doch ich wollte kein Hasenfuß sein. Zum einen waren wir ein Team und hatten uns bereits zu Beginn unseres Abenteuers gleich wie die drei Musketiere geschworen: "Einer für alle und alle für einen!" Somit gab es von daher schon kein Kneifen. Zum anderen war meine Neugier, wie es hinter einem Wasserfall aussah, größer als die Angst davor, dorthin zu gelangen. Erst recht, da in unserem speziellen Fall ein Amulett darauf wartete, gefunden zu werden.

Ich ließ mir vom Schamanen die nötigen Instruktionen geben, damit ich bei meinem Tauchvorgang ohne Zwischenfälle von der einen auf die andere Seite komme. Das schwierigste daran war nicht mal die Tatsache, dass ich die Luft anhalten musste, sondern mit offenen Augen zu tauchen. Das hatte ich schon als

Kind gehasst, weil es stets so brannte. Allerdings handelte es sich bei meinen damaligen Unterwassererfahrungen um Chlor-Pippi-Gemisch öffentlicher Schwimmbäder, was hier glücklicherweise fehlte. Um nicht in eine falsche Richtung zu schwimmen oder gar mit einem Felsen zu kollidieren, nahm ich all meinen Mut zusammen und öffnete die Augen, sobald ich abgetaucht war. Verwundert wie erleichtert stellte ich fest, dass es überhaupt nicht in den Augen brannte und ich konnte sehen, dass der Schamane bereits schon ein ganzes Stück voraus war. Die Sicht war zwar etwas verschwommen, doch dennoch alles gut erkennbar. So blieb mein Blick an der Elfe hängen, die ihm mit geschmeidigen Schwimmzügen folgte und mit ihrem wallenden schwarzen Haar dabei aussah, wie eine wunderschöne Nixe in den Tiefen des Meeres. Ich dagegen machte hektische, unkontrollierte Bewegungen, um voranzukommen und war froh, dass mir niemand dabei zuschaute.

Als die beiden bereits wieder zur Oberfläche aufstiegen, beeilte ich mich, sie zu erreichen, um es ihnen gleich zu tun.

Wir hatten es geschafft, unter dem Wasserfall hindurch zu tauchen und standen nun vor einem dunklen Höhleneingang. Kaum war eine Hürde bewältigt, lag die nächste vor uns.

Unsere Unterwäsche, die wir im Beisein unseres Freundes natürlich anbehielten, triefte nur so vor Nässe. Keiner von uns hatte ein Feuerzeug oder eine Taschenlampe bei sich, sodass wir in einer dunklen wie ungemütlichen Grotte standen und vor Kälte zitterten.

Der Schamane bot sich liebenswürdigerweise an, nochmals zurückzuschwimmen, um das Feuerzeug aus meiner Rocktasche zu holen.

Wie aber wollte er es trocken hierher bringen? Einen anderen Weg, um hinter den Regenbogenvorhang zu gelangen, als durchs Wasser, gab es scheinbar nicht. Noch bevor ich ihm diese Frage stellen konnte, war er auch schon abgetaucht. Elfe und ich nutzten die Wartezeit, um zumindest den vorderen Höhlenteil, der immerhin ein wenig Helligkeit speicherte, in Augenschein zu nehmen. Vielleicht fanden wir ja sogar eine Fackelhalterung, die eine ähnliche Kettenreaktion auslösen würde wie im Geheimgang des Schlosses. Solch einen Mechanismus in einer scheinbar unbekannten Höhle vorzufinden, wäre zwar überaus wünschenswert aber irgendwie schwer vorstellbar. Vorsichtigen Schrittes wagten wir uns in die dunkle Öffnung. Dabei traten wir immer wieder auf piksende Steinchen, die unsere Füße auf höchst unangenehme Weise massierten. Die Schuhe hatten wir ja schlauerweise ebenfalls am Ufer des Sees zurückgelassen.

Wir waren kaum losgestakst, blieben wir auch schon wieder

wie erstarrt stehen und wagten unseren Augen nicht zu trauen. Wenngleich es an dieser Stelle schon ziemlich finster war, konnten wir dennoch unschwer erkennen, dass der Eingang durch eine massive Holztür verschlossen war. Wer bitteschön kam denn auf die bescheuerte Idee, an einem Höhleneingang, der noch dazu hinter einem Wasserfall liegt und von deren Existenz wahrscheinlich außer dem Waldmännchen und uns niemand etwas wusste, eine Tür anzubringen und diese zu allem Irrsinn auch noch zu verriegeln? Auf Anhieb fiel uns erst mal keine annähernd plausible Erklärung dafür ein, vielmehr blieb uns eher die Spucke weg. Fakt war, es galt ein weiteres Hindernis zu überwinden, das uns erneut Zeit und gute Laune kosten würde. Als wir hörten, dass der Schamane auftauchte, riefen wir ihn aufgeregt zu uns in die Dunkelheit und zeigten stumm auf die verschlossene Höhlentür. Seinem Gesichtsausdruck nach zu urteilen, war er darüber nicht minder überrascht als wir.

Um die Stimmung aufgrund unseres betretenen Schweigens nicht zu sehr abrutschen zu lassen, fragte ich ihn: "Bevor wir darüber nachdenken, wie wir hinter diese Tür kommen, könntest du mir mal erklären, wie ein nasses Feuerzeug seiner Bestimmung folgen soll?" Daraufhin holte er ein Ledersäckchen zum Vorschein, machte es auf und zog ein in Blätter gewickeltes Päckchen heraus. Darin befand sich mein Feuerzeug und zu meinem Erstaunen war es staubtrocken. Ungläubig sah ich den Schamanen an, der mir daraufhin lachend erklärte:"Schau, es gibt eine ganz bestimmte Pflanze, deren Blätter gegen Nässe resistent sind. Ihre oberste Schicht besteht aus einer öligen Konsistenz ähnlich wie beim Gefieder von Schwimmvögeln und ist somit wasserabweisend." Elfe und ich staunten nicht schlecht über das beachtliche Wissen des Schamanen. Er mutierte ja regelrecht zu einem Survival Man, der aufgrund seiner Kenntnisse in jeder Wildnis überleben könnte.

Die Elfe wandte sich an unseren Freund: "So genial dein Einfall mit den Blättern auch war, so nutzt er uns zum Öffnen der verschlossenen Tür erst mal wenig. Schließlich können wir diese ja nicht einfach abfackeln, dafür ist das Holz viel zu feucht. Zum Eintreten ist sie zu massiv, ein Rammbock liegt hier auch nicht zufällig herum, Werkzeug besitzen wir keines und Sprengstoff schon gleich gar nicht." Der Schamane schwieg und versuchte, mit der Flamme des Feuerzeugs die Tür abzuleuchten, doch mit diesem schwach flackernden Lichtlein konnten wir nicht unbedingt wesentlich mehr erkennen, als ohne dieses Hilfsmittel. Aufgrund unserer Ratlosigkeit ließ ich verlauten: "Lange Rede kurzer Sinn, wir müssen zurück zu Dana. Unsere Hexenfreundin hat mit Sicherheit eine zauberhafte Idee, wie wir auch dieses Hindernis knacken können."

Seit Tagen waren wir unserem Ziel zwar auf der Spur, diesem allerdings noch immer kein großes Stück näher gekommen. Da kam uns drei Helden die Tatsache, dass ein Tag in der Vergangenheit lediglich eine Stunde unserer Zeit kostete, natürlich äußerst gelegen.

Wir tauchten also alle drei ab, um auf der anderen Seite des nassen Vorhangs zurück ans Ufer zu schwimmen.

Dort ließen wir uns zunächst von der Sonne trocknen, streiften dann unsere Kleidung über und marschierten schweigend zu Danas Hütte.

Es dämmerte bereits, als wir bei der weißen Hexe ankamen und es galt einen weiteren Tag abzuhaken, der uns in der Erledigung unserer Aufgabe kaum weiter gebracht hatte.

Die Tür stand offen und als wir eintraten, fegte unsere Hexenfreundin den Fußboden ihrer gemütlichen Behausung. Ob sie den Besen in der Nacht als Flugobjekt benutzte? Keine Ahnung ob dieser Mythos zutraf, denn bisher hatte ich noch keine Hexe durch die Nacht fliegen sehen. Allerdings würde ich es selbst nur zu gerne mal ausprobieren.

Dana schaute kurz auf und lächelte uns an. Sie fragte erstaunt: "Oh, ihr seid schon zurück?" Doch irgend etwas sagte mir, dass sie mit unserer schnellen Rückkehr gerechnet hatte. Vielleicht weil sie uns ein Agieren ohne ihre Hilfe kaum zutraute. Ich musste mir wohl oder übel eingestehen, dass dieser Gedanke seine Berechtigung fand.

Offenbar war unsere Begegnung mit der weißen Hexe auch vorbestimmt, damit wir durch ihre und Eulandas Unterstützung der gestellten Aufgabe gewachsen waren. Immerhin reisten wir zum ersten Mal in die Vergangenheit und hatten bis zu Beginn dieses Abenteuer null Ahnung von Seelenrettungen in längst vergangenen Jahrhunderten. Wir hätten uns niemals träumen lassen, bei einer derart bizarren Aktion eines Tages die Hauptakteure zu sein, wussten bis vor kurzem ja nicht mal, dass Geister nicht nur überlieferten Ammenmärchen entsprangen, sondern tatsächlich existierten. Dies realisierten wir erst, als wir tatsächlich einen gesehen und sogar mit ihm bzw. ihr kommuniziert hatten. Sich öffnende Portale kamen bisher lediglich in meinen Computerspielen vor. Faszinierend zwar, doch selbst einmal in einem solchen zu verschwinden, um auf Zeitreise zu gehen, überstieg meine Vorstellungskraft bei weitem. Klingt ziemlich verrückt und das ist es es in der Tat auch! Ich befand mich inmitten eines völlig durchgeknallten, jedoch extrem aufregenden Abenteuers, sodass ich mich fragte, was ich eigentlich all die Jahre zuvor in meinem Leben gemacht habe? Etwas wehmütig dachte ich daran, dass wir früher oder später in unsere Zeit zurückkehren würden und ertappte mich bei dem Wunsch, dass dies noch nicht so bald geschehen sollte. Selbst verwundert über diesen Gedanken entschied ich, dass es nicht der geeignete Zeitpunkt war, in der Vergangenheit über mein Leben in der Gegenwart nachzudenken. Wobei mir spontan die Überlegung in den Sinn kam, ob es den "geeigneten Zeitpunkt" überhaupt gibt. Ich näherte mich im Laufe unserer Mission immerhin mehr und mehr der Überzeugung, dass man den Sinn des Lebens nicht herbeidenken kann, sondern diesen fühlt und spürt, wenn die Zeit dafür reif ist.

Dana stellte ihren Besen in die Ecke und begann einmal mehr, den Tisch für uns zu decken. Ob sie ihre Lebensmittel herbeizauberte? Mir war aufgefallen, dass sie stets reichlich auftischte und immer genug Vorrat hatte. Da es jedoch keine Supermärkte gab und im Schlosshof nur einmal die Woche Markttag war, musste sie eine andere Quelle zur Hand haben, aus der sie ihre Nahrung bezog. Vielleicht handelte es sich dabei um einen Zauberstab, der ihr dies ermöglichte. Sicherlich würde sie uns ihr diesbezügliches Geheimnis nicht verraten und im Grunde war es ja auch völlig egal. Wir durften uns immer wieder aufs Neue bei ihr satt essen und alles weitere ist irrelevant. Während wir uns die Münder vollstopften, erzählten wir der weißen Hexe von unserer Entdeckung und baten sie erneut um Hilfe.

Mir fiel auf, dass Dana nicht ein einziges Mal überrascht reagierte, ganz gleich welche Neuigkeiten wir ihr zu berichten hatten. Auch diesmal zeigte sie keinerlei Verblüffung oder Ratlosigkeit. Es machte gar den Eindruck, als ob sie bereits über den kompletten Verlauf unserer Rettungsaktion für Armella bis ins kleinste Detail Bescheid wusste, noch bevor wir irgend etwas in Angriff nahmen, was zu deren Erfolg beitrug. Womöglich darf sie uns ihr Wissen nicht mitteilen, da wir drei ja sozusagen die Auserwählten verkörperen und kann uns erst dann hilfreich zur Seite stehen, wenn wir nicht weiterwissen.

Wortlos erhob sie sich vom Tisch, verschwand im dunklen hinteren Teil ihrer Hütte und kam mit drei Fackeln zurück. Sie drückte jedem von uns eine in die Hand und meinte nur kurz und knapp: "Dies wird Licht ins Dunkel bringen." Tja, das war nun keine berauschende Erkenntnis, denn eine solche Fähigkeit spricht man Fackeln im Allgemeinen zu, sofern sie brannten. Es galt wohl vielmehr herauszufinden, was uns Dana tatsächlich mit ihren Worten sagen wollte. Gegen meinen Willen begann mein Gehirn bereits wieder in Eigenregie Fragen zu kreieren. Sekunden später schoss mir die Überlegung durch den Kopf, warum Hexen die Anwandlung haben, stets in Rätseln zu sprechen und sich derart geheimnisvoll zu geben? Wird wohl zu deren Berufsethos gehören.

Dana blickte amüsiert in unsere irritierten Gesichter und grinste dabei schon wieder so wissend. Spätestens ab dem Moment war mir klar, dass sie auch da bereits wusste, was uns noch bevorstehen würde.

Es war schon spät und sie beendete den Tag mit den Worten: "Geht jetzt schlafen und sammelt eure Kräfte. Wenn die Sonne erwacht, solltet ihr euch auf den Weg zum See machen. Ich wünsche euch eine gute Nacht!" Nachdem wir uns damit abgefunden hatten, keine weitere Aufklärung seitens der weißen Hexe zu erhalten, standen wir drei wie hypnotisiert auf und schritten auf die Hüttentür zu, um uns im benachbarten Stall ins Heu zu legen. Am nächsten Morgen war Elfe ausnahmsweise als erste wach und weckte uns mit den Worten: "Hey ihr beiden, es wird Zeit, unsere brennenden Holzprügel auszuprobieren." Dabei lachte sie vergnügt, während der Schamane und ich unsere Augen noch auf Halbmast positioniert hatten. Wir beschlossen, das Frühstück ausfallen zu lassen, da wir eh viel zu aufgeregt waren, um etwas zu essen. In Schweigen gehüllt verließen wir die Scheune, um in mechanischem Gänsemarsch erneut zum See und dem niemals versiegenden Regenbogenvorhang zu gehen. Jeder von uns hielt seine Fackel fest umklammert, als ob wir sie jeden Moment als Waffe einsetzen müssten.

Kaum, dass wir am Ufer angekommen waren, verschwand der Schamane wortlos in den Büschen. Zu Elfe gewandt hörte ich mich sagen: "Vielleicht muss unser Freund ja mal für kleine Königstiger oder er hat etwas aufgespürt." Darauf erwiderte sie lachend: "Wer weiß schon, was in solch einem Naturburschen vor sich geht." Als er zurück kam, hatte er die Hände voller Blätter. In dem Moment dämmerte der Elfe und mir, was er damit vorhatte. Immer noch in Schweigen gehüllt, nahm er uns die Fackeln aus der Hand und umwickelte sie mit dem Wasser abweisenden Grünzeug.

Voller Bewunderung schauten wir ihm zu, wie geschickt er dabei vorging. Damit sich die Blätter während unseres bevorstehenden Tauchvorgangs nicht ablösten, band er ein Lianen ähnliches Gebilde darum. Wie aus einem Mund lobten wir den Schamanen: "Du bist einfach genial!"

Nachdem er auch die letzte Fackel präpariert hatte, zogen wir abermals unsere Kleidung aus und marschierten, nur noch mit Unterwäsche bekleidet, ins angenehm kühle, klare Wasser. Ich vermied es, mir auszumalen, wie unsere Suche in der kalten Jahreszeit verlaufen wäre. Obwohl mir winterliche Temperaturen weniger ausmachten als manch anderen Zeitgenossen, wäre ich bei Eis und Schnee sicherlich nicht in den See gesprungen. Glücklicherweise war es Sommer und ein sehr angenehmer noch dazu. Ich empfand es bei weitem nicht so heiß, wie in unserer Zeit. Dies mag wohl unter anderem daran liegen, dass ein Ozonloch im 18. Jahrhundert noch gar nicht existierte.

Unser Freund führte unsere kleine Truppe an und mit den Worten: "Los geht's Mädels!" schwamm er voraus. Mit unseren Fackeln bewaffnet folgten wir ihm zum Wasserfall, um für den Rest des Weges ganz abzutauchen.

Auf der anderen Seite des nassen Vorhangs kamen unsere Köpfe der Reihe nach wieder zum Vorschein. Unsere Formation erinnerte mich irgendwie an Synchronschwimmerinnen. Allerdings fehlten uns die Gummihauben und Nasenklammern, deren erotische Ausstrahlung mindestens einer Rippenstrickunterhose gleich kam. Doch anstatt mich mit solch bescheuerten Einfällen zu befassen, sollte ich mich lieber gemeinsam mit meinen heldenhaften Freunden konzentriert unserer Aufgabe widmen.

Wir stiegen aus dem Wasser und entblätterten unsere hölzernen Lichtstäbe. Wie bereits das Feuerzeug, waren auch diese rundum trocken geblieben, was ich als bemerkenswertes Phänomen erachtete. Während die Elfe und ich vor Nässe triefend fasziniert unsere Fackeln bestaunten, machte der Schamane sich bereits daran, kleine Ästchen zusammenzusuchen, um ein

Feuer zu entfachen. Die Ausbeute an Brennholz war an einem solch abgelegenen wie geheimen Örtchen logischerweise dürftig, doch die Wärme, die es uns spendete, reichte aus, um uns ein wenig zu trocknen, bevor wir die nasskalte Höhle betraten. "So eine Grotte empfinde ich als ebenso ungemütlich wie den Geheimgang des Schlosses. Geht es euch auch so?" Die beiden nickten kurz und wir machten uns daran, herauszufinden, wie man die schwere Holztür knacken konnte.

Das kleine Feuerchen erlosch genau in dem Moment, als wir uns trocken und aufgewärmt fühlten. Wir konnten sogar noch rechtzeitig unsere Fackeln anzünden, bevor die letzte Glut verglimmte. Die hölzernen Lichtstäbe brannten sehr hell und so leuchteten wir zum ersten Mal den kompletten Vorhof der Höhle aus.

Von der Decke hingen spitze Tropfsteine unterschiedlichster Länge und Dicke. Durch die stetige Feuchtigkeit nahmen diese wohl im Laufe der Jahrhunderte oder eher Jahrtausende mehr und mehr an Größe zu. Manche von ihnen sahen aus wie Rettiche oder auf den Kopf gestellte Zwergenmützen.

Als sich ein kantiges Steinchen in meinen Fuß bohrte und mich kurz aufjaulen ließ, bereute ich, meine Schuhe, die wir am Seeufer zurückgelassen hatten, nicht mitgenommen zu haben. Doch wer geht schon mit Fußbekleidung baden? Also versuchte ich bei jedem Schritt genauer darauf zu achten, wohin ich trat. Die anderen beiden grinsten mich aufgrund meines Fehltritts schadenfroh an und marschierten unbeirrt weiter. Auch ich verzog mein Gesicht zu einer lächelnden Grimasse, denn ich wusste, unser Abenteuer war längst noch nicht überstanden und es würden garantiert weitere Situationen auf uns zukommen, in denen ich mich dann über den einen oder anderen Fauxpas seitens meiner Freunde amüsieren könnte.

Bereits nach ein paar wenigen Schritten standen wir vor dem schweren Holztor. Im Schein unserer Fackeln sah es noch um vieles bedrohlicher und mächtiger aus, als wir es in Erinnerung hatten.

Wir leuchteten die Tür nach einem Schloss oder zumindest nach einer Schwachstelle ab, die es uns ermöglichen würde, das Tor zu demolieren. Plötzlich blieben unsere Fackeln allesamt starr auf einen Punkt gerichtet und wir drei schauten uns mehr als erstaunt an, nachdem wir das Türschloss im flackernden Licht entdeckt hatten, welches allen Ernstes mit drei Schlüssellöchern versehen war.

Der Schamane fand als erster seine Sprache wieder: "Das hatte Dana also damit gemeint, als sie vom Licht ins Dunkel sprach. Unsere Schlüssel, die es uns erlaubten, in die Vergangenheit zu reisen, sind ebenfalls die Voraussetzung dafür, dass sich die geheime Tür hinter dem Wasserfall öffnet."

Das komplette Abenteuer, in dem wir uns seit geraumer Zeit befanden, erschien mir von Anfang an völlig unrealistisch und wären meine beiden Freunde nicht mit von der Partie gewesen, würde ich wohl noch heute davon ausgehen, alles nur geträumt zu haben. Mein Vorstellungsvermögen scheiterte erst recht daran, dass in der Vergangenheit vor knapp 300 Jahren bereits alles bis ins Detail für unseren Auftritt aus der Zukunft geplant und durchdacht wurde. Vorsehung hin, Bestimmung her, wie um alles in der Welt konnte das möglich sein? Diese merkwürdige Sache war mindestens so genial wie faszinierend und vor allem, es schien – zumindest bis hierhin - alles zu passen bzw. zu funktionieren, ohne dass dabei nur der geringste Fehler unterlief. Solange meine Freunde und ich nicht mit unserer Rettungsaktion dazwischenfunkten, versteht sich. Wir stolperten schon hin und wieder stümperhaft durch die Vergangenheit, wurden jedoch immer wieder in die richtige Richtung gelenkt. Scheinbar hatte die Prophezeiung selbst unsere Unwissenheit wie Schusseligkeit auf dem Schirm und deshalb kam Dana mitsamt ihrer weisen weißen Eule als "Schutzengel" und Unterstützung auf den Plan. Wie dem auch sei, wir waren für deren Hilfe unglaublich dankbar. Schließlich bedeutete die Seelenrettung der Prinzessin unser erster Auftrag, also eine Premiere sozusagen.

Wer weiß, ob dies unser einziges Abenteuer bleiben würde. Könnte ja immerhin sein, dass unser Erfolg bzw. unser Scheitern, von dem wir natürlich nicht ausgingen, die Bewährungsprobe für so manchen Geist darstellte, dessen Seele aus irgendwelchen Gründen seit vielen Jahrhunderten noch immer in der irdischen Welt gefangen gehalten wird. Bringen wir die Geschichte hier zu einem positiven Ende, folgen eventuell weitere Aufträge aus dem Geistreich. Ohne Zweifel ist es eine gute Sache und spannend noch dazu, doch als geregelte Arbeit mit sicherem Einkommen kann man es leider nicht verbuchen. Demnach wäre es kein Beruf im herkömmlichen Sinn, sondern eher eine Berufung. Sozusagen ein ehrenamtlicher Einsatz wie z. B. von Helfern der freiwilligen Feuerwehr oder des Roten Kreuzes oder was weiß ich für welche Institutionen Mitglieder unentgeltlich herhalten. Der alles entscheidende Unterschied liegt allerdings darin, dass unserer Berufung niemand Glauben schenken würde. Hätte ich es nicht selbst erlebt, könnte ich es ehrlich gesagt auch nicht glauben.

Bevor meine Gedanken wieder einmal die Kontrolle über sich verloren, lenkte ich sie schnell wieder zurück zur Höhle hinter dem Wasserfall und dem Öffnen der schweren Holztür.

Da die Schlüssellöcher ziemlich dicht beieinander lagen und

unsere Köpfe sich mit an Sicherheit grenzender Wahrscheinlichkeit schmerzvoll touchiert hätten, noch bevor unsere
Schlüssel die Tür erreichten, öffneten wir diese in weiser Vo-
raussicht nacheinander. Der Schamane, der uns galant den Vor-
tritt ließ, drehte sodann den dicken Knauf und das Tor bewegte
sich ächzend wie knarrend nach innen. Einmal mehr stieg uns
ein inzwischen vertrauter modriger Geruch in die Nase, gleich
wie aus dem geheimen Raum des Schlosses. Ich hoffte, dass wir
das Amulett schnell finden würden und nicht wieder endlos
lange dunkle Gänge durchschreiten müssten ohne Vorahnung,
was uns darin alles begegnen könnte. Spinnen wären zwar total
eklig aber dennoch die harmloseste Vorstellung, zumindest aus
meiner Warte.

Wenigstens hatten wir brennende Fackeln, die sehr intensiv vor
sich hin flammten. Noch im Türrahmen stehend hielten wir unsere Lichter beherzt ins Höhleninnere. Die Elfe leuchtete zuerst
mal die Decke ab, ob dort nicht bereits 8-beinige Monster darauf lauerten, auf unsere Köpfe überzusiedeln. Instinktiv blickten wir alle drei nach oben, konnten in dieser Hinsicht voller
Erleichterung keine Gefahr erkennen. Stattdessen fielen uns
eine Vielzahl schlafender Fledermäuse ins Auge, die uns jedoch
nicht weiter störten, sofern sie diese Position beibehielten und
nicht etwa aufgeschreckt blindlings in die langen Haare von Elfe

und mir flogen, um sich mit hektischen Flügelschlägen hoffnungslos darin zu verfangen. Obwohl ich diese Tierchen putzig finde, ließ mich diese Vorstellung erschaudern. Nachdem sie jedoch keinerlei Anstalten machten, sich innerhalb der nächsten Sekunden auf unsere Häupter zu stürzen, ließ die Elfe ihre Fackel sinken und leuchtete den Boden ab. An dieser Stelle kam mir mein unfairer Kampf mit dem Skelett im dunklen Geheimgang des Schlossen wieder in den Sinn und ich musste unweigerlich grinsen. Der arme Kerl, der ja eh nur noch aus Knochen bestand, hatte bei meinem hysterischen Rundumschlagmanöver nicht mal den Hauch einer Chance. In der Grotte hingegen entdeckten wir keinerlei Gebeine und es sprachen auch sonst keine Indizien dafür, dass vor uns schon jemand hier gewesen sein könnte. Das Tor war zwar unglaublich massiv und ausschließlich durch unsere Schlüssel zu öffnen, doch musste es noch einen anderen Zugang zur Höhle geben, wie die Existenz der Fledermäuse bewies. Wahrscheinlich befand sich irgendwo ein kleines Schlupfloch, das ihnen den Aufenthalt in der schützenden Grotte ermöglichte.

Der Raum, in dem wir uns befanden, war nicht sehr groß und so gelang es, diesen mit unseren Fackeln komplett auszuleuchten. Obwohl er nicht prunkvoll geschmückt war, erinnerte mich der sich darin befindliche Pult irgendwie an einen Kirchenaltar in Miniausführung. Darauf lag ein goldenes Buch, zumindest sah es von weitem so aus. Als wir uns dem Tischchen näherten, erkannten wir jedoch schnell, dass es lediglich die Form eines solchen aufwies. Es schien aus purem Gold zu bestehen, sodass wir drei uns kaum trauten, das Kästchen zu berühren. Es war ja schon beinah zu erwarten, dass sich auch diese goldene Buchattrappe verschlossen zeigte. Allerdings mit nur einem Schloss. Leicht genervt über die ständig auftretenden Hindernisse fragte Elfe in die Runde: Was soll das nun wieder?" Der Schamane deutete mit dem Zeigefinger auf eine Art Höhlenmalerei, die an der Wand hinter dem Pult zum Vorschein kam und uns eine Antwort auf die von der Elfe gestellte Frage liefern sollte. Wir fixierten die Abfolge der Zeichnungen, erkannten darin uns drei sowie unsere Mission wieder und eine Figur, die den passenden Schlüssel in die Höhe hob, stellte demnach die oder den Auserwählten dar. Das war dann ja wohl mein Part und so tastete ich, ohne den Blick von der Malerei abzuwenden, nach meinem Schlüssel, der an einer Kette vor meinem Brustkorb baumelte und hob ihn, wie dort aufgezeigt, erst gen schlafender Fledermäuse, um ihn sodann ins Schloss des goldenen Buchkästchens zu stecken. Meine Hand zitterte, während ich den Schlüssel drehte und zu meiner Erleichterung sprang es tatsächlich auf. Die Attrappe ließ sich wie ein Buch öffnen, wenngleich der

Deckel unsagbar schwer war. Nachdem ich ihn aufgeklappt hatte, leuchtete uns ein wunderschönes, in bunten Regenbogenfarben glitzerndes Amulett entgegen. Endlich hatten wir zu dem königlichen Tagebuch den passenden Schlüssel gefunden. Wir schauten uns siegessicher an und strahlten vor Freude um die Wette. Ich nahm das Amulett vorsichtig heraus und legte es behutsam in die Hände des Schamanen mit den Worten: "Du bist von uns dreien als einziger geeignet, dieses wertvolle Teil sicher zu verwahren, bis wir das Seeufer wieder erreicht haben." Neben unserer Kleidung wartete dort nämlich auch die Schatulle mit den königlichen Notizen auf unsere Rückkehr. Wir konnten es kaum erwarten, erstmals seit Beginn unseres Abenteuers den Inhalt des Tagebuches zu Gesicht zu bekommen, der Prinzessin Armellas Existenz Preis gab sowie die damit verbundene unrechtmäßige Herrschaft ihres skrupellosen Bruders, der statt ihrer den Thron bestiegen hatte.

Der Fund bedeutete für uns, vor allem aber für die Geisterfrau, einen unsagbar wertvollen Schatz, auf den es mit Argusaugen aufzupassen galt, bis wir ihren Sohn und somit den wahren König ausfindig gemacht hatten, damit die Gerechtigkeit endlich ihren Lauf nehmen konnte.

Beschwingt und glücklich drehten wir dem entleerten goldenen Kästchen den Rücken zu und verließen die Höhle. Der

Schamane verpackte das Amulett sorgfältig in die Wasser abweisenden Blätter, obwohl es aufgrund von Nässe sicherlich keinen Schaden nehmen würde. Beim Tagebuch selbst sah es da schon anders aus. Obwohl es in einer Schatulle aufbewahrt lag, wäre es mehr als leichtsinnig gewesen, dieses mit zur Höhle zu nehmen. Die Aufzeichnungen waren entsprechend der damaligen Zeit wohl mit Tinte verfasst, sodass sie im gleichen Augenblick unleserlich wie wertlos werden würden, kämen sie mit Wasser in Berührung. Dieses Risiko wollten wir auf keinen Fall eingehen, denn mit einer durch Nässe verwischten, unleserlichen Schrift wäre alles verloren gewesen, für das wir uns auf das bestehende Abenteuer eingelassen haben.

Einer nach dem anderen sprangen wir ins Wasser, tauchten unter dem nie versiegenden Regenbogenvorhang hindurch und streckten unsere Köpfe auf der anderen Seite wieder aus dem See, um fröhlich und erleichtert ans Ufer zu schwimmen.

Allerdings sollte uns das Lachen bereits schon vergehen, noch bevor wir festen Boden unter den Füssen hatten.

KAPITEL XIII
NOEL

Wir erkannten eine Person bei unseren Sachen, die erschrocken aufsprang und davonrannte, sobald unsere Köpfe aus dem Wasser auftauchten. Irgend jemand schien uns zu verfolgen. Dabei hatten wir nicht die geringste Ahnung, ob es sich um einen Spion des Königs handelte, der uns nachschlich oder um jenen jungen Mann, der Elfe und mich bereits schon einmal beim Baden beobachtet hatte, die Schatulle mit dem Tagebuch entwendete sowie dem Schamanen und mir zu Hilfe eilte, um Elfe aus Sir Balduins Liebesfängen zu befreien. Wir nahmen die Gestalt auch nur verschwommen wahr, da unsere Blicke aufgrund der Taucheinlage noch getrübt waren. Bis wir wieder klar sehen konnten, war der Fremdling bereits verschwunden. Der Statur zufolge, die sich uns für einen kurzen Augenblick gezeigt hatte, könnte es durchaus Noel gewesen sein. Da wir lediglich mit vor Nässe triefender Unterwäsche bekleidet waren, konnten wir ihm nicht mal auf die Schnelle folgen. Als wir das Ufer endlich erreicht hatten, mussten wir zu allem Übel feststellen, dass unsere komplette Kleidung wie vom Erdboden verschluckt war. Wir schauten uns verdutzt an, denn der davoneilende Fremde trug keine Kleiderberge unter dem Arm. Wo also sollten sich diese befinden? Er würde sie doch nicht etwa vergraben haben? Nee, das ergäbe zum einen wenig Sinn und wäre zum anderen viel zu umständlich und aufwändig gewesen. Plötzlich stupste mich der Schamane und zeigte stumm auf die Büsche und Hecken, die den See umzäunten. Daran hingen nämlich großzügig verteilt unsere Gewänder. Der Schamane musste über die außergewöhnlichen "Früchte", die den Gewächsen angehängt wurden, laut lachen und meinte: "Dumm ist das Kerlchen nicht. Keine schlechte Taktik, um uns von seiner Verfolgung abzuhalten." Ich fand den Anblick unserer verstreuten Kleidungsstücke weniger lustig und gab schnippisch zurück: "Gut für ihn, schlecht für uns. Denn nicht genug, dass wir unsere Anziehsachen erst mal "pflücken" müssen, die Büsche haben teilweise ganz fiese Dornen, falls du das bemerkt haben solltest."

Die Elfe fügte hinzu: "Außerdem ist es mal wieder typisch, dass ausgerechnet deine und meine Sachen im Dorngestrüpp hängen, während unser Freund seine Klamotten ganz locker von einem unstacheligen Strauch nehmen und hineinschlüpfen kann." Entsprechend schnell stand er angekleidet hinter uns und verfolgte amüsiert unsere verzweifelten Versuche, Röcke wie Blusen aus dem Dornendickicht zu befreien, ohne dabei größeren Schaden zu nehmen. Beim Kleiderfischen verhedderten sich unsere langen Haare allerdings immer mehr in dem stachligen Grünzeug. Echt super! Letztendlich erkannte unser Freund dann doch noch, dass wir Mädels uns ohne seine Hilfe nicht mehr selbst zu befreien vermochten. Die Gewänder konnten wir nach schmerzlicher Mühe zwar ergattern, doch unsere Haare schienen zwischenzeitlich fest mit den Dornenbüschen verbunden zu sein. Während Elfe und ich immer hektischer herumfuchtelten, mahnte unser Freund zur Ruhe: "Je mehr ihr euch so panisch bewegt, desto schwieriger wird es werden, euch aus der misslichen Lage zu befreien." Da sein Ausspruch eine gewisse Logik in sich barg, hielten wir still und versuchten so gut es ging die Nerven zu bewahren. Der Schamane entwirrte unsere langen Zotteln behutsam aus den Dornen und achtete sogar darauf, dass die meisten Haare auf unseren Köpfen verblieben. Alleine dafür hätte ich ihn knutschen können.

Erfreulicherweise war nach dieser unvorhergesehenen wie akrobatischen Showeinlage unsere Unterwäsche getrocknet, sodass wir problemlos in unsere Kleider hüpften. Nachdem wir allesamt vollständig angezogen am Ufer standen, schauten die Elfe und ich uns an, was – wie sollte es auch anders sein - einen spontanen Lachanfall zur Folge hatte. Wenn ich nur halbwegs so aussah wie sie, gaben wir entweder eine der besten Vogelscheuchen ab, die die Welt je gesehen hatte oder würden als

Hexengesindel auf dem Scheiterhaufen enden.

Ihre ansonsten so gepflegten Haare, standen zerzaust in alle Richtungen ab, während dazwischen noch das eine oder andere Dornengeäst hing. Ihr zartes Gesicht war zerkratzt und am Hals verliefen kleine blutige Striemen. Nachdem auch sie sofort anfing zu lachen, als sie mich anschaute, war mein Anblick wohl mit ihrem nahezu vergleichbar. Diese Vermutung wurde uns seitens des Schamanen prompt mit breitem Grinsen bestätigt.

Die Elfe kramte sogleich in ihrer Rocktasche, um einen Taschenspiegel hervorzuholen, in dem wir uns beide erst mal neugierig musterten, bevor wir uns wieder einigermaßen ansehnlich zurecht zupften. In dem desolaten Zustand wären wir auf jeder Halloween-Party mit Sicherheit der Brüller gewesen.

Der Schamane eröffnete uns im Anschluss - was wir alle drei insgeheim längst geahnt hatten - dass die Schatulle mit dem Tagebuch verschwunden war.

Gerade als wir darüber beratschlagten, wie wir uns das Kästchen auf schnellstem Wege zurückholen könnten, vernahmen wir in der Ferne wildes Geschrei. Allerdings handelte es sich dabei ausnahmsweise nicht um einen Laut unserer Eulenfreundin. Vielmehr klang es, als ob ein menschliches Wesen in Not geraten war.

Ohne lange zu überlegen rannten wir in die Richtung, aus der die Schreie kamen. Als wir uns näherten, vernahmen wir eine Vielzahl von Stimmen und dazu noch Pferdegewieher. Um nicht ins offene Messer zu laufen, verlangsamten wir unsere Schritte und schlichen auf leisen Sohlen näher ans Geschehen, das sich nicht mehr allzu weit vor uns abspielte. Plötzlich tat sich die gesamte Szenerie vor uns auf und wir sprangen schnell hinter dicke Bäume, die uns Schutz gewährten. Auf einer Lichtung vor uns stand ein Mann, umringt von berittenen Soldaten des Königs. Bei dem umzingelten Jüngling handelte es sich garantiert um Noel, den Spaßvogel, der unsere Kleidung aufgehängt und die Schatulle gemopst hatte. Obwohl ich ihn am liebsten verflucht hätte, als ich mit meinen Haaren im Dornengestrüpp hing, tat er mir nun wieder sehr leid, als ich ihn vor Angst zitternd und hilflos im Gras knien sah. Wir mussten ihm helfen, das war klar. Zum einen konnte er sich selbst nicht verteidigen, da er keine Waffe bei sich trug und zum anderen durfte die Schatulle auf keinen Fall in die Hände des schwammigen falschen Königs gelangen.

Wobei mich an dieser Stelle brennend interessiert hätte, wie zum Henker königliche Truppen an diesen Ort kamen? Während unseres bisherigen Aufenthalts in der Vergangenheit war zu keiner Zeit auch nur ein einziger Soldat außerhalb der Schlossstadt zu sehen gewesen. Es konnte somit kein Zufall sein, dass es gerade dann passierte, als wir endlich den Schlüssel für das Kästchen gefunden hatten.

Um uns nicht zu verraten, machten wir drei lediglich per Handzeichen aus, wie wir vorgehen wollten. Der Schamane würde die Soldaten anlocken, während die Elfe und ich unsere Betäubungsringe zum Einsatz brachten, um die Krieger schlafen zu legen. Genau in dem Moment, als wir unsere Deckung aufgeben und den Plan in die Tat umsetzen wollten, spürte ich etwas kaltes und hartes in meinem Nacken. Instinktiv verfiel ich in eine Schockstarre, die es mir unmöglich machte, mich umzudrehen. Das war auch gar nicht nötig, denn ein schielender Blick zur Seite genügte um zu erkennen, was sowohl dem Schamanen als auch der Elfe an genau die gleiche Körperstelle gehalten wurde. Eine Hellebarde stieß uns zwar noch verhältnismäßig sanft, doch bei der kleinsten falschen Bewegung könnte sie uns problemlos durchbohren.

Unser Fokus war wieder einmal zu sehr darauf gerichtet, was vor unseren Augen geschah, sodass wir nicht darauf achteten, was sich eventuell hinter unserem Rücken abspielten könnte. Lernten wir jemals, vorsichtiger und aufmerksamer zu sein? Da die bewaffneten Söldner des Königs hinter uns standen, konnten wir aus dieser ungeschickten Position keine Nadeln aus der Ringwaffe abfeuern. Wir mussten also einen günstigeren

Zeitpunkt abwarten und ich betete zu Gott, dass wir einen solchen überhaupt erleben würden. Es blieb uns erst mal keine andere Wahl, als dem Befehl der Soldaten Folge zu leisten und auf die Lichtung zu gehen mit dem ziemlich beunruhigenden Wissen, dass dieses kalte Metall nach wie vor auf unseren Nacken ruhte. Umzingelt von der königlichen Garde ertönte zu allem Übel auch noch das widerlich klingende Hohngelächter des irren Blaublütigen. Diese fiese Visage mit den schwammig dicken, verpickelten Wangen, aus den Höhlen hervorstehenden Klubschaugen und der, wie immer, schief sitzenden Krone auf dem lichten, fettigen Haar, erweckten in mir den Wunsch, mich zu übergeben. Als er mit wirrem Blick und dem nicht enden wollenden Wahnsinnslachen direkt auf mich zusteuerte, bekam ich einen Anflug von Panik. Ich schien mich noch immer in Schockstarre zu befinden, denn ich stand da, wie eine Salzsäule. Das einzige, was in dem Augenblick noch funktionierte, war mein Denkapparat und leider auch mein Mundwerk.

Frecher als geplant, hörte ich mich sagen: "Was willst du Ekelpaket von mir? Mich töten oder gar zu deiner Frau nehmen?" Als ich gerade darüber nachdenken wollte, ob ich mir mit meiner ungezügelten Impulsivität mein eigenes Grab geschaufelt hatte, riss mich dieser Widerling in einer abrupten schmerzhaften Bewegung unsanft an sich. Obwohl ich ein kurzes

Knackgeräusch in meinem Brustkorb vernahm, auf das prompt ein stechender Schmerz folgte, kam kein Laut über meine Lippen. Wahrscheinlich hatte er mir gerade eine Rippe gebrochen, dieser Grobian. Der Schmerz wich jedoch augenblicklich einem aufkeimenden Würgreflex, da mich ein Gestank einhüllte, der mir unweigerlich den Magen umdrehte. Als sein dreckiges Lachen erneut ertönte und er auch noch zu reden anfing: "Dir werden deine Frechheiten schon noch vergehen, du kleine Hexe!", schwanden mir beinah die Sinne und ich war kurz davor, ohnmächtig in mich zusammenzufallen. Dieser blaublütige Bastard verströmte einen grausamen Mundgeruch, der seine komplette Armee im Grunde überflüssig machte. Er bräuchte Feinde nur anzuhauchen, um diese umgehend außer Gefecht zu setzen.

Wenn auch die Zahnbürste in der Vergangenheit noch nicht erfunden war, so gab es doch sicherlich das eine oder andere Naturmittelchen, welches Abhilfe schaffen könnte. Alter Schwede! Der Gestank war kaum auszuhalten. Dagegen war der Geruch des Unsichtbarkeitsmantels ein edles Düftchen.

Der königliche Fiesling stieß mich so abrupt, wie er mich an sich gerissen hatte, wieder weg, sodass ich einem seiner Soldaten direkt vor die Füße fiel. Sollte meine Rippe bis zu diesem Zeitpunkt noch nicht vollständig gebrochen gewesen sein, war sie es spätestens nach meinem Aufschlag. Bereits bei der Landung spürte ich erneut diesen brennenden Schmerz, der meinen Brustkorb zu durchbohren schien. Mir blieb jedoch keine Zeit, mich zu bedauern, denn der königliche Krieger zog mich sogleich unsanft hoch und hielt mich mit eisernen Händen fest. Gefangen von der royalen Truppe mussten wir alle drei gezwungenermaßen den Worten dieses idiotischen Regenten lauschen, die er regelrecht heraus brüllte: "Ich hab euch Gesindel vom ersten Tag an nicht getraut. Ihr Dilettanten habt tatsächlich geglaubt, den Herrscher dieses Landes hinters Licht führen zu können!" Ein triumphierendes Grunzen ließ ihn eine Pause machen, bevor er verächtlich schnaubend fortfuhr: "Ich hab euch bespitzeln lassen und war stets über euer Tun informiert. Ihr seid so selbstlos und gut, dass mir davon ganz schlecht wird. Was hat es euch genutzt? Mir habt ihr einen Gefallen getan und seid dem Tod nun näher als dem Leben, ihr Narren!"

Nicht genug damit, dass wir so peinlich berührt wie hilflos in der Klemme saßen, trat plötzlich Sir Balduin hinter dem König hervor.

Oh nein. Vom Waldmännchen bis zum Schatullendieb hätte ich jedem den Verrat zugetraut. Doch auf den coolen Magier, der meine Freundin zur Frau nehmen wollte, aussah wie Frank Zappa in orientalischer Version, den Dana einst liebte und dem wir quasi blind vertraut hatten, wäre ich niemals gekommen. Ausgerechnet er entpuppte sich als Verräter unserer Mission. Sein schändliches Verhalten war wohl die Rache dafür, dass die Elfe nicht bei ihm geblieben war. Nach dem Motto: ein gebrochenes Herz hat nichts mehr zu verlieren! Mit dem Wissen, das die Elfe und ich ihm bezüglich unseres Auftrags in blauäugiger Manier zutrugen, lief er wohl geradewegs zum König, um uns eiskalt ans Messer zu liefern. Aus gekränkter Eitelkeit und geschundener Männerehre schloss er sich unserem Feind an. So musste es sein, denn eine andere Erklärung wollte mir einfach nicht einfallen.

Zu allem Übel erlangte der König aufgrund der impulsiven Hasstirade aus verschmähter Liebe seitens des Zauberers auch noch Kenntnis darüber, dass seine Schwester einem Sohn das Leben geschenkt hatte, der ihm den Thron streitig machen würde.

Der fiese Regent ergriff erneut das Wort: " Ich lasse nicht zu, dass ein dahergelaufener Tunichtgut mich vom Thron stürzt. Ich hatte keine Skrupel, meine eigene Schwester zu töten, also kommt es auf euch vier erbärmlichen Kreaturen auch nicht mehr an. Das Tagebuch meiner Mutter werde ich vernichten, damit ein für allemal sämtliche Beweise, die mich belasten könnten, aus der Welt geschaffen sind".

Während sein widerliches Gelächter erneut durch den Wald schallte, nachdem er seine Laudatio auf unseren bevorstehenden Tod beendet hatte, schubsten uns die Soldaten zu dem noch immer vor Angst zitternden und von der königlichen berittenen Garde umzingelten Jüngling Noel.

Aus irgend einem mir nicht verständlichen Grund freute es mich ungemein, dass der durchaus etwas schräg wirkende Zeitgenosse weder mit Sir Balduin noch mit dem blaublütigen Fiesling unter einer Decke steckte und stattdessen gemeinsam mit uns drei Helden um sein Leben bangen musste.

Anstatt über den Burschen nachzudenken, richtete ich meine Gedanken auf unsere Befreiung und es erfolgte eine spontane Rettungsaktion, da wir eh nichts mehr zu verlieren hatten. Ohne Absprache brachten die Elfe und ich instinktiv unsere Ringe in Position und feuerten was das Zeug hielt. Wir nutzten den Überraschungseffekt voll aus, um in kürzester Zeit so viele Soldaten wie nur möglich ins Land der Träume zu schicken, bevor sie uns angreifen konnten.

Während sich immer mehr Krieger dank unserer Schmuckwaffen auf dem Rücken ihres Pferdes oder dem harten Lehmboden unfreiwillig schlafen legten, erkannte ich aus dem Augenwinkel, dass sich der Hass erfüllte Sir Balduin an den Schamanen heranschlich, dessen volle Konzentration darauf gerichtet war, uns die Soldaten in Schussweite zu locken. Unser Freund befand sich in akuter Lebensgefahr, denn der Zauberer stand bereits hinter ihm und hob die Hand, um mit seinem Dolch zuzustechen. Ich war zu weit weg, um zu ihm zu springen und das Schlimmste zu verhindern. Also stieß ich zur Warnung an Ort und Stelle einen lauten spitzen Schrei aus. Dadurch aufgeschreckt sprang unser Freund reflexartig zur Seite, der Magier hingegen sackte in sich zusammen und kippte vornüber. In dem Augenblick, als ich mir verblüfft die Frage stellte, ob er aufgrund meines Schreis - dessen viel zu hohe Dezibel mich im übrigen selbst überraschte - einem Herzinfarkt zum Opfer gefallen war, bemerkte ich den weißen Pfeil, der in seinem Rücken steckte. Noch bevor mein Blick in die Richtung wanderte, aus der er abgeschossen worden war, wusste ich bereits, wer ihn abgefeuert hatte.

Dana stand in ihrer atemberaubenden Schönheit mit wehender Silber glänzender Mähne hoch erhobenen Hauptes auf einem von Licht umgebenen Hügel, den Bogen noch in der Hand und schaute mit leerem Blick zu uns herüber.

Sie hatte mit diesem einen gezielten Schuss dem Schamanen das Leben gerettet, aber auch den Mann getötet, den sie liebte. Sir Balduin hatte nicht nur uns, sondern auch sie sowie ihre Gefühle füreinander verraten und wäre in seinem Hass sogar vor einem Mord nicht zurückgeschreckt. Autsch! Das tat sicherlich doppelt weh. Ich löste mich von meinen Gedanken und dem wehmütigen Anblick, den Dana bot, um mich wieder dem königlichen Hurensohn und seinem Gefolge zu widmen.

Allerdings hatten der Schamane sowie die Elfe gemeinsam mit Noel, dem Schatullendieb, inzwischen den Sieg in der Tasche und den König voll im Griff.

Das Bild, das sich mir bot, war zu komisch. Während die Soldaten schnarchend hoch zu Ross bzw. auf dem Schlachtfeld lagen, stand der falsche König schwitzend vor Zorn und mit verrutschter Krone gefesselt zwischen unserem Freund und dem Jüngling mit kleptomanischen Zügen. Während der eine so wütend wie ängstlich aus der Wäsche schaute, als ob er sich jeden Moment in seine königlichen Gewänder pinkeln würde, strotzten und strahlten die beiden anderen nur so vor Stolz. Die Elfe hingegen nahm unseren Triumph eher gelassen hin. Sie zog es vor, ihre Kleidung zurecht zu zupfen und ihr Haar zu ordnen, anstatt jubelnde Indianertänze zu vollführen.

Dana stieß zu uns und auch Eulanda ließ sich mit einem ihrer unverkennbaren Schreie auf einem knorrigen Ast nieder.

Freund wie Feind war um uns versammelt. Dies sollte der geeignete Augenblick sein, die Schatulle mit Hilfe des Amulettschlüssels zu öffnen. Ohne zu zögern streckte mir Noel das

Kästchen entgegen und der Schamane holte das Amulett aus seiner Hosentasche. Da wir drei viel zu aufgeregt waren, überließen wir der schönen wie tapferen Dana diese ehrenvolle Aufgabe, die sich inzwischen zu uns gesellt hatte.

Sie war darüber sichtlich erfreut und gerührt. Um nicht auch noch Tränen kullern zu lassen, reagierte sie äußerst geschickt und meinte: "Ich fühle mich sehr geehrt, dass ihr mir die Öffnung überlassen wollt. Doch wäre es sicherer, den Inhalt des Tagebuchs in meiner Hütte zu offenbaren, die nicht weit entfernt liegt und frei von schnarchenden Soldaten ist."

Begeistert stimmten wir alle zu und machten uns auf den Weg. Der vermeintliche König brabbelte noch immer unverständlich vor sich hin. Da jedoch keine Gefahr mehr von dem in Ketten gelegten royalen Pfannkuchen auf zwei Beinen ausging, kümmerten wir uns nicht weiter um sein Gejammer. So eklig dieser Typ auch war, so faszinierend fand ich stets, dass die Krone auf seinem dicken Haupt nicht ein einziges Mal herunter gefallen war, obwohl sie in ihrer Position dem schiefen Turm von Pisa wahrlich alle Ehre machte. Vielleicht war sie ja gar festgeklebt oder angenäht. Selbst diesen Wahnsinn würde ich dem blaublütigen Sack ohne weiteres zutrauen. So vor mich hin sinnend wie spinnend vernahm ich plötzlich ein knackendes Geräusch hinter mir. Abrupt drehte ich mich um und konnte gerade noch einige weitere Nadeln abfeuern, die einen der inzwischen erwachten Krieger erneut ins Land der Träume schickten, bevor der Schmerz, der mir aufgrund der schnellen Bewegung durch den Brustkorb fuhr, meine Sinne vernebelte und ich ohnmächtig zu Boden ging.

Als ich zu mir kam, fand ich mich auf den Armen von Noel wieder. Obwohl meine Rippen noch immer schmerzten, war es auszuhalten. Ich war wohl nicht allzu lange weggetreten, denn als ich meine Augen aufschlug, erreichten wir gerade Danas Häuschen. So wundervoll es sich anfühlte, getragen zu werden, so erstaunt war ich darüber, dass der Bursche unter meiner Last nicht zusammenbrach. Also entweder waren die Leute vor ca. 300 Jahren stärker als zu unserer Zeit oder ich war in der Vergangenheit leichtgewichtiger als in der Gegenwart.

Vielleicht lag es auch daran, dass ich mich trotz oder gerade wegen unseres Abenteuers freier und leichter fühlte, als in meinem realen Alltag.

Wie dem auch sei, ich empfand es als Genuss pur, von solch starken Armen gehalten zu werden.

Bevor mich der junge Mann im Inneren der Hütte sanft auf einem Diwan abgesetzt hatte, konnte ich einen kurzen Blick auf seinen Nacken erhaschen. Schlagartig riss ich meine Augen genau in dem Moment, als ich das königliche, kronenförmige

Muttermal erblickte, so weit wie möglich auf, um sicherzugehen, dass ich mich nicht irrte. Während unserer hindernisreichen Suche nach dem Tagebuch und dem dazugehörigen Schlüssel fiel uns ganz nebenbei Prinzessin Armellas Sohn und damit der rechtmäßige Thronfolger in die Hände. Einfach genial! Mit einem Lächeln auf dem Gesicht beförderte mich der Schmerz meiner gebrochenen Rippe erneut ins Nirwana.

Wie lange ich diesmal ohne Bewusstsein war, konnte ich nicht sagen. Diese Ohnmachtsanfälle bedeuteten eine ganz neue Erfahrung für mich, denn in meinem bisherigen Leben kam so etwas kein einziges Mal vor. Allerdings wurde ich auch nie zuvor von einem Wabbelkönig beinah zu Tode gequetscht.

Als ich wieder erwachte, war der bohrende Schmerz auf wundersame Weise verschwunden. Über mich gebeugt stand unsere Hexenfreundin und ich blickte direkt in ihr ebenmäßig schönes Gesicht, das mich immer wieder aufs Neue faszinierte. Ebenso wie die silberglänzende Mähne, welche ihr Antlitz mehr als perfekt umrahmte. Doch zugleich strömte ein Fäulnisgeruch in meine Nase, der mich augenblicklich von dem bezaubernden Anblick ablenkte. Dana hielt mir einen Becher an den Mund, der eines ihrer fiesen Gebräuvariationen beinhaltete. Reflexartig stieß ich - angewidert von dem grauenvollen Gestank - ihre Hand zur Seite, sodass der noch halb gefüllte Becher auf den

Boden fiel. Da anscheinend jeder im Raum genau diese Reaktion erwartet hatte, begannen alle wie auf Kommando laut zu lachen. Was blieb mir in dem Moment anderes übrig, als mich dem Gegröle anzuschließen. Erfreut stellte ich fest, dass ich selbst beim Lachen keinen Schmerz mehr verspürte. Glücklicherweise verabreichte Dana mir ihre selbstgebraute Hexenmedizin größtenteils während meiner Bewusstlosigkeit, sodass ich den Gestank erst roch, nachdem die grauenvolle Flüssigkeit bereits seine Wirkung zeigte. Als ich mich aufsetzte, spürte ich einen Verband um meinen Brustkorb, den ich vorsichtig ertastete. Die weiße Hexe verriet mir: "Keine Sorge meine Liebe. Die Blätter und Heilkräuter lösen sich auf, sobald deine Rippe vollständig ausgeheilt ist". Voller Freude über ihre ungewöhnlich selbstlose Hilfsbereitschaft stand ich auf, umarmte sie liebevoll mit den Worten: "Danke liebste Dana. Du bist nicht nur eine herzensgute Seele, sondern auch wertvolle Freundin und gute Lehrmeisterin! Ohne deine und Eulandas Hilfe hätte unsere Mission sicherlich kein so rasches wie glückliches Ende gefunden."

Dana hatte mit dem Öffnen des Kästchens gewartet, bis ich aus meiner Ohnmacht zurückkehrte und so setzte ich mich aufgeregt zu meinen Freunden an den Tisch. Überrascht darüber, den gefallenen König nirgends zu entdecken, fragte ich in die

Runde: "Wo ist denn unser Gefangener abgeblieben?" Der Schamane stand statt einer Antwort schweigend auf, nahm meine Hand und führte mich nach draußen. Der miese Dickwanst stand an einen Baum gefesselt und stampfte wütend mit dem Fuß auf den Waldboden, sodass die schiefe Krone noch mehr verrutschte. Der amüsante Anblick erinnerte mich an einen Giftzwerg und ich empfand es ein weiteres Mal als äußerst bedauerlich, dass mir kein Fotoapparat oder wenigstens ein Smartphone zur Verfügung stand.

Zurück in der Tischrunde, nahm die weiße Hexe das Amulett in ihre schmale Hand und setzte es in die dafür vorgesehene Ausbuchtung auf der Schatulle ein. Diese sprang sogleich auf und gab den Blick auf ein kleines mit Leder verschnürtes Büchlein frei. Dana nahm es vorsichtig heraus und öffnete es mit geschickten Fingern.

Da für uns Helden aus der Zukunft die Schrift unmöglich zu entziffern gewesen wäre, waren wir - wie schon so oft – froh und dankbar, die weiße Hexe an unserer Seite zu wissen.

Sie ist nicht nur eine wunderschöne und kluge Zauberin, sondern zudem auch noch äußerst gebildet. Immerhin galt es zur damaligen Zeit keineswegs als selbstverständlich, des Lesens und Schreibens mächtig zu sein, da auch das Erlernen solcher Fähigkeiten ausschließlich dem Adelsgeschlecht und

Angehörigen der Kirche vorbehalten war.

Wir lauschten andächtig ihren Worten und erfuhren somit die ganze Wahrheit, die schwarz auf weiß in dem kleinen Büchlein verewigt stand. Im Großen und Ganzen kannten wir diese ja bereits, da Armellas Geist uns darüber informiert hatte. Allerdings kam durch die Aufzeichnungen das ganze Ausmaß des Leides der Königin Mutter erst so richtig zum Ausdruck. Die Qualen, derer sie sich wegen ihrer einzigen Tochter und ihres Enkels, den sie niemals zu Gesicht bekommen hatte, ausgesetzt sah, waren sicherlich ursächlich für ihren viel zu frühen Tod. Die Königin Mutter verstarb sozusagen an gebrochenem Herzen.

Nachdem Dana mit der letzten Seite der Aufzeichnungen ihre Vorlesung beendet hatte, die eine betretene Stille im Raum aufkommen ließ, war für mich der richtige Zeitpunkt gekommen, die Katze aus dem Sack zu lassen und den anderen zu offenbaren, welche Persönlichkeit mit uns an dem alten Holztisch der weißen Hexe saß. Ich stand auf, ging langsam auf den jungen Mann zu und verkündete ohne weitere Vorwarnung: "Darf ich euch den rechtmäßigen Thronfolger vorstellen?" Zu ihm gewandt sagte ich: "Ja Noel, du bist Prinzessin Armellas Sohn. Diese Tatsache kommt für dich sicherlich genauso überraschend, wie für meine Freunde." Und wieder hätte ich in diesem Augenblick liebend gerne eine Kamera zur Hand gehabt. Es hätte sich wahrlich gelohnt, die verblüfften, dümmlich drein blickenden Gesichter für die Nachwelt festzuhalten, die mich irritiert anglotzten.

Dabei schaute Noel am komischsten drein. Wortlos drehte ich der Elfe, dem Schamanen und auch der weißen Hexe den Nacken des Prinzen zu, damit sie sich selbst von der Existenz des königlichen Muttermals überzeugen konnten. Dana war mal wieder die Einzige, die weder dümmlich schaute noch überrascht auf meine Sensation reagierte. Souverän wie eh und je lächelte sie mich wissend an. Inzwischen kannte ich sie gut genug, um nichts anderes von ihr zu erwarten.

Der junge Mann hingegen war mit dem, was ihm zu Ohren kam, sichtlich überfordert. Unser Schamane, der zuerst seine Sprache wiederfand und zudem ein äußerst feinfühliges Wesen aufweist, erklärte ihm behutsam die ganze Geschichte.

Die Augen des vermeintlichen Strauchdiebes füllten sich bei den Worten, die er aus dem Mund unseres Freundes vernahm, mit Tränen. Noel erfuhr vom Tod seiner Mutter, auf deren Suche er sich schon vor langer Zeit begeben hatte. Sie wurde ermordet vom eigenen Bruder, der auch noch sein Onkel war und den Thron besetzt hielt, der ihm zustand. Nun wusste er, warum sein Bemühen, die Mutter aufzuspüren, erfolglos blieb.

Es dauerte jedoch nicht lange und sein Blick begann wieder zu strahlen, als er verkündete: "Es besteht zwar bedauerlicherweise keine Möglichkeit mehr, meine Mutter kennenzulernen, doch wenigstens hat meine Suche vor allem nach mir selbst, endlich ein Ende gefunden". Er ergötzte sich an dem Gedanken, als Regent des Landes den einfachen Leuten, die seine Mutter und ihn in ihrer Mitte so liebevoll aufgenommen und ein zuhause gegeben hatten, endlich seine Dankbarkeit zeigen zu können und Großmütigkeit walten zu lassen. Obwohl er als zukünftiger König die Verantwortung für ein ganzes Reich tragen wird, würde er immer auch ein Mann des einfachen Volkes bleiben und die Bürger unterstützen, anstatt sie ihrer wenigen Habseligkeiten auch noch zu berauben.

Der bisher so überaus schweigsame, traurig wirkende Noel entzündete plötzlich ein verbales Feuerwerk. Euphorisch sprang er von seinem Holzschemel auf, sodass dieser mit lautem Gepolter rücklings zu Boden fiel und erklärte wild gestikulierend: "Ihr könnt euch gar nicht vorstellen, wie glücklich mich die unvorhersehbare Wende meines Lebens macht. Ich bin so erleichtert, nicht länger auf der Suche sein zu müssen und mir eine neue Existenz verbunden mit einer verantwortungsvollen Aufgabe gegenüber meinem Volk geschenkt wurde". Seine gewaltige Freude, die er so unschuldig wie ehrlich zum Ausdruck brachte, ging auf uns alle über und wir strahlten gegenseitig um die

Wette. Keiner von uns konnte und wollte aufhören zu lachen und fröhlich zu sein. Der Schamane zog eine Mundharmonika aus der Tasche und begann spontan darauf zu spielen. Wenn einer von uns musikalisch war, dann er. In unserer Zeit singt er sogar in einer Band. Obwohl ich mir nicht unbedingt sicher bin, ob man die Laute, die dabei seinen Kehlkopf verlassen, als Gesang bezeichnen kann. Auf mich wirkt es eher wie ein Ritual, das er bei seinen Auftritten vollzieht, ähnlich wie bei den Indianern der Regentanz.

Zu den Klängen des bescheidenen Instruments hüpften wir unbeschwert wie Kinder wild durcheinander und tanzten zusammen mit dem zukünftigen König um den Tisch in Danas Häuschen.

Unsere Stimmung war so ausgelassen und glücklich, dass ich mir in dem Moment wünschte, die Zeit anhalten zu können, damit diese Hüttengaudi ewig währen würde.

Doch da das Leben bereits im 18. Jahrhundert kein Wunschkonzert war, ging auch dieser Spaß zu Ende.

Bevor der Thronfolger sich auf den Weg zum Schloss machte, lud er uns zur bevorstehenden Krönungszeremonie ein: "Ich bitte euch, den Feierlichkeiten beizuwohnen. Eure Anwesenheit wäre für mich von immenser Bedeutung, denn ohne euch hätte ich meine wahre Identität niemals erfahren."

Diese Einladung konnten und wollten wir auf keinen Fall ablehnen und nahmen sie demnach sehr gerne an. Ich wurde das Gefühl nicht los, dass der Prinz sich bei dem Gedanken alleine und ohne Rückendeckung ins Schloss zu gehen, um sich dem Volk als neuer König zu präsentieren, ziemlich unbehaglich fühlte. Damit ihm die Peinlichkeit erspart bliebe, unsere Unterstützung zu erbitten, schlug ich geistesgegenwärtig vor, dass wir alle gemeinsam auf sein royales Anwesen marschierten. Irrte ich mich oder erkannte ich in seinen Augen tatsächlich ein erleichtertes Aufflackern?

Unsere Rückkehr zum Schloss bedeutete jedoch gleichzeitig den endgültigen Abschied von unserer Verbündeten, der weißen Hexe Dana und unserer gefiederten Freundin Eulanda. Diese Tatsache schmeckte nicht bitter, sondern salzig, denn das eine oder andere Tränchen lief uns über die Wangen, als wir der Zauberin nacheinander mittels einer innigen Umarmung Lebewohl sagten.

Eulanda musste auf derartige Streicheleinheiten zum Abschied noch ein wenig warten, denn sie hatte ja die Aufgabe, ein letztes Mal den fliegenden Navi zu mimen und uns den Weg zum königlichen Anwesen zu zeigen. Die Eule selbst war sicherlich erleichtert darüber, dass wir alsbald für immer in unsere Gegenwart zurückkehren und somit endlich eine beschauliche

Ruhe in ihrem Leben einkehren würde und sie der nächtlichen Jagd wieder ungestört frönen könnte. Bei dem Gedanken musste ich zwangsläufig grinsen und die Tränen des Abschieds waren schnell getrocknet.

KAPITEL XIV
WIE ALLES ENDETE....

Als wir über die Lichtung davon schritten und Dana nochmals zuwinkten, hätten wir vor lauter Sentimentalität beinah den miesen Onkel des zukünftigen Königs vergessen, der noch immer gefesselt am Baum stand. Das heißt, er hing aufgrund seiner permanenten Zappelei inzwischen beinah so schief in den Seilen wie seine Krone auf dem Kopf. Das verärgerte Grunzen machte uns überhaupt erst wieder auf ihn aufmerksam. Der Schamane kümmerte sich um den Gefangenen, band ihn los und zog ihn rigoros hinter sich her. Feinfühlig wie er nun mal ist, wollte er dem Prinzen die Schmach ersparen, seinen unrechten Onkel wie einen Hund hinter sich herdackeln zu lassen. Somit übernahm unser Freund diese undankbare Aufgabe. Da Schamanen Kräfte entwickeln können, von denen unsereiner nicht die geringste Ahnung besaß, hatte ich keinerlei Bedenken, dass er den dicken Wackelpudding auf zwei Beinen ohne Anstrengung ins Schloss führen würde.

Unsere illustre Truppe war zum Abmarsch bereit und so warteten wir auf den fliegenden Führer und Wegweiser, der sich kurz darauf mit seinem unverkennbaren eindrucksvollen Schrei vor uns auf der Lichtung niederließ. Als ich mir die Eule betrachtete, wurde mir ganz wehmütig ums Herz, da ich diesen wundervollen Vogel nicht mehr wiedersehen würde, sobald wir wieder in unserer Zeit gelandet sind. Beim Stichwort "gelandet", fielen mir spontan unsere davon getragenen Blessuren ein. Es war zwar schon eine ganze Weile her, dass wir durchs Portal gesprungen waren, doch die schmerzhaften Landungen kamen mir unmittelbar in den Sinn.

Was Eulanda betraf, versuchte ich mich damit zu trösten, dass es diese wundervollen Geschöpfe schließlich auch in unserer Zeit gab. Instinktiv dachte ich dabei an einen ganz bestimmten Nachtvogel und gab mir selbst das Versprechen, irgendwann und irgendwie herauszufinden, was es mit der Eule auf sich hatte, die bereits mehrfach im Schloss aufgetaucht war.

Der erneute Aufschrei von Eulanda riss mich aus meinen Gedanken und wir folgten dem erhabenen Vogel, der mit ästhetischen Bewegungen seine gigantischen Schwingen zum Flug ausbreitete, um kurz darauf im dichten Wald zu verschwinden. Schweigend stolperten wir schnellen Fußes durch das Gehölz, stets in Blickkontakt mit der uns leitenden Eule.

Der einzige, der ohne Unterlass vor sich hin plapperte, war der Ekelkönig, den der Schamane wie einen Mehlsack hinter sich her schleifte und der von dessen permanentem Gemurmel bereits nach kurzer Zeit ziemlich genervt schien. Während wir über den teils verwurzelten, teils mit Moos bewachsenen Waldboden liefen, machte ich mir Gedanken, wie wir in den Schlosshof gelangen sollten, ohne dass die wohl inzwischen wieder erwachte königliche Armee sofort zum Angriff überging. Sicherlich waren die Krieger bereits zurückgekehrt und hatten Meldung von der royalen Entführung gemacht. Womöglich waren die Untertanen sogar dankbar, ihren unsympathischen wie ausbeutenden Regenten auf diese Art los geworden zu sein. Wenngleich mir diese Reaktion logisch erschien, sollten wir uns darauf nicht unbedingt verlassen, sondern mit einem angriffslustigen Empfang rechnen. Um darauf vorbereitet zu sein, mussten wir unsere Vorgehensweise unbedingt noch abklären, bevor wir das Schlosstor passierten. Die Bedenken würde ich meinen Freunden und dem Prinzen gegenüber genau dann zur Sprache bringen, sobald wir dank Eulandas Lotsendienste vor den Mauern des königlichen Anwesens standen.

Ein völlig untypischer Ausruf seitens unserer gefiederten Freundin riss mich aus meinen Überlegungen und ließ mich blitzartig aufhorchen.

Ihr Schrei war anders als sonst und er hörte sich vor allem nicht gut an. Ich schaute nach vorne und musste mit ansehen, wie Eulanda aus heiterem Himmel schwer zu Boden fiel. Schneller als alle anderen rannte ich auf sie zu und warf mich vor ihr auf die Knie. Sie lebte zum Glück noch, doch ein Pfeil steckte in ihrem Flügel, der durch das fiese Geschoss und den harten Aufprall gebrochen war. Ihr hilfloser Blick sorgte dafür, dass ich hemmungslos zu schluchzten begann. Seit ich denken kann, gehen mir verletzte Tiere derart unter die Haut, dass ich mich emotional nicht mehr unter Kontrolle habe.

Unter meinem durch Tränen verschleierten Blick stellte ich fest, dass der Schamane bereits neben mir kniete und sich anschickte, den Pfeil, der Eulanda zu Fall brachte, so vorsichtig und behutsam wie nur möglich aus ihrem verletzten Flügel zu ziehen. Er ist ein mindestens ebenso großer Tierfreund wie ich und als ich ihm dabei zusah, wie er die Eulenschwinge mit Kräutern behandelte und mit Stöckchen schiente, die er scheinbar kurz zuvor schnell gesammelt hatte, wurde mir ganz warm ums Herz. Mein Blick, der sich wieder klarte, nachdem ich mich aufgrund der schamanischen Fürsorge, die der Eule zuteil wurde, beruhigt hatte, wanderte zur Elfe. Dass bei ihr wegen Eulanda ebenfalls die Tränchen gekullert waren, wie mir die getrocknete Salzspur in ihrem zarten Gesicht verriet, erfüllte mich mit unsagbarer Freude.

Während unseres Aufenthalts in der Vergangenheit wurde mir von Tag zu Tag bewusster, wieso gerade wir drei zur Seelenrettung von Prinzessin Armella auserwählt wurden.

In unserer Zeit waren wir bereits sehr gute Freunde, doch die Abenteuer unserer Geschichte machten deutlich, wie wundervoll wir harmonieren und uns ergänzen. Zwischen uns entstand ein so inniges Band der Zuneigung und freundschaftlichen Liebe, das sicherlich niemand mehr zu durchtrennen vermag. Alleine für diese wertvolle Erfahrung war es unsere Reise in die Vergangenheit wert.

Nachdem der Schamane die Erstversorgung von Eulanda vorgenommen hatte, streichelte ich ihr zärtlich über das Gefieder und nahm sie vorsichtig auf meinen Arm. Da sie aufgrund ihres gebrochenen Flügels nicht im Stande war, uns weiter zu führen, geschweigedenn zu Dana zurückzufliegen, mussten wir erst mal den restlichen Weg zum Schloss alleine finden und unsere Eulengefährtin sodann auf schnellstem Weg zur Hexenfreundin zurückbringen. Das war Ehrensache.

Während wir uns zwecks Orientierung umsahen, lachte der dicke Blaublütige mit der schiefen Krone schadenfroh. Am liebsten hätte ich ihm einen Kinnhaken verpasst, der ihm sein Machthäubchen restlos vom Kopf gefegt hätte, doch genau genommen war von dem fiesen Ekel eigentlich gar keine andere Reaktion zu erwarten.

Es war gar nicht notwendig, uns den restlichen Weg zum Chateau selbst zu suchen, da man in der Ferne bereits die

Schlossmauern erkannte und Kinderlachen zu vernehmen war. Das brachte mich auf die Idee, mir den Pfeil nochmals genauer anzuschauen, der Eulanda vom Himmel geholt hatte.

Wie ich es mir schon dachte, handelte es sich um ein kleines selbst gebasteltes Geschoss aus Kinderhand. Niemals hätten diese Minimonster eine Chance gehabt, sie zu treffen, wäre sie nicht in ihrer Funktion als Führerin derart tief geflogen. Warum sind Kinder nur so grausam zu Tieren? Die sogenannten unschuldigen Wesen können ganz schön mies sein und wie dieser Vorfall zeigte, der ja immerhin bereits ca. 300 Jahre zurücklag, war dies damals schon so. Wahrscheinlich wissen Kinder gar nicht mal, was sie tun. Eulanda hatte ja wenigstens noch Glück im Unglück. Sobald ihr Flügel verheilt sein würde, wird sie wieder ganz die Alte sein.

Als auch der Dickwanst die Schlossmauern erblickte, verstummte sein Hohngelächter augenblicklich und sein Blick wurde berechtigterweise panisch. In seiner Haut wollte ich wahrlich nicht stecken. Allerdings hatten weder ich noch die anderen unserer illustren Truppe auch nur einen Funken Mitleid mit dem Ex-König. Wir waren gekommen, um für Gerechtigkeit zu sorgen. Diese wird mit der Krönung des rechtmäßigen Thronerben ihren Höhepunkt finden. Es machte uns alle drei sehr glücklich, dass wir es geschafft hatten, unsere Aufgabe zu erfüllen und das Wissen, Eulanda würde wieder ganz gesund werden, trug erheblich zu unserer Freude bei.

Bevor wir die letzten Meter zum Schloss hinter uns brachten, bat ich die anderen um eine kurze Lagebesprechung. Der Schamane band den gefesselten Königsonkel an einen Baum und wir setzten uns einige Meter davon entfernt im Kreis auf den Waldboden, um unser weiteres Vorgehen zu erläutern. Dabei konfrontierte ich die anderen mit meinen Bedenken: "Es könnte durchaus möglich sein, dass uns die königliche Garde sofort nach Eintreten in die Schlossstadt angreift. Die Elfe und ich besitzen zwar noch unsere Betäubungsringe, doch sind diese kein Garant dafür, tatsächlich eine Horde wild gewordener Soldaten damit in Schach zu halten, ohne in Lebensgefahr zu geraten". Wir befanden diese Möglichkeit als zu riskant und der zukünftige König stimmte dem zu.

Somit einigten wir uns darauf, dass wir den falschen König seinen Kriegern wie auch dem Volk als unsere Geisel präsentieren, diesem zur Untermauerung der Glaubwürdigkeit beim Einmarsch in das Anwesen ein Messer an den Hals setzen, um einen eventuellen Angriff seitens seiner Armee zu vereiteln.

Wir mussten die royale Garde ja nur so lange in Schach halten, bis der wahre König seinen künftigen Untertanen klar gemacht hatte, was geschehen war und er die Beweise für die Schuld seines Onkels in Form des Tagebuchs der Königin Mutter dem Gremium der Hofrichter vorgelegt hatte.

Um Eulanda in meinen Armen den bestmöglichen Schutz zu bieten, beschloss ich, als letzte unserer Gruppe durchs Hoftor zu schreiten.

Es klappte alles perfekt, genau wie wir es kurz zuvor noch besprochen hatten. Die Soldaten zeigten sich zwar in Alarmbereitschaft, griffen jedoch nicht an. Die Untertanen, die bei unserem Anblick aufgeregt zusammenliefen, riefen erst mal wild durcheinander, wurden jedoch immer leiser je länger der junge König auf sie einredete, um schlussendlich ihren bisherigen Regenten, der als falscher und skrupelloser König entlarvt wurde, auszuschimpfen und mit faulen, stinkenden Lebensmitteln zu bewerfen.

Uns dreien war es ein Fest, diesem Treiben zuzusehen und somit trifft es wohl manchmal tatsächlich zu, dass Schadenfreude mit zu den schönsten Freuden gehört.

Aufgrund der eindeutigen Beweislage verurteilte das richterliche Gremium den blaublütigen Ekel zu lebenslanger Gefangenschaft im Verlies. Zudem wurde kund getan, dass die Krönungsfeierlichkeiten des rechtmäßigen Thronerben bereits in zwei Tagen stattfinden würden, da das Volk nicht länger als nötig ohne Führung bleiben sollte.

Uns dreien blieb also genügend Zeit, um Eulanda in Danas Obhut zu übergeben.

Während die Bürger der Schlossstadt ihren neuen Regenten ohne Unterlass bejubelten, schlichen wir ins Hauptgebäude und steuerten zielsicher auf die Bibliothek zu. Irgendwie war es ein seltsames Gefühl, nicht mehr aufpassen zu müssen, entdeckt zu werden. Wir konnten uns ja nun dank des jungen Prinzen frei bewegen und waren zudem noch Ehrengäste der Krönung. So sehr wir uns auch darüber freuten, kamen wir einstimmig zu dem Schluss, dass es weitaus aufregender war, sich in geheimer Mission zu befinden und auf Zehenspitzen durchs Schloss zu huschen. Wenn einem hingegen quasi alle Türen offenstanden, fehlte irgendwie der Kick.

Nun gut. Unsere "mission possible" war offiziell beendet, sodass wir uns voll und ganz darauf konzentrieren konnten, Dana ihre geliebte Eule zurückzubringen.

Obwohl uns dreien der Abschuss von Eulanda nicht nur sehr ans Herz, sondern auch an die Nieren ging, fühlte es sich unbeschreiblich gut an, unserer stetigen Retterin als Gegenleistung wenigstens einmal unsere Hilfe zukommen lassen zu können.

Fröhlich betraten wir den Büchersaal und lehnten uns cool gegen jene Wand, die uns im Handumdrehen auf die Rückseite des Raumes katapultierte. Da wir uns wohl zu übermütig an die

Wand warfen, bekam diese einen schnelleren Drall als sonst und so landeten wir nebeneinander unsanft auf dem kalten dunklen Steinboden des Geheimganges. Da ich Eulanda noch immer auf dem Arm trug, konnte ich mich bei meinem Sturz natürlich nicht abstützen und knallte daher ungebremst auf meinen Steiß. Unmittelbar nach dem Aufprall durchschoss mich ein Schmerz, der wie ein TGV-Hochgeschwindigkeitszug vom Hirn zum großen Zeh und zurück sauste.

Der Schamane kam am schnellsten wieder auf die Beine und tastete die Wand nach der Fackel ab, die bekanntlich nach feuererzeuglicher Nachhilfe in Form einer Kettenreaktion alle weiteren Fackeln entzündete.

Wie dieses Phänomen funktionierte, hätte uns nicht mal Albert Einstein erklären können, da er zur damaligen Zeit noch gar nicht geboren war. Eine plausible Erklärung würden wir also keine bekommen.

Während die Elfe und ich etwas länger brauchten, um uns aus den in sich verdrehten Röcken zu befreien und aufzustehen, beobachtete uns der Schamane mit spitzbübischem Gesicht und grinste breit. In dem Moment empfand ich sein schadenfrohes Getue allerdings als völlig fehl am Platz. Da ich unser verletztes fliegendes Navi auf dem Arm hatte, konnte ich ja nicht einmal meine Hände zu Hilfe nehmen, um mich hochzurappeln. Das alleinige Strampeln mit den Füssen nutzte mir da leider herzlich wenig. Also herrschte ich ihn in schroffem Ton an: "Hör auf, so blöd zu grinsen und nimm mir stattdessen lieber Eulanda ab, damit ich endlich aufstehen kann". Schon allein, weil mein Tonfall schärfer ausfiel als beabsichtigt, schien er sich blitzschnell zu besinnen und eilte auf mich zu, um die Eule zu übernehmen. Dadurch bekam ich überhaupt erst die Chance, aus meiner Käferstellung auf die Beine zu kommen. Erst als wir drei wieder auf unseren Füssen standen, mussten wir nach einem Reihumblick alle lachen. Diese Fallübung erinnerte uns nämlich an die chaotischen Landungen, denen wir nach jeder Zeitreise ausgesetzt waren und von denen uns ja noch mindestens eine bevor stand.

Der Schamane behielt Eulanda für den Rest des Weges auf seinem Arm. Obwohl ich mich für dieses Tier verantwortlich fühlte, war ich nicht böse darüber, denn die Eule hatte ein stattliches Gewicht.

So stolperten wir im Gänsemarsch durch den Geheimgang bis zur Waldlichtung. Noch bevor wir diese erreichten, stieß Eulanda einen kurzen Schrei aus. Während wir rätselten, was dieser Ausruf zu bedeuten hatte, kam mit dem Ende des Tunnels auch gleich die Antwort darauf. Dana saß auf einem Baumstumpf und genoss die warmen Sonnenstrahlen. Eulanda hatte ihre Anwesenheit längst gespürt, noch bevor sie die weiße Hexe sehen konnte. Beneidenswert solch eine innige und reine Freundschaft zwischen Mensch und Tier, vor allem wenn es sich dabei um eine atemberaubend schöne Magierin und eine ebenso hübsche wie kluge Eule handelte.

Neid ist zum Glück keine Eigenschaft, die mir das Leben zu vermiesen versucht. Nur in diesem einen speziellen Fall ertappte ich mich bei dem Wunsch, auch eine schöne Hexe zu sein und Eulanda als Gefährtin zu haben.

Die liebliche Stimme der Elfe riss mich aus meiner Schwärmerei und so hörte ich sie sagen: "Ihr werdet es vielleicht nicht glauben, doch dieses Mal kommen wir durch den Geheimgang wieder zurück ins Schloss". Verdutzt schaute ich sie an und als ob sie meine unausgesprochene Frage erraten hätte, wie denn das möglich sei, erzählte sie in völlig relaxter Tonlage weiter: "Bei dem Sturz von der Bibliothek in den Geheimgang habe ich einen Schuh verloren". Sie hob ihren Rock und zeigte uns ihren nackten Fuß. "Der Schlappen blieb glücklicherweise genau zwischen beweglicher und fester Wand stecken, sodass wir durch den Spalt zurück in den Büchersaal gelangen können". Das ist eine Eigenschaft, die ich an meiner Freundin bewundere. Sie bleibt in beinah allen Lebenslagen völlig ruhig und gelassen, sofern es sich nicht um eine Begegnung mit 8-beinigen Gesellen handelt.

Ich antwortete ihr mit einem warmen Lächeln: "Ja, ich liebe dich auch wegen deiner Schusseligkeit, die sich in diesem Fall als genial erweist". Vor lauter Freude nahm ich sie in die Arme und drückte sie herzlich. Wir schauten uns lachend in die Augen und verstanden uns ohne weitere Worte.

Bevor wir in dem dunklen Gewölbe verschwanden, verabschiedeten wir uns ein weiteres Mal von Dana und Eulanda, wobei uns allen bewusst war, dass es sich nun endgültig um einen Abschied für immer handelte.

Als ob wir die Traurigkeit darüber abstreifen wollten, durchliefen wir schnellen Schrittes den düsteren, muffigen Gang. An der beweglichen Bücherwand angekommen, konnten wir dank des eingeklemmten Schuhwerks der Elfe tatsächlich problemlos durch den Spalt schlüpfen, den uns der verkeilte Lederlatschen beschert hatte.

Als vermeintliche Bedienstete des königlichen Hofes wussten wir ja, wo sich unsere Schlafräume befanden und gingen wie ferngesteuert darauf zu.

Elfe und ich teilten das gleiche Gemach und warfen uns völlig erschöpft auf das King Size Himmelbett, um innerhalb weniger Sekunden tief und fest zu schlafen.

Von lauten Trompetenfanfaren geweckt, eilten wir nach kurzer Benommenheit sowie Orientierungslosigkeit ans Fenster. Im

Schlosshof tummelte sich die komplette Hofgarde hoch zu Ross, während die Bläser in höfischer Tracht zur Höchstform aufliefen.

Inmitten der Garde standen vier weitere höfische Bedienstete, die eine Sänfte auf ihren Schultern trugen. Neben den blasenden Musikanten erspähten wir den Schamanen, der das Geschehen interessiert verfolgte.

In dem Moment schoss mir durch den Kopf, dass es sich bei dem Spektakel nur um die angekündigte Krönungszeremonie von Noel handeln konnte.

Dies wiederum würde bedeuten, dass wir beide zwei volle Tage durchgeschlafen hatten.

Wahnsinn. Um nicht noch mehr von den Feierlichkeiten zu verpassen, sprangen wir wie aufgescheuchte Hühner durchs Zimmer, um uns schön zu machen. Erst als wir vor dem Schminktisch saßen, bemerkten wir die kostbaren Kleider, die über dem im Zimmer befindlichen Paravent hingen. Wir kombinierten haarscharf, dass diese für uns bestimmt waren.

Gerade als wir uns mit dem Rokoko-Fummel vertraut machen wollten, klopfte es und zwei Zofen betraten den Raum.

Mit großer Erleichterung lächelten wir die beiden Mädchen an, die uns so schnell als möglich in die Kleider halfen. Wir hatten alle Mühe, nicht auf den einen oder anderen Rock zu steigen, der noch unter das eigentliche Kleid angezogen werden musste.

Während die Hausmädchen uns das Korsett schnürten, aus dem das Oberteil des Kleides bestand, protestierten wir gegen das Gezurre, da uns beinahe die Luft wegblieb.

Nachdem die Zofen ihre Arbeit an uns erledigt hatten, verließen sie den Raum ebenso schweigend wie sie ihn zuvor betreten hatten. Ein angedeuteter Knicks in unsere Richtung und dann waren sie auch schon verschwunden.

Elfe und ich drehten uns zum Spiegel, um eine genaue Begutachtung vorzunehmen. Als wir uns in einem Kleid mit gefühltem quer eingenähtem Snowboard erblickten, mit dem man auf normalem Wege kaum durch einen Türrahmen gelangen konnte, prusteten wir wie auf Kommando los und lachten über unsere "Verkleidung" so herzhaft, wie es die enge Schnürung des Korsetts eben zuließ.

Da wir eh schon zu spät dran waren, kämmten wir uns schnell noch mal über die Haare, benutzten die Schminkutensilien der Elfe, schlüpften in die unbequemen, viel zu kleinen Schuhe, die man uns ebenfalls hinstellte und humpelten im Seitwärtsgang durch die Tür.

Eiligst hasteten wir voller Hoffnung, nicht zu stürzen, die Treppe hinunter in die große Halle.

Gerade in dem Moment, als wir beim Schamanen ankamen und das wärmende Sonnenlicht auf unsere glitzernden Roben traf, setzten die Fanfarenbläser erneut ein, um den Jüngling, der freundlich winkend in der Sänfte saß, als neuen König zu huldigen. Aufgrund des lauten Gebläses war eine Unterhaltung zwischen uns unmöglich.

Selbst der Schamane war in teuersten Stoff gehüllt und ich musste auch bei seinem Anblick grinsen. Mit schwarzer Samtjacke und dazugehöriger Kniebundhose sowie dem weißen Hemd mit Wasserfallkragen, den ebenso weißen Kniestrümpfen, die in schwarzen Schnallenschuhen steckten und dem schwarzen Zylinderhut, den er allerdings noch in der Hand hielt, sah er einer Märchenfigur ähnlich, dessen Namen mir einfach nicht einfallen wollte. War das denn wichtig? NEIN!

Der Prinz wurde in einer Kutsche ohne Räder in den Thronsaal getragen und alle geladenen hochwohlgeborenen Gäste sowie auch wir schritten feierlich hinterher wie bei einer Beerdigung. Der erfreuliche Unterschied lag allerdings darin, dass es sich statt einem Sarg um eine Sänfte handelte und man glücklicherweise nicht traurig sein musste, sondern fröhlich sein durfte.

Gespannt und neugierig schauten wir dem Geschehen zu, denn solch ein besonderes Ereignis würden wir wahrscheinlich kein zweites Mal live erleben. Jedoch war der Ablauf ziemlich unspektakulär, da außer viel Blabla als krönende Handlung lediglich die Übergabe des Zepters sowie der Krone folgte. Beides wurde von zwei Uniformierten höheren Ranges auf roten Samtkissen herangetragen.

Nachdem Prinzessin Armellas Sohn die Hoheitssymbole in seiner Hand hielt bzw. auf seinem hübschen Köpfchen platziert hatte, applaudierte die gesamte Gästeschar und jubelte, was das Zeug hielt.

Mit seinem Zepter machte er eine belanglose Geste, die jedoch abruptes Stillschweigen im Saal auslöste und meldete sich sodann zu Wort.

König Noel ließ verlauten: "Ich danke meinen drei Freunden, die mich zu meiner wahren Identität geführt haben sowie meinem Volk für das mir entgegengebrachte Vertrauen. Ich gebe euch mein Versprechen, alles dafür zu tun, um euch ein guter und gerechter König zu sein. Meinen niederträchtigen Onkel spreche ich trotz seiner grauenvollen Tat von einer lebenslangen Haft im Verlies frei. Er wird auf der Stelle des Landes verwiesen und darf niemals wieder zurückkehren. Sollte er dagegen verstoßen, wird er sein restliches Leben doch noch im Kerker fristen. So sei es!"

Uns beeindruckte der Großmut seitens des jungen Regenten zutiefst, nachdem sein Onkel ihm das liebste und teuerste seines noch so jungen Lebens genommen hatte: die Mutter, die er nie kennenlernen durfte.

Nach der offiziellen Krönung ging die Gesellschaft zum heiteren Teil über. Die geladenen Gäste unterhielten sich angeregt, aßen und tranken oder tanzten so hölzern zu barocken Klängen, wie es zur damaligen Zeit eben Mode war. Ich muss gestehen, dass mich diese Tanzart am meisten faszinierte. Es war mir ein völliges Rätsel, wie ein Mann mit einer Frau, die ein Kleid trug, das beinah breiter als lang war, eine unfallfreie Drehung hinbekam, ohne von der Tanzfläche katapultiert zu werden.

Während ich wie hypnotisiert den Tanzpaaren zuschaute, verbeugte sich plötzlich ein attraktiver Adelsmann vor mir und streckte mir seine Hand entgegen. Im ersten Moment wusste ich nicht, was der große schlanke Mann mit den verwegenen Gesichtszügen von mir wollte und schielte erst mal verlegen nach links und rechts. Dem nicht genug, drehte ich mich auch noch um, ob er nicht vielleicht eine Dame meinte, die eventuell hinter mir stand. Fehlanzeige! Als ich mich wieder zu ihm umgedreht hatte, stand er noch immer lächelnd vor mir und seine Hand befand sich wie eingefroren ebenfalls noch immer in der gleichen Position. Die Elfe, die neben mir weilte und sich einen lauten Lacher nur schwer verkneifen konnte, stieß mir mit dem Ellenbogen in die Seite und streckte das Kinn nach vorne.

Da der Typ gut aussah und ich eh bald auf Nimmerwiedersehen verschwinden würde, reichte ich ihm meine Hand und er führte mich galant auf die Tanzfläche. Ich betete darum, dass ich mich nicht allzu sehr blamierte und vor allem mit meiner eingebauten "Kotflügelverbreiterung" dem smarten Herrn bei einer Drehung nicht versehentlich auf den Hintern klatschte oder - was noch weitaus schlimmer wäre – seinem Glockenspiel unfreiwillig zu einem Knockout verhalf.

Wider Erwarten lief es hingegen richtig gut mit uns. Es kam mir sehr entgegen, dass die rhythmischen Bewegungen der Vergangenheit eher gediegen vonstatten gingen und ich war heilfroh dass der Rock'n Roll erst viel später erfunden wurde.

Während ich mit dem Robin Hood-Verschnitt übers Parkett schwebte, bemerkte ich, dass zwischenzeitlich sowohl die Elfe als auch der Schamane ihre Tanzbeine schwangen.

Der gutaussehende Märchenprinz wich mir den ganzen Abend nicht mehr von der Seite, was mir ziemlich gut gefiel. Da wir uns glücklicherweise alle drei in charmanter Gesellschaft befanden, hatten wir entsprechend viel Spaß und feierten unseren letzten Abend in der Vergangenheit so feuchtfröhlich und ausgelassen, als ob es kein Morgen gäbe.

Doch leider gab es einen Morgen, an dem das Portal in Form des Spiegels im Schlossturm auf uns wartete, um uns in unsere

Zeit zurückzubringen.

Ein letztes Mal zogen wir die Kleidung über, die einen Bediensteten der royalen Gesellschaft erkennen ließ und gingen hinunter in die Schlosshalle. Vom Schamanen war noch nichts zu sehen und so warteten Elfe und ich auf sein Eintreffen.

Der eine oder andere "Kollege" lief eiligen Schrittes an uns vorbei und jeder grüßte uns höflich in Form einer kurzen Verbeugung. Irgendwie fühlten wir uns damit ziemlich unwohl, denn wir waren ja keine hochgestellten Persönlichkeiten, sondern genau genommen ebenfalls einfache Leute aus dem Volk.

Es dauerte zum Glück nicht lange, da erschien unser Freund bestens gelaunt an der Treppe und hüpfte beschwingt Stufe für Stufe zu uns hinunter. Die Elfe und ich lachten bereits mit der Sonne um die Wette. Dabei wunderte ich mich über mich selbst, denn solange wir in der Vergangenheit weilten, überkam mich kein einziges Mal nach dem Aufstehen schlechte Laune. In unserer Zeit hingegen war ich vor dem ersten Schluck eines starken Kaffees überhaupt nicht ansprechbar.

Ein königlicher Diener steuerte plötzlich auf uns zu und als ob er meine Gedanken erraten hätte, führte er uns schweigend in ein Zimmer, das sich als eine Art Frühstücksraum entpuppte. Zumindest sah er so aus, da über eine lange Tafel verteilt die besten Speisen aufgetischt waren und darauf warteten, vernascht zu werden. Am Ende dieses Tisches saß der junge König höchstpersönlich, der uns mit einem strahlenden Lächeln empfing und mit einladender Handbewegung dazu aufforderte, Platz zu nehmen, um mit ihm gemeinsam das Frühstück einzunehmen.

Na, da ließen wir uns nicht lange bitten. Ruck zuck saßen wir alle drei am Tisch und bedienten uns nach Herzenslust.

Währenddessen ließen wir unser Abenteuer nochmals Revue passieren. Noel sog unsere Worte voller Wissbegierde auf wie ein Schwamm, denn unsere Erlebnisse hatten ja auch einiges mit ihm zu tun.

Bevor wir uns mit gefüllten Bäuchen aufmachten in die Gegenwart zu starten, dankte er uns nochmals sehr dafür, den Tod seiner Mutter aufgeklärt und ans Licht gebracht zu haben.

Zum Abschied schenkte er jedem von uns einen Sack voller Goldtaler und wünschte uns für die Zukunft, die ja unsere Gegenwart war, alles Gute.

Wenn das damalige Gold auch nur annähernd mit dem Wert des Edelmetalls unserer Zeit vergleichbar war, würden wir es ohne Frage so schnell als möglich zu Geld machen. Solch eine unvorhergesehene Finanzspritze tat nämlich jedem von uns mehr als gut.

Für eine Umarmung des jungen Mannes vergaßen wir mal eben

kurz die höfische Etikette und drückten ihm ein Küsschen auf die Wange. Damit meinte ich natürlich die Elfe und mich, nicht den Schamanen. Es wäre sicherlich mehr als unpassend gewesen, hätte ein Mann einen gleichgeschlechtlichen Genossen auf die Wange geküsst. Uns Frauen interessierte hingegen die Umgangsform, die sich gegenüber Blaublütigen geziemte, kaum, denn wir stammten ja nicht aus dieser Zeit und der König war ein so freundlicher wie herzensguter Mensch, dass ihm unsere Geste sogar gefiel. Guten Freunden gibt man doch ein Küsschen oder zwei oder drei...

Wir bedankten uns bei ihm für sein großzügiges Geschenk und die gewährte Gastfreundschaft, machten sodann auf dem Absatz kehrt und steuerten auf den Turm zu, in dem der Portalspiegel auf uns wartete.

Bei diesem angekommen, nahmen wir unsere Schlüssel in die Hand und steckten sie ohne Verzögerungen in die entsprechenden Schlösser. Das Portal öffnete sich und wir sprangen nacheinander hinein. Wie befürchtet, endete auch die vorerst letzte Landung auf dem harten Steinboden im Gefängnisturm unserer Zeit ziemlich schmerzhaft. Ich für meinen Teil landete erneut genau so hart auf meinem Steiß wie bereits im Geheimgang der Bibliothek. Der Schmerz durchfuhr mich erneut in TGV-Manier, sodass ich einen Aufschrei nicht vermeiden konnte.

Nachdem die beiden anderen jedoch auch nicht glimpflicher aus dem Portal herausschossen, wich mein qualvoller Gesichtsausdruck einem lauthals lachenden Antlitz.

Wir waren zurück in unserer Welt! Ausgespuckt vom Spiegel der Vergangenheit saßen wir auf dem Boden des Gefängnisturms der Gegenwart. In diesem Moment kam mir erst wieder in Erinnerung, dass wir uns ja in den Räumlichkeiten meines Besitzes befanden. Diese unfassbare Tatsache hatte ich während unseres Abenteuers völlig verdrängt. Als wären die letzten Monate, Tage und Stunden nicht schon schräg genug gewesen, sollte ich nun allen Ernstes auch noch Schlossherrin sein. Echt krass!

Wir wussten noch nicht mal, wie lange wir uns in längst vergangener Zeit aufgehalten und welchen Wochentag wir hatten. Allerdings hofften wir sehr, dass unser Ausflug nicht von allzu langer Dauer war, damit uns keiner vermisste und wir in etwaige Erklärungsnot geraten könnten. Eine plausible Ausrede für unsere Abwesenheit wäre uns nämlich auf die Schnelle garantiert nicht eingefallen und die Wahrheit zu sagen, erschien in diesem speziellen Fall alles andere als klug.

Erst nachdem wir uns alle drei hochgerappelt hatten, schauten wir uns im Raum um und stellten mit Verblüffung fest, dass wir erneut in einem Lichtermeer aus brennenden Kerzen standen.

Genauso sah das Zimmer immer dann aus, wenn Armellas Geist erschien.

Dieses Mal suchten wir allerdings vergeblich jeden Winkel nach ihr ab. Stattdessen stand auf dem Spiegel wie durch Geisterhand geschrieben:

"Ich danke euch von Herzen meine lieben Freunde, dass ihr meine Seele gerettet habt. Durch euren Mut und eure Entschlossenheit bin ich endlich frei. Der Himmel des Lichts wartet auf mich. Lebt wohl".

Nachdem wir die Zeilen gelesen hatten, verspürten wir allesamt Gänsehaut vor Aufregung aber auch vor Freude. Ein Windhauch zog im selben Moment durch das Fenster herein und löschte auf einen Schlag alle Kerzen. Der Raum verdunkelte sich schlagartig und da sich der Tag bereits dem Ende zuneigte, war es ohne das flackernde Licht ziemlich finster. Wenigstens sahen wir noch genug, um die Treppe gefahrlos hinuntersteigen und in der leeren großen Eingangshalle unsere Habseligkeiten ausfindig zu machen.

Dass diese noch genauso dalagen, wie wir sie platziert hatten, war ein schönes und vor allem beruhigendes Gefühl.

Bevor wir die Kleider der Vergangenheit gegen unsere eigenen Klamotten tauschten, wollte ich von der Elfe wissen: "Kannst du bitte mal nachschauen, welcher Tag heute ist? Ich würde schon gern erfahren, wie lange wir dem Abenteuer gefrönt haben?"

Sie kramte sogleich in ihrer Tasche, holte das Handy heraus und schaute auf das Display: "Es ist Donnerstag. Wenn ich mich recht entsinne, schlüpften wir dienstags durchs Portal, sodass wir laut Gegenwartsrechnung lediglich zwei Tage fort waren. In der Vergangenheit hingegen hatten wir uns 48 Tage aufgehalten. Allein dieser Zeitsprung ist schon der absolute Wahnsinn!"

Allgemeine Erleichterung kam auf, denn es blieb uns genügend Spielraum, um wieder mit dem Alltag vertraut zu werden, bevor die Elfe ihre Arbeit wieder aufnehmen musste, der Schamane seine Reise zur Liebsten nach Deutschland antrat, mein Mann von der Montage und mein Sohn vom Schulinternat zurückkamen.

So schön und aufschlussreich es für uns auch war, so sehr freuten wir uns nun doch auf unser jeweiliges Zuhause und vor allem auf eine heiße Badewanne mit viel Schaum.

Jeder verband eigene Gedanken der Vorfreude auf ein Daheim und aufgrund dessen hatten wir es alle drei plötzlich ziemlich eilig. Daher brachten wir die alten Klamotten auch nicht erst wieder in den Schrank des dunklen geheimen Spinnenraums zurück, sondern ließen sie in einer Ecke der riesigen leeren Eingangshalle achtlos liegen.

Auch wenn es nach wie vor schwer fiel, mich mit der

Vorstellung vertraut zu machen, künftig als Schlossherrin zu leben, so war es immerhin kein Problem für mich, die Tatsache zu akzeptieren, dass ich in dem Anwesen ab sofort tun und lassen konnte, was ich will.

Diese Erkenntnis wiederum brachte mich innerlich zum schmunzeln.

Noch bevor wir das Hoftor erreichten, hörten wir einen uns inzwischen nur allzu vertrauten Schrei und wirbelten voller Freude alle gleichzeitig die Köpfe herum.

In der Abenddämmerung erkannten wir die Umrisse einer Eule, die auf der Balkonbrüstung saß und uns mit ihren großen leuchtenden Augen anglotzte. Obwohl wir es insgeheim gehofft hatten, handelte es sich bei dem gewaltigen Vogel nicht um Eulanda, sondern um jene Eule, die sich hier schon mehr als einmal gezeigt hatte.

Sie schrie noch einmal, erhob sodann ihre mächtigen Schwingen und flog in den Schatten der Nacht, der sich mehr und mehr über das Land legte, davon.

Intuitiv spürte ich, dass sie uns etwas mitteilen wollte. Obwohl weder meine Freunde noch ich wussten, was ihr nochmaliges Auftauchen zu bedeuten hatte, war ich davon überzeugt, wir werden es erfahren, sobald die Zeit dafür gekommen ist...